I Angharad,
   Ar ddydd dy fedyddio,
      Ebrill 15 fed, 2001,
         Gyda chariad,
            Taid a Nain.

CYHOEDDIADAU'R GAIR

Y BEIBL

GRAFFIG

Jeff Anderson / Mike Maddox / Steve Harrison

Addasiad Cymraeg:
Gwion Hallam a Meirion Morris

CYHOEDDIADAU'R
GAIR

Ⓑ Cyhoeddiadau'r Gair 1999

Testun gwreiddiol: Mike Maddox
Darluniau gan Jeff Anderson
Addasiad Cymraeg gan Gwion Hallam a Meirion Morris
Golygydd Cyffredinol: Aled Davies
Dymuna'r cyhoeddwyr gydnabod cymorth
Adran Olygyddol Cyngor Llyfrau Cymru.
Cyhoeddwyd yn wreiddiol gan Lion Publishing plc,
Sandy Lane West, Oxford, England.

ISBN 1 85994 199 0

Cyhoeddwyd gan:
Cyhoeddiadau'r Gair, Cyngor Ysgolion Sul Cymru,
Ysgol Addysg, PCB, Safle'r Normal,
Bangor, Gwynedd, LL57 2PX.

YN Y DECHREUAD CREODD DUW Y
NEFOEDD A'R DDAEAR.

YNA DYWEDODD DUW, 'BYDDED I BLANHIGION DYFU: GWAIR, PERLYSIAU, LLYSIAU'N DWYN HAD, COED YN DWYN FFRWYTHAU, POB MATH O BLANHIGION.' A GWELODD DUW FOD HYN YN DDA.

A BU HWYR A BORE, Y TRYDYDD DYDD.

A DYWEDODD DUW, 'BYDDED GOLEUADAU YN YR AWYR I WAHANU'R DYDD ODDI WRTH Y NOS, AC I ARWYDDO'R TYMHORAU, Y DYDDIAU A'R BLYNYDDOEDD.'

GWNAETH DUW Y DDAU OLAU MAWR, UN I DDISGLEIRIO YN Y DYDD, A'R LLALL I DDISGLEIRIO YN Y NOS.

A GWNAETH Y SÊR HEFYD.

A GWELODD DUW FOD HYN YN DDA. A BU HWYR A BORE, Y PEDWERYDD DYDD.

A DYWEDODD DUW, 'BYDDED I'R MOROEDD FERWI GAN BYSGOD, A BYDDED I ADAR HEDFAN DRWY'R AWYR.'

A CHREODD DUW Y MORFILOD MAWR, A HOLL GREADURIAID BYW Y MÔR.

ROEDD DUW'N FODLON Â'R HYN A WELAI, A GWELODD EI FOD YN DDA.

BENDITHIODD DUW HWY A DWEUD, 'BYDDWCH FFRWYTHLON AC AMLHEWCH A LLANWCH Y MOROEDD A'R AWYR.' A BU HWYR A BORE, Y PUMED DYDD.

A DYWEDODD DUW, 'BYDDED I GREADURIAID BYW GERDDED Y DDAEAR: ANIFEILIAID, YMLUSGIAID A BWYSTFILOD GWYLLT.'

AC FELLY Y BU.

GWELODD DUW FOD HYN YN DDA.

A DYWEDODD DUW, 'GWNAWN DDYNOLIAETH YN ÔL EIN LLUN NI, I OFALU AM HOLL GREADURIAID Y DDAEAR, YR AWYR A'R MOROEDD.'

FELLY CREODD DUW DDYNOLIAETH YN ÔL EI LUN EF.

FE'I CREODD YN WRYW AC YN FENYW.

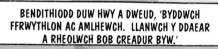

BENDITHIODD DUW HWY A DWEUD, 'BYDDWCH FFRWYTHLON AC AMLHEWCH. LLANWCH Y DDAEAR A RHEOLWCH BOB CREADUR BYW.'

'RWY'N RHOI POB PLANHIGYN SY'N DWYN HAD I CHI, A PHOB MATH O FFRWYTH YN FWYD I CHI. CEWCH FWYTA POB PLANHIGYN GWYRDD.' AC FELLY Y BU.

GWELODD DUW Y CWBL A WNAETH. YR OEDD YN DDA IAWN. A BU HWYR A BORE, Y CHWECHED DYDD.

FELLY GORFFENNWYD Y GWAITH O GREU A GORFFWYSODD DUW AR Y SEITHFED DYDD. A BENDITHIODD DUW Y SEITHFED DYDD A'I SANCTEIDDO.

DYNA EGLURO GENI'R BYDYSAWD, A SUT Y CREWYD Y NEFOEDD A'R DDAEAR.

LLIFAI AFON O EDEN I ROI DŴR I'R ARDD, CYN RHANNU'N BEDAIR NANT.

GOFALODD Y DYN A'I WRAIG AM YR ANIFEILIAID, A CHAFODD YR ARDD EI THRIN GANDDYNT.

YNG NGHANOL YR ARDD, ROEDD Y DDWY GOEDEN ARBENNIG A BLANNWYD GAN DDUW. COEDEN Y BYWYD OEDD Y GYNTAF.

RHYBUDDIODD DUW HWY AM YR AIL – Y GOEDEN Â'R FFRWYTH FYDDAI'N SIŴR O'U LLADD PETAENT YN EI FWYTA.

HON OEDD COEDEN GWYBODAETH – GWYBODAETH AM Y DA –

AC AM Y DRWG ...

ROEDD Y SARFF YN FWY CYFRWYS NA'R HOLL GREADURIAID A WNAETH DUW, A DYWEDODD WRTH Y WRAIG:

A YW DUW YN WIR WEDI'CH RHWYSTRO RHAG BWYTA O'R UN O GOED YR ARDD?

O, A WNESS I GODI ARSSWYD?

CEFAIS FY SYNNU GAN EICH CWESTIWN.

DYWEDODD DUW WRTHYM AM FWYTA O UNRHYW GOEDEN, ONI BAI AM YR UN SY'N TYFU YNG NGHANOL YR ARDD: 'PEIDIWCH Â BWYTA OHONI, NA CHYFFWRDD Â HI, RHAG OFN I CHI FARW!'

YDYCH CHI'N SSSIWR ?

AI DYNA'R GWIR? NA! NI WNEWCH FARW.

MAE DUW WEDI'CH TWYLLO!

NI ALL GOLAU A DAIONI GYD-FYW Â THYWYLLWCH A DRYGIONI. RHAID OEDD ALLTUDIO'R DYN A'I WRAIG O GWMNI DUW YN YR ARDD.

GOSODWYD ANGEL Â CHLEDDYF FFLAMLLYD I WARCHOD Y FYNEDFA, GAN GAU'R FFORDD I GOEDEN Y BYWYD AM BYTH.

YNA ENWODD ADDA EI WRAIG YN 'EFA', SEF 'BYW', GAN MAI HI FYDDAI MAM Y DDYNOLIAETH.

CYN IDDYNT ADAEL, GWNAETH DUW DDILLAD O GRWYN I ADDA AC EFA EU GWISGO.

FEL Y DYWEDODD DUW, FE FYDDAI EU BYWYDAU BELLACH YN WAHANOL IAWN: YN FRWYDR I FYW MEWN BYD ANGHYFEILLGAR A PHERYGLUS.

GAN WYNEBU POEN A THRAFFERTHION DIDDIWEDD NES IDDYNT FARW A DYCHWELYD I'R LLWCH.

DAETHANT I ADNABOD BYD A OEDD YN GALED AC OER O'I GYMHARU AG EDEN.

GORWEDDODD ADDA GYDAG EFA. BEICHIOGODD EFA A RHOI GENEDIGAETH I FAB, A'I ALW'N CAIN.

CAFODD FAB ARALL CYN HIR, ABEL.

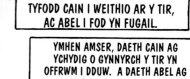

TYFODD CAIN I WEITHIO AR Y TIR, AC ABEL I FOD YN FUGAIL.

YMHEN AMSER, DAETH CAIN AG YCHYDIG O GYNNYRCH Y TIR YN OFFRWM I DDUW. A DAETH ABEL AG OEN GORAU EI BRAIDD.

ROEDD DUW YN FODLON AG OFFRWM ABEL, OND NID AG UN CAIN. GWYDDAI DUW FOD ABEL YN DDYN DA, YN DDYN O FFYDD. OND GWELODD Y TYWYLLWCH YNG NGHALON CAIN.

DIGIODD CAIN.

FELLY DYWEDODD DUW:

OND GWRTHODODD CAIN WRANDO AR DDUW. COLLODD EI DYMER.

PAM YR WYNEB HIR, CAIN? DOES DIM RHESWM I TI BWDU OS GWNEST TI'N IAWN.

OS NA, MAE PECHOD YN DISGWYL WRTH DDRWS DY FYWYD, A'I FWRIAD YW DY LYNCU.

RHAID I TI FRWYDRO YN EI ERBYN!

A GADAWODD I'W DDICTER EI REOLI. CYNLLWYNIODD YN ERBYN EI FRAWD . . .

ABEL, TYRD I'R CAEAU GYDA MI. HOFFWN I DDANGOS RHYWBETH I TI.

DANGOS BETH?

AMYNEDD, AMYNEDD: FE GEI DI WELD.

CAFODD ABEL EI ARWAIN GAN CAIN O OLWG UNRHYW DYSTION, AC WEDI GWNEUD YN SIŴR NAD OEDD NEB O GWMPAS —

FE'I LLADDODD.

LLOFRUDDIAETH OER A BWRIADOL.

YNA GOFYNNODD DUW:

CAIN? BLE MAE ABEL?

PAM GOFYN I MI?

AI FI YW CEIDWAD FY MRAWD?

BETH WNEST TI?

MAE GWAED DY FRAWD YN GALW ARNAF O'R PRIDD YR WYT YN EI DRIN.

OHERWYDD HYN MAE MELLTITH ARNAT! NI WNAIFF Y TIR ROI CYNNYRCH I TI ETO. BYDDI DI'N GRWYDRYN AC YN FFOADUR AR Y DDAEAR.

AC ETO RHODDODD DUW EI OFAL ARBENNIG DROS CAIN. NI ADAWAI FYTH I NEB EI LADD.

A GADAWODD CAIN EI GARTREF GAN DEITHIO I'R DWYRAIN, YMHELL O GWMNI DUW.

OND CAFODD YNTAU RAN YN Y GWAITH O BOBLOGI'R DDAEAR. ADEILADODD EI BLANT NIFER O DDINASOEDD. A DYSGODD EI DDISGYNYDDION SUT I WEITHIO HAEARN AC EFYDD, AC I GANU'N GYTÛN YN OGYSTAL Â CHWERYLA.

CAFODD ADDA FAB ARALL, FE'I ENWODD YN **SETH**, A DAETH HWNNW'N DAD I **ENOSH**.
CYNYDDODD RHIF Y TEULU O HYD, GAN CHWYDDO'R BOBLOGAETH YN GYSON.

FEL Y DYWEDODD DUW, BU **FARW** ADDA – YN 930 MLWYDD OED.

CAFODD ENOSH LAWER O BLANT AC YNA, FEL EI RIENI, BU FARW. DYNA'R PATRWM I BAWB
BELLACH – GENI, BYW A MARW. BU'R BOBL GYNTAF FYW I FOD YN HEN IAWN, GAN GENHEDLU
LLAWER O BLANT. GWNAETH EU PLANT HWYTHAU YR UN FATH, A LLEDODD POBL TRWY'R DDAEAR.

OND WRTH IDDYNT LEDU YMHELLACH, GWNAETH Y BYD EU LLYGRU. TROESANT AT
DDRYGIONI, A DAETH CREULONDEB A THRAIS ANNIODDEFOL I GERDDED STRYDOEDD Y
DINASOEDD CYNTAF.

LLEDODD DYNOLIAETH – NID FEL COEDEN YN DWYN FFRWYTH,
OND FEL AFIECHYD, YN DIFA POPETH YN EI FFORDD.

HELP!
FAN HYN,
RHYWUN,
HELP!

PUM DEG?

NA – CANT.

CHWE DEG
PUMP?

NA – CANT!

SAITH DEG –
AC FE WNA I
LADD DY RIENI
HEFYD.

IAWN.

ARIAN AM
FWYD!

GWRANDA – PAM NA
WNEI DI FWYTA'R
BACHGEN! NEU EI
WERTHU I MI!

FAINT WNEI
DI DALU?

PAN EDRYCHODD DUW AR Y BYD, **DIM OND** UN
DYN DA A WELAI, UN DYN OEDD YN GWRTHOD
PLYGU I'R TYWYLLWCH O'I GWMPAS.

AC WRTH I DDUW EDRYCH AR BOBL Y DDAEAR, GWYDDAI NAD
OEDD HI'N BOSIB EU GADAEL I GARIO YMLAEN. ROEDD
DYNOLIAETH WEDI'I DINISTRIO'I HUN YN BAROD.

NOA OEDD YR UN DYN HWNNW.

ER FOD Y DDAEAR YN LLAWN POBL, ROEDDENT WEDI EU LLYGRU'N LLWYR, A DUW YN DIFARU IDDO GREU DYNOLIAETH ERIOED.

AR WAHÂN I NOA, WRTH GWRS. YNG NGHANOL Y CREULONDEB A'R TRAIS ROEDD NOA'N CADW EI BERTHYNAS Â DUW, AC YN PLESIO DUW O HYD.

DYMA HANES NOA ...

BETH Y'CH CHI EISIAU, NHAD? FE OFYNNOCH CHI AMDANA I?

RWYF NEWYDD SIARAD Â DUW! MAE CYFNOD RHYFEDD O'N BLAEN NI, AC MAE'N RHAID I NI FOD YN BAROD.

MAE RHYWBETH OFNADWY'N MYND I DDIGWYDD.

MAE DUW WEDI PENDERFYNU DIFA'R HOLL DDRYGIONI.

MAE CREADURIAID BYW Y DDAEAR I GYD YN MYND I FARW.

POB UN?

OND MAE'N SIŴR BOD FFORDD ARALL? MAE'N RHAID CADW GOBAITH O HYD — WEDI'R CWBL, MAE CYMAINT O BRYDFERTHWCH YN Y BYD.

A BETH AMDANON NI? FYDDWN NI FARW HEFYD? YDYN NI'N MYND I FARW O ACHOS TWPDRA BARUS PAWB ARALL?

MAE POB DYN, MENYW, PLENTYN AC ANIFAIL YN MYND I FARW.

DIM OND Y NI GAIFF FYW.

AC FELLY DYMA DDECHRAU AR Y GWAITH MAWR — ADEILADU CWCH ENFAWR YN GORWEDD AR DIR SYCH O DAN HAUL CRASBOETH.

FFYDD OEDD YN GYRRU NOA YMLAEN NID OEDD DAWN GANDDO I WELD I'R DYFODOL. OND CREDAI BOD DUW FE ARFER O DDIFRI, ER IDDO OFYN AM ' FATH WAITH ARUTHROL.

GWAITH A YMDDANGOSAI'N RHYFEDD IAWN I'R BOBL O GWMPAS

MAE DUW AM AIL-WNEUD Y BYD, OND MAE'N RHAID I NI YMDDIRIED YNDDO. EIN GWAITH NI FYDD ADEILADU CWCH — CWCH MAWR IAWN.

OND NHAD, MAE'R MÔR FILLTIROEDD I FFWRDD!

YDY, AR HYN O BRYD — OND DDIM AM HIR!

HEI, NOA! MAE'R LLANW'N DOD I MEWN!

Â'R ARCH WEDI'I GORFFEN FE GASGLODD CYMYLAU, TYWYLLODD YR AWYR . . .

AI DYMA'R AMSER, NHAD?

IE, RWY'N MEDDWL. MAE'R ANIFEILIAID YN SAFF YN EU FFALDIAU?

YDYN.

IAWN, MAE'N WELL I NI FYND ISLAW. BYDD HI'N SYCH YNO – GWNAIFF DUW YN SIŴR BOD Y DRYSAU WEDI'U SELIO.

WEL, WEL. MAE'N BWRW GLAW. DEWCH, I LAWR Â NI YN GLOU.

DECHREUODD HI LAWIO'N DRWM.

CODODD Y MOROEDD, A THORRODD YR AFONYDD EU GLANNAU.

EDRYCHODD DUW AR Y BYD A GWELODD FOD Y BOBL YN HOLLOL LLYGREDIG, EU CALONNAU A'U MEDDYLIAU'N LLAWN DRYGIONI A THRAIS.

DUW, A OEDD WEDI ANADLU BYWYD I FYD MARW, YN DIFARU IDDO DRAFFERTHU O GWBL.

FELLY CODODD Y DŴR GAN FODDI EU CAEAU, EU DINASOEDD A'U HANES.

SUDDODD Y BOBL A'U HATGOFION, NES I STAEN BYWYD GAEL EI SGWRIO O'R DDAEAR YN LLWYR.

CUDDIWYD Y MYNYDDOEDD UCHAF, A HEBLAW AM SŴN Y GLAW ROEDD Y DDAEAR YN DAWEL ETO.

OND COFIODD DUW AM NOA.

DIM OND NOA, A'R GWEDDILL YN YR ARCH A ACHUBWYD. ROEDD GAN NOA DRI MAB; Y NHW A'U TEULUOEDD OEDD DYFODOL Y DDYNOLIAETH BELLACH.

A BYDDAI'R ANIFEILIAID YN CENHEDLU ETO.

CYNLLUN DUW OEDD HWN, NID UN NOA. GWYDDAI DUW BETH OEDD EU HANGHENION A SUT I OFALU AMDANYNT.

WEDI'R CWBL, CAWSANT EU CREU GAN YR UN CREAWDWR.

DISGYNNODD Y GLAW YN DRYMACH NAG ERIOED O'R BLAEN, GAN FODDI DINSAOEDD, TREFI A MYNYDDOEDD.

AM BEDWAR DEG DIWRNOD

A PHEDWAR DEG NOS.

AC YNA, MOR SYDYN AG Y CYCHWYNNODD –

FE BEIDIODD.

HEN BRYD HEFYD!

DIM GLAW! GOFYNNA I UN O'R BECHGYN DDOD Â CHIGFRAN LAN FAN HYN –DEWCH I NI GAEL GWELD YDY'R DWR YN MYND YN IS.

HEDFANODD Y GIGFRAN O GWMPAS YR ARCH, HEB FENTRO'N RHY BELL ODDI WRTHI – NID OEDD TIR I'W WELD ETO.

ROEDD DEILEN OLEWYDD, NEWYDD EI THORRI, YN EI PHIG, Y GLESNI GWYRDD CYNTAF IDDYNT EI WELD ERS DECHRAU'R DAITH. ROEDD Y DŴR YN DECHRAU CILIO.

YN HWYR Y PRYNHAWN DYCHWELODD YN FLINEDIG OND LLWYDDIANNUS.

ARHOSODD AM YCHYDIG CYN DANFON YR ADERYN ETO.

FELLY RHYDDHAODD NOA GOLOMEN YN NES YMLAEN. DYCHWELODD Y TRO CYNTAF GAN NAD OEDD LLE IDDI ORFFWYS.

A'U HAMSER GYDA'I GILYDD AR YR ARCH BRON AR BEN.

YN RHYDD O'R DIWEDD, LLAMODD YR ANIFEILIAID ALLAN O'R ARCH YN DDRYSWCH O FFWR A PHLU. POB MATH A MAINT, LLIW A SŴN, YN LLEDAENU I GORNELI PELL Y BYD.

ADDOLODD NOA A'I DEULU EU DUW Y DIWRNOD HWNNW, AC ATEBODD DUW, GAN DDWEUD:

NI WNAF FELLTITHIO Y DDAEAR FYTH ETO O ACHOS DRYGIONI EI **PHOBL**. TRA BO'R DDAEAR FE FYDD GWANWYN A CHYNHAEAF, NOS A DYDD, HAF A GAEAF, DYDD A NOS.

EWCH: BYDDWCH FFRWYTHLON A LLANWCH Y DDAEAR, AC FE RODDAF Y BYD I CHI.

YNA GWNAETH DUW A NOA GYTUNDEB, CYFAMOD FFURFIOL.

NI FYDDAI DUW'N DANFON DILYW FYTH ETO, A CHODODD ENFYS YN YR AWYR YN ARWYDD O'I ADDEWID I'R HOLL GREADURIAID EI WELD.

Â BENDITH DUW LLEDODD MEIBION NOA A'U TEULUOEDD ALLAN I'R BYD, GAN DYFU MEWN NIFER AC ADEILADU DINASOEDD.

HANES ABRAHAM

AETH CANRIFOEDD HEIBIO. POBLOGWYD Y DDAEAR ETO WRTH I'R GWAREIDDIADAU MAWR CYNTAF DYFU.

MAE ABRAHAM, BUGAIL CYFOETHOG SY'N BERTHYNAS PELL I NOA, YN GADAEL DINAS UR – CARTREF Y CALDEAID. GYDA'I WRAIG, SARA, A'U GWEISION MAE'N GADAEL EI FYWYD DIOGEL, CYFFORDDUS, I DEITHIO'N BELL HEB WYBOD I BLE.

AC YNTAU'N SAITH DEG PUMP MLWYDD OED, CAFODD EI ALW GAN DDUW I DDECHRAU BYWYD NEWYDD YN Y GORLLEWIN.

GWRANDA SARA, MAE 'NGHALON I'N DWEUD FOD PETHAU MAWR YN EIN DISGWYL AR DDIWEDD Y DAITH. MAE DUW WEDI ADDO HYNNY. FE SONIODD EIN BOD I GAEL PLENTYN, AC MAI–

PLENTYN?! FI'N CAEL PLENTYN, DYWEDODD DUW HYNNY?

DO. AC MAI'R PLENTYN FYDDAI'R CYNTAF O GENEDL FAWR A FYDDAI'N –

CENEDL NAWR, IE? DIM OND PLENTYN OEDD I FOD GYNNAU FACH, A NAWR MAE'N GENEDL GYFAN!

IE. CENEDL, Y BYDD DUW'N EI DEFNYDDIO I FENDITHIO'R BYD.

GAN ANGHOFIO UN PETH.

NID YW DUW'N ANGHOFIO DIM.

MAE DUW WEDI'N GWARCHOD YR HOLL FFORDD, DUW SY'N EIN CYNNAL BOB CAM O'R DAITH – AC OS YW'N ADDO BOD PLENTYN I DDOD, MAE'N DWEUD Y GWIR.

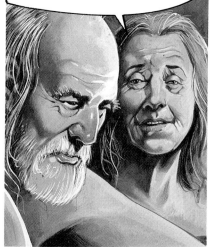

OND ABRAHAM, MAE'N RHY HWYR I NI. RYDYN NI'N DAU YN HEN AC YN BRIOD ERS BLYNYDDOEDD. OS OES PLANT I'W GENI, PLANT POBL ERAILL FYDD RHEINI.

OS OEDDWN I FEL GWRAIG I GAEL PLANT FE FYDDENT YMA ERBYN HYN. OND GWRANDA, FE ALLET TI GAEL PLANT O HYD. GWNA FEL ERAILL — CYSGA GYDAG UN O'M MORYNION. EFALLAI WEDYN Y CAWN NI BLANT O'R DIWEDD.

A PHEIDIO Â BOD YN DESTUN GWAWD.

ROEDD ABRAHAM YN HEN DDYN HEB BLANT, OND COFIODD EIRIAU DUW.

ADDEWAIST BLANT I MI. OND DIEITHRYN YW F'ETIFEDD O HYD. O ARGLWYDD DDUW, BETH SYDD GENNYT I'W ROI I MI?

DYWEDODD DUW ETO:

DY FAB DY HUN FYDD D'ETIFEDD, FE DDAW O'TH GNAWD DY HUN. EDRYCHA AR YR AWYR — A FEDRI RIFO'R SÊR?

DYNA FYDD NIFER DY DDISGYNYDDION, YN DDIRIFEDI FEL Y SÊR.

OND ROEDD GAN SARA EI CHYNLLUN EI HUN.

A CHREDODD ABRAHAM YN NUW. ER EU BOD HEB BLANT O HYD.

ROEDD HAGAR, EI MORWYN, MEWN OED PAROD I DDWYN PLANT. A SARA'N YSU AM BLANT EI HUN, ROEDD YN BAROD I WNEUD UNRHYW BETH I'W CAEL.

BETH WYT TI'N EI AWGRYMU 'TE?

HAGAR.

EFALLAI BOD DUW WEDI SÔN AM BLANT, OND MAE'N HAWS DWEUD NA GWNEUD. RWY'N DECHRAU AMAU A YW DUW AM I NI GAEL PLANT O GWBL – MAE RHYWBETH YN EIN RHWYSTRO NI BETH BYNNAG.

ROEDD ABRAHAM A SARA WEDI YMYRRYD YNG NGHYNLLUN DUW, GAN FEDDWL GWNEUD YN WELL.

FFODD HAGAR, YN FEICHIOG AC ISEL EI HYSBRYD, I'R ANIALWCH UNIG.

BEICHIOGODD HAGAR FWY NEU LAI YN SYTH, GAN DEIMLO'N UWCHRADDOL I'W MEISTRES. TEIMLAI SARA'N FWY DIWERTH NAG ERIOED O'R BLAEN.

YN RHWYSTREDIG AC EIDDIGEDDUS, FE DRODD EI DICTER AR HAGAR, GAN EI THRIN YN GREULON IAWN.

AC FELLY GWRANDAWODD ABRAHAM AR EIRIAU SARA. FE GYSGODD Â HAGAR, EI MORWYN.

SYNIAD SARA OEDD E, WEDI'R CWBL.

ROEDD ANGEN HELP DUW UNWAITH ETO...

DAETH ANGEL YR ARGLWYDD O HYD I HAGAR YN YR ANIALWCH.

HAGAR! MAE DUW'N GWYBOD PA MOR DRIST WYT TI.

DOS YN ÔL AT SARA. 'ISHMAEL' FYDD ENW DY BLENTYN: TRWYDDO EF DAW ETIFEDDION LAWER NA ELLI EU RHIFO. MAE DUW'N GWYBOD AC YN CARU. DOS YN ÔL.

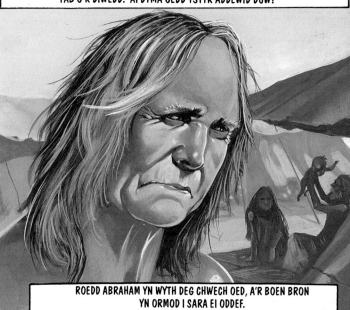

A DYCHWELODD HAGAR I ROI GENEDIGAETH I ISHMAEL. ROEDD GAN ABRAHAM FAB O'R DIWEDD. AI DYMA OEDD YSTYR ADDEWID DUW?

ROEDD ABRAHAM YN WYTH DEG CHWECH OED, A'R BOEN BRON YN ORMOD I SARA EI ODDEF.

UN DIWRNOD, AC ABRAHAM YN CYSGODI RHAG HAUL CANOL DYDD, GWELODD DRI GŴR YN Y PELLTER YN SYMUD TUAG ATO.

ROEDD YR HAUL YN DANBAID, AC AMHOSIB OEDD GWELD YN GLIR TRWY'R TES.

AC ETO, GWYDDAI ABRAHAM YN SYTH FOD RHYWBETH ANGHYFFREDIN YNGLŶN Â'R YMWELWYR HYN.

RHYWBETH – RHYWUN – **RHYFEDD** IAWN!

PWY AR WYNEB Y DDAEAR SY'N CERDDED YN YR HAUL FEL HYN?

F'ARGLWYDDI! F'ARGLWYDDI! ARHOSWCH!

F'ARGLWYDD, OS CEFAIS FFAFR – OS Y GWNES I DY BLESIO ERIOED – AROS I FWYTA AM DIPYN!

GADEWCH I MI DDOD Â DŴR I CHI, A THAMED O FWYD, EFALLAI? HMM?

O'R GORAU, FE ARHOSWN, DIOLCH.

SARA! SARA!! YMWELWYR!

OND PWY?

O! MAE'N **ANODD** CREDU! WEL, NEB LLAI NA ...

MAE ANGEN CACENNAU – O'R BLAWD GORAU POSIB! DEFNYDDIA LOND SACH!

OND MAE HONNO I'W CHADW AR GYFER ACHLYSUR ARBENNIG!

MAE HWN **YN** ACHLYSUR ARBENNIG! MAE'R LLO GORAU WEDI EI LADD HEFYD, I'W GOGINIO AR GYFER Y WLEDD! FE FYDD HWN YN BARTI I'W GOFIO!

F'ARGLWYDDI, GADEWCH I MI WEINI ARNOCH CHI FY HUN!

BETH YN Y BYD SY'N BOD ARNO FE...?

A GWYDDAI **SARA** HEFYD BRYD HYNNY PWY OEDD YR YMWELYDD RHYFEDD.

CADWODD DUW EI ADDEWID. ER EU BOD YN HEN YNG NGOLWG Y BYD, ROEDD ABRAHAM A SARA — TRWY ISAAC — YN MYND I GAEL ETIFEDDION LAWER. CYNIFER Â'R CREGYN AR Y TRAETH, NEU SÊR Y NEN AR NOSON GLIR.

NAW MIS YN DDIWEDDARACH, YN UNION FEL Y DYWEDWYD WRTHYNT, RHODDODD SARA ENEDIGAETH I FAB, A'I ENWI'N **ISAAC**.

ISAAC OEDD YR ATEB I'R HOLL DDISGWYL POENUS A HIR.

EF OEDD EU LLAWENYDD, A'U CARIAD, A'R PRAWF O'U FFYDD YN NUW. EU BREUDDWYDION OLL WEDI DOD YN WIR.

ISAAC OEDD EU HOLL FYWYD.

ROEDD DUW AM I ABRAHAM FOD YN DAD I GENEDL FAWR, I FENDITHIO'R BYD TRWYDDYNT. OND CYN HYNNY ROEDD UN PRAWF ANODD I DDOD ...

AC FELLY UN DIWRNOD DERBYNIODD ABRAHAM NEGES GAN DDUW. NEWYDDION OFNADWY, OEDD YN FWY DYCHRYNLLYD NA DIM.

A'I GALON AR DORRI, UFUDDHAODD ABRAHAM I'R NEGES, WRTH GYCHWYN GYDA'I FAB IFANC.

ROEDD I FYND Â'R BACHGEN I GOPA MYNYDD, I'W OFFRYMU Â THÂN I DDUW.

WEDI'R HOLL DDISGWYL HIR AM FAB, ROEDD YN ARTAITH I ABRAHAM EI GOLLI MEWN FFORDD MOR ERCHYLL.

NI WYDDAI ISAAC DDIM AM Y PETH. ROEDD Y DIWRNOD YN UN ANTUR FAWR IDDO, YNG NGHWMNI EI DAD.

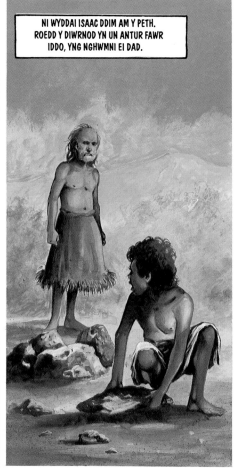

EDRYCHWCH, NHAD! FE FYDD YR HOLL GOED GARION NI YN LLOSGI'N DDA. Y CWBL SYDD EI ANGEN NAWR YW OEN.

DERE. GAD I FI DY HELPU
DI. DYNA NI. RWYT TI'N
MYND YN DRYMACH BOB
DYDD, PRIN Y GALLA I DY
GODI DI!

OND NHAD! MAE'R
ALLOR YN BAROD, A'R
GYLLELL GYDA NI, OND BLE
MAE'R OEN I'W ABERTHU?

GWNAIFF
DUW ROI OEN YN
SIŴR I TI.

PAID Â SYMUD,
FYDDA I DDIM
YN HIR, ISAAC
BACH.

ABRAHAM!
PAID Â NIWEIDIO'R
PLENTYN!

RHEWODD ABRAHAM. DYWEDODD DUW: 'PAID Â GWNEUD
DIM NIWED I'R PLENTYN. RWY'N GWYBOD YN AWR DY FOD
YN FFYDDLON, GAN I TI FOD YN BAROD I ROI DY FAB, HYD
YN OED DY UNIG FAB, I MI.'

EDRYCHODD ABRAHAM Y TU ÔL IDDO GAN WELD HWRDD WEDI EI DDAL
MEWN DRYSNI. CYMERODD YR HWRDD I'W OFFRYMU.

CLYWODD LAIS DUW'N
GALW ETO.

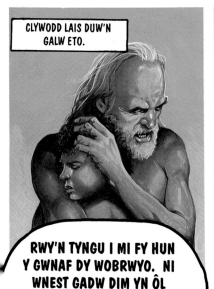

RWY'N TYNGU I MI FY HUN
Y GWNAF DY WOBRWYO. NI
WNEST GADW DIM YN ÔL
ODDI WRTHYF I, AC FE ROF
ETIFEDDION I TI, A'U RHIF
FEL SÊR YR AWYR.

A'U RHIF FEL Y
TYWOD AR LAN Y MÔR.

A BYDD HOLL
GENHEDLOEDD Y DDAEAR
YN GOFYN I MI EU BENDITHIO,
FEL Y BENDITHIAF
DY DEULU DI.

HANES ISAAC

TYFODD ISAAC YN DDYN. BU FARW EI FAM.

ROEDD ISAAC YN CARU EI FAM YN FAWR, AC ROEDD YN GALARU AMDANI. PENDERFYNODD ABRAHAM CHWILIO AM WRAIG IDDO.

ROEDD Y MERCHED LLEOL YN ADDOLI DUWIAU GWAHANOL. FELLY EDRYCHODD ABRAHAM TUAG AT MESOPOTAMIA BELL, GWLAD EI GYNDEIDIAU.

DANFONODD WAS, Â CHAMELOD A NWYDDAU, AR DAITH HIRBELL YN ÔL AR HYD YR HEN LWYBRAU A GERDDODD DDEGAWDAU'N ÔL. TASG Y GWAS OEDD CHWILIO AM WRAIG ADDAS I ISAAC.

GAN YSTYRIED MOR ANODD Y DASG, GWNAETH Y GWAS BETH CALL IAWN: GWEDDÏODD. GOFYNNODD I DDUW AM GYMORTH I GANFOD Y PERSON IAWN.

DAETH Y GWAS I DDINAS HARAN. EISTEDDODD WRTH FFYNNON Y TU ALLAN I'R DDINAS A GWEDDÏODD ETO...

ARGLWYDD DDUW, BYDD YN GAREDIG WRTH FY MEISTR, A HELPA FI. WRTH I'R MERCHED DDOD I NÔL DŴR FE OFYNNAF AM DDIOD. OS GWNAIFF UN OHONYNT GYNNIG DŴR I'M CAMELOD HEFYD – HI FYDD YR UN, DY DDEWIS DI, AC YNA ... –

HELÔ?

MAE GOLWG SYCHEDIG ARNOCH. AC MAE'N SIŴR BOD ANGEN DIOD AR EICH CAMELOD HEFYD?

OS ATEB – ATEB YN SYTH!

ROEDD Y FERCH YN BERFFAITH – A HYD YN OED YN BERTHYNAS BELL I'R MEISTR. Y CYMAR DELFRYDOL I ISAAC.

REBECA OEDD EI HENW. ROEDD HI'N BRYDFERTH IAWN.

AETH Y GWAS I GYFARFOD Â'I THAD, BETHUEL, A'I BRAWD, LABAN. ROEDDENT WRTH EU BODD O GLYWED HANES ABRAHAM, A LLWYDDIANT EI DEULU.

ROEDD HI'N AMLWG BOD DUW WEDI BOD AR WAITH YN ARWAIN Y GWAS ATYNT. FELLY RHOESANT GANIATÂD IDDO OFYN I REBECA FYND YN ÔL GYDAG EF.

OND Y HI OEDD PIAU'R DEWIS.

CYTUNODD REBECA I FYND, A CHYDA'I MORYNION GADAWODD AM WLAD CANAAN A BYWYD NEWYDD ...

ROEDD ISAAC YN Y CAEAU FIN NOS PAN WELODD GAMELOD YN Y PELLTER. TEITHIENT YN SYTH TUAG ATO.

GWELODD REBECA ISAAC O BELL FEL CYSGOD UNIG YN CERDDED TUAG ATYNT TRWY'R CAEAU.

AETH ISAAC Â REBECA I BABELL EI FAM, SARA, A'I CHYMRYD YN WRAIG IDDO.

CILIODD Y GALAR AM EI FAM O'I GALON WRTH I'W GARIAD AT REBECA DYFU.

ROEDD DUW WEDI RHOI GWRAIG IDDO, I'W GYNNAL A GWELLA EI BOEN.

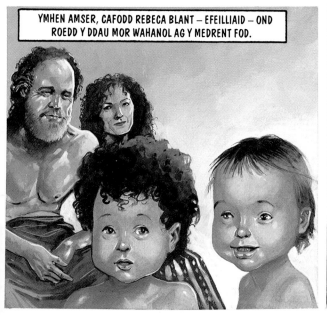

YMHEN AMSER, CAFODD REBECA BLANT – EFEILLIAID – OND ROEDD Y DDAU MOR WAHANOL AG Y MEDRENT FOD.

ESAU OEDD YR HYNAF. PAN ANED EF, ROEDD EI HOLL GORFF WEDI'I ORCHUDDIO Â BLEW, BRON FEL MANTELL.

TYFODD I FOD YN HELIWR DEWR, DYN Y MYNYDDOEDD, Y CAEAU A'R AWYR AGORED. HOFFAI ISAAC EI FAB YN FAWR, AC ROEDD Y BWYD A DDALIAI WRTH HELA WRTH EI FODD.

JACOB OEDD YR EFAILL IEUENGAF, AC MOR WAHANOL I'W FRAWD. DYN TAWEL AC ADDFWYN OEDD E, YN HOFF O GWMNI POBL, AC YN FFEFRYN EI FAM.

ROEDD DUW WEDI DWEUD WRTH ISAAC EU BOD FEL BRODYR YN MYND I ARWAIN DWY GENEDL FAWR, OND BOD YR AIL-ANEDIG YN MYND I LYWODRAETHU AR Y BRAWD CYNTAF.

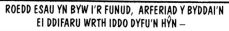

ROEDD ESAU YN BYW I'R FUNUD, ARFERIAD Y BYDDAI'N EI DDIFARU WRTH IDDO DYFU'N HŶN –

BETH SYDD GEN TI YN Y CAWL 'NA, JACOB? MAE E'N GWYNTO'N ARDDERCHOG. RHO DAMED BACH I FI CYN I FI LWGU'N Y FAN A'R LLE.

FE ALLET TI AROGLI BWYD O FILLTIR I FFWRDD.

GALLWN, TASWN I'N LLWGU.

A RYDW I AR LWGU'N AWR. DERE 'MLÂN, CYN IDDO FE OERI.

OND FUES I WRTHI'N EI GOGINIO FE DRWY'R DYDD. RWY'N GWYBOD MAI HWN YW DY FFEFRYN DI, OND ALLA I DDIM RHOI'R CWBL I TI FEL 'NA.

YN NA ALLA I?

CAWL COCH, WEDI EI FERWI'N BERFFAITH – DY FFEFRYN DI – O! BETH OEDD Y SWN 'NA – STORM YN Y PELLTER?

NAGE SIŴR – DY STUMOG DI OEDD HWNNA, O WEL ...

RWY'N GWYBOD, BETH AM I TI ROI DY ENEDIGAETH FRAINT I MI, DYNA I GYD ...

... FY NGENEDIGAETH FRAINT?

YDY WIR, MAE'N GWYNTO'N DDA!

IE IE, D'ENEDIGAETH FRAINT. WEDI'R CWBL, ELLI DI DDIM BWYTA D'ENEDIGAETH FRAINT. A DYW D'ENEDIGAETH FRAINT DI DDIM O FLAEN DY LYGAID DI'N AWR, YN NAGYW?..

...YN MYND YN OER.

IAWN, UNRHYW BETH! CYMER FY NGENEDIGAETH FRAINT I, OND RHO'R CAWL YNA I FI'N SYDYN – NAWR!

 OND ROEDD ESAU, WRTH BOENI MWY AM EI FOL NA HAWLIAU FEL Y MAB CYNTAF, WEDI YMDDWYN FEL PE B POWLAID O GAWL YN GYFWERTH Â'I DEULU EI HUN.

CREDAI JACOB YN AWR FOD GANDDO HAWL DEG I ETIFEDDIAETH ESAU. GAN AMLAF, Y MAB CYNTAF FYDDAI'N GWNEUD ORAU O'R EWYLLYS, OND JACOB BELLACH OEDD I DDERBYN Y FRAINT HONNO.

WRTH GWRS. AC YCHYDIG O FARA – I SELIO'R FARGEN!?

HMMFF.

ROEDD JACOB YN DDIDOSTUR.

OND ROEDD EI FEDDW YN DAL I GYNLLWYNI

N OEDD ISAAC YN HEN DDYN DALL, AR EI WELY ANGAU, GOFYNNODD AM [] ESAU, EI HOFF FAB.

[]WY GYDOL EI FYWYD BU ISAAC YN DRIW I'W SYNHWYRAU. DIBYNNAI [] YR HYN Y MEDRAI EI WELD, EI AROGLI, EI GLYWED, EI GYFFWRDD A'I [] SU. OND PYLODD EI SYNHWYRAU'N RADDOL ...

ESAU, FY MACHGEN. CYMER DY FWA A DOS I HELA BWYD I MI. GWNA HYN I HEN DDYN, AC YNA FE'TH FENDITHIAF CYN I MI FARW.

A GADAWODD ESAU, I HELA RHYWBETH ARBENNIG I'R HEN DDYN. OND ROEDD REBECA WEDI CLYWED EU SGWRS.

ONID OEDD ESAU WEDI GWERTHU EI ENEDIGAETH FRAINT, A JACOB WEDI EI PHRYNU Â'R CAWL YN DEG?

CAFODD REBECA SYNIAD ...

JACOB? DERE DRAW FAN HYN AM EILIAD!

OND MAE GEN I GYNLLUN – GWRANDA. RWYF WEDI MEDDWL LLAWER AM HYN, A CHREDA FI, FE WNAWN NI LWYDDO. OS NA WNAWN NI, FE GEI DI FY MEIO I AM HYNNY.

DYMA SY'N RHAID I TI EI WNEUD.

NAWR GWRANDA ARNA I: DOS I LADD DAU FYN GAFR I MI. TRA BOD ESAU YN HELA FE GOGINIAF I BRYD BWYD BLASUS I DY DAD – EI FFEFRYN. YNA BYDD E'N SIWR O'TH FENDITHIO DI.

OND PAM WNAIFF E HYNNY?

FE FYDD E'N CREDU MAI ESAU WYT TI.

MAI FI YDY ESAU ? OND MAM, FE ALLAI DYN DALL, HYD YN OED, DDWEUD Y GWAHANIAETH RHYNGOM NI! RWYF HYD YN OED YN TEIMLO'N WAHANOL IDDO FE!

AC FE WRANDAWODD JACOB AR EIRIAU EI FAM ...

DIHUNWCH, NHAD – FI SYDD YMA, ESAU, GYDA'R CAWL I CHI. BWYTEWCH HWN, I MI GAEL DERBYN EICH BENDITH.

ESAU? FUEST TI'N SYDYN! AC MAE DY LAIS DI'N RHYFEDD. RWYT TI'N SWNIO FEL JACOB!

ROEDD REBECA WEDI GWISGO JACOB MEWN CROEN GAFR, YN Y GOBAITH O DWYLLO'R HEN DDYN DALL A BYDDAR.

YN SYDYN? DO, WEL ... GWNAETH DUW FY HELPU. OND BWYTEWCH Y CAWL YMA, NHAD. FE FUES I'N HELA, ER MWYN I MI GAEL EICH BENDITH CHI.

HMM. DERE'N AGOSACH ... ESAU. GAD I MI DY GYFFWRDD DI.

RWYT TI'N TEIMLO FEL ESAU, ER FY MOD I'N CLYWED LLAIS JACOB. AI ESAU FY MAB WYT TI?

IE, FI YW ESAU.

YNA, RWY'N RHOI FY MENDITH I TI.

BYDDED I DDUW ROI GWLITH Y NEFOEDD I TI, A DIGONEDD O RAWN A GWIN. BYDDED I GENHEDLOEDD DY WASANAETHU AC YMGRYMU O'TH FLAEN.

BYDDI'N ARGLWYDD AR BOB AELOD O'R TEULU HWN. BYDDED MELLTITH AR Y RHAI SY'N DY FELLTITHIO, A BENDITHIED Y RHAI SY'N DY FENDITHIO.

WEL, ROEDD HYNNA'N HAWS NA'R DISGWYL!

ROEDD DUW WEDI DWEUD WRTH ISAAC MAI YR AIL-ANEDIG FYDDAI'N LLYWODRAETHU AR EI EFAILL HŶN, A HEB WYBOD YN WELL RHODDODD ISAAC YR ENEDIGAETH FRAINT I ESAU. TWYLLODD REBECA EI GŴR.

CAFODD JACOB EI ETIFEDDIAETH, ENILLODD YR HYN OEDD YN IAWN – OND GWNAETH HYNNY TRWY DWYLL.

FFAITH A DDEUAI'N GLIR I ESAU, WEDI IDDO DDOD YN ÔL O'R HELFA ...

DIHUNWCH, NHAD. FI SY YMA, ESAU. CODWCH I EISTEDD A BWYTA, AC I ROI EICH BENDITH I MI.

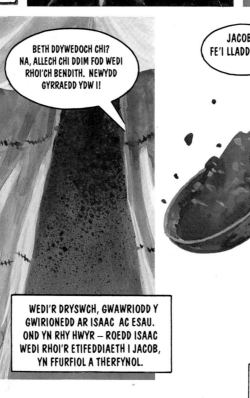

BETH DDYWEDOCH CHI? NA, ALLECH CHI DDIM FOD WEDI RHOI'CH BENDITH. NEWYDD GYRRAEDD YDW I!

WEDI'R DRYSWCH, GWAWRIODD Y GWIRIONEDD AR ISAAC AC ESAU. OND YN RHY HWYR – ROEDD ISAAC WEDI RHOI'R ETIFEDDIAETH I JACOB, YN FFURFIOL A THERFYNOL.

JACOB! FE'I LLADDAF I E!

A CHYNLLWYNIODD ESAU. NI FYDDAI ISAAC BYW HYD BYTH, AC WEDI CYFNOD O ALARU, FE LADDAI EI FRAWD YN SYTH.

YN ÔL BWRIAD DUW FE DDERBYNIODD JACOB EI ENEDIGAETH FRAINT, OND ROEDD Y TEULU YN AWR WEDI EI RWYGO GAN DWYLL.

BU'N RHAID I JACOB FFOI RHAG LLID EI EFAILL. GAN ADAEL Y BYWYD TEULUOL TAWEL, A'R PEBYLL FU'N GARTREF IDDO ERIOED, CYCHWYNNODD AR DAITH AT EI EWYTHR LABAN, BRAWD REBECA.

NI WELODD EI ANNWYL FAM FYTH ETO.

YN Y BRYNIAU UNIG, CYMERODD GARREG FEL GOBENNYDD I'W BEN.

NID OEDD YN HOFF O'R WLAD AGORED FEL EI FRAWD, OND CYSGODD CYN HIR.

OND NOSON RYFEDD A GAFODD YN WIR.

CAFODD FREUDDWYD: GWELODD YSGOL FEL GRISIAU'N ESTYN O'R DDAEAR I'R NEFOEDD, AC ANGYLION DUW YN DRINGO AC YN DISGYN AR EI HYD.

MYFI YW'R ARGLWYDD, DUW ABRAHAM A DUW ISAAC.

FE RODDAF Y TIR Y GORWEDDI ARNO I TI. BYDD DY DDISGYNYDDION YN FWY NIFERUS NA LLWCH Y DDAEAR, A BENDITHIR Y BYD CYFAN TRWYDDYNT HWY.

AC AR BEN Y GRISIAU, GWELODD DUW.

EDRYCHODD DUW AR JACOB, A DWEUD ...

YR WYF FI GYDA THI, YN DY WARCHOD LLE BYNNAG YR EI DI, AC FE DDOF Â THI'N ÔL I'R WLAD HON, RHYW BRYD. NI WNAF DY ADAEL NES I MI WNEUD YR HYN A ADDEWAIS.

YR WYF FI GYDA THI, JACOB.

DIHUNODD JACOB, YN OFNUS IAWN –

MAE DUW YN Y LLE HWN, A BÛM YN CYSGU WRTH GATIAU'R NEFOEDD HEB WYBOD YN WELL!

OS YW DUW AM FOD GYDA MI, OS YW DUW AM FY NGWARCHOD, A'M BWYDO A'M DILLADU – FE FYDD YR ARGLWYDD YN DDUW I MI YN SIŴR.

FEL AG Y GWNAETH AG ABRAHAM AC ISAAC, RHODDODD DUW ADDEWID I JACOB, ER NAD OEDD YN HAEDDU DIM.

GALWODD JACOB Y LLE, 'BETHEL' – HYNNY YW TŶ I DDUW – CYN PARHAU AR EI DAITH I WLAD EI FAM A'I THEULU.

WRTH IDDO NESU AT DDINAS HARAN, DAETH JACOB AR DRAWS BUGEILIAID YN Y CAEAU.

HELÔ, Y FI YDY (WMFF!) JACOB, MAB REBECA, CHWAER DY DAD.

A HON (WMFF!) YW'R GARREG DRYMA'N Y BYD!

RWY'N CHWILIO AM DDYN O'R ENW LABAN. YDYCH CHI'N EI 'NABOD E?

LABAN ? DYNA'I FERCH, RACHEL, YN DOD Â'R DEFAID I GAEL YFED. ARHOSA I SIARAD Â HI, AC I'N HELPU NI I SYMUD Y GARREG O'R PYDEW LLE MAE'R DŴR.

GAD I MI . . .

EFALLAI EI BOD YN WELL I CHI GWRDD Â NHAD.

AC O'R DIWEDD CYRHAEDDODD DŶ EI EWYTHR, LABAN.

FY MACHGEN! UN O'M TEULU I FY HUN! CROESO!

OND DYMA OEDD DECHRAU GOFIDIAU JACOB. ROEDD JACOB, Y TWYLLWR, AR FIN CAEL EI DWYLLO

FE SYRTHIODD JACOB MEWN CARIAD Â RACHEL YN SYTH. AC FELLY, WRTH DRAFOD EI GYFLOG AM WEITHIO I LABAN, DYWEDODD, 'FE WEITHIAF I TI AM SAITH MLYNEDD OS CAF I RACHEL YN WRAIG I MI.'

ROEDD HWN YN GYNNIG ARDDERCHOG, AC YN ORMOD I LABAN EI WRTHOD.

OND ROEDD GAN RACHEL CHWAER HŶN, O'R ENW LEA, NAD OEDD YN ÔL POB SÔN MOR BRYDFERTH Â HI.

GWAITH HAWDD OEDD DOD O HYD I ŴR I RACHEL, A'R TREFNIANT Â JACOB YN TALU'N DDA. OND NI FYDDAI'R SAITH MLYNEDD YN PARA AM BYTH, A GWYDDAI LABAN FOD NEWID BYD I DDOD.

A LLAFURIODD JACOB AM SAITH MLYNEDD LAWN, OND GAN DEIMLO EU BOD FEL DIWRNODAU, CYMAINT OEDD EI GARIAD AT RACHEL.

AC OS OEDD JACOB YN DWYLLWR DA, ROEDD LABAN YN WELL FYTH.

DAETH Y SAITH MLYNEDD I BEN, A DAETH HI'N AMSER I JACOB A RACHEL BRIODI. CAFWYD DATHLU A GWLEDDA ...

AC YFED MAE'N SIŴR.

ROEDD Y BRIODFERCH YN BRYDFERTH YN EI GWISG.

A'I HWYNEB WEDI'I GUDDIO.

A'R DATHLU AR BEN, RHODDODD LABAN EI FERCH YN WRAIG I JACOB, A'U GWYLIO'N MYND AM Y GWELY.

ROEDD HI'N DYWYLL.

A'I HWYNEB YN Y CYSGOD.

NI WELODD JACOB WYNEB EI WRAIG TAN Y BORE, PAN WAWRIODD Y CWBL ARNO —

LEA?! PAM WYT TI YMA?

NAC WYT TI WIR!

RWY'N WRAIG I TI.

YDW, ERS NEITHIWR.

LABAN! PAM WNEST TI HYN I MI?! FE WEITHIAIS I AM SAITH MLYNEDD I TI, A DYMA TI'N RHOI'R FERCH ANGHYWIR YN WRAIG I MI!

PWY, LEA? BETH SYDD MOR OFNADWY YNGLŶN Â PHRIODI LEA?

DOES DIM RHESWM I TI WYLLTIO FEL HYN.

MAE PAWB YN DEALL Y DREFN – BOD RHAID PRIODI'R FERCH HYNAF YN GYNTAF, CYN YR IEUENGAF. DYNA'R TRADDODIAD.

'TRADDODIAD' NEWYDD IAWN, MAE'N RHAID!

A NAWR DY FOD TI WEDI PRIODI LEA, Y CWBL SY'N RHAID I TI EI WNEUD YW AROS AM WYTHNOS, AC YNA, OS WYT TI EISIAU, FE GEI DI BRIODI RACHEL.

WEL, RHAID I TI DALU Â SAITH MLYNEDD O WAITH, WRTH GWRS.

AC FELLY, LLAFURIODD JACOB AM SAITH MLYNEDD ARALL, GAN DEIMLO POB DIWRNOD YN LLUSGO.

NID OEDD BOD YN BRIOD I DDWY CHWAER YN FÊL I GYD, O BELL FFORDD …

 OND JACOB, RWY'N DAL HEB FEICHIOGI. RHO BLENTYN I MI, JACOB; RWYF BRON MARW EISIAU PLANT!

OND NID Y FI SYDD AR FAI! WEDI'R CWBL, MAE GAN LEA DDIGON O BLANT, AC –

PAID Â SÔN AMDANI HI ETO! ANGHOFIA AMDANI. LEA, WIR!

OS NA ELLI DI ROI PLANT I MI, FE FYDD YN RHAID I TI GYSGU Â BILHA FY MORWYN. EFALLAI Y CAF FI DEULU TRWYDDI HI.

A GWNAETH JACOB HYNNY, A CHYN HIR BEICHIOGODD BILHA, Y FORWYN.

AR ÔL IDDO GYSGU GYDA MORWYN RACHEL, MYNNODD LEA EI FOD YN CYSGU GYDA'I MORWYN HITHAU. BEICHIOGODD Y FORWYN HEFYD.

DADLEUAI'R DDWY CHWAER O HYD AC O HYD, TRA OEDD TEULU JACOB YN DAL I DYFU.

O'R DIWEDD BEICHIOGODD RACHEL HEFYD, GAN ENI MAB.

CARAI JACOB EI WRAIG RACHEL YN FWY NA LEA, A DYMA HI'N GENI MAB IDDO O'R DIWEDD. CARAI'R PLENTYN HWNNW'N FWY NA'R UN O'R LLEILL.

JOSEFF OEDD ENW'R PLENTYN.

OND DAETH CWMWL ARALL DROS DEULU JACOB, WRTH I LABAN, EI DAD-YNG-NGHYFRAITH, DDECHRAU CYMRYD MANTAIS O'I LWYDDIANT FEL FFERMWR.

MAE AGWEDD DY DAD TUAG ATA I YN NEWID. FE WEITHIAIS I MOR GALED AG Y GALLWN, AC ETO MAE WEDI TORRI FY NGHYFLOG AM Y DEGFED TRO.

MAE DUW WEDI'N GWARCHOD A CHANIATÁU I NI LWYDDO. OND YN AWR, MAE'N DWEUD Y DYLEM ADAEL Y LLE HWN.

WEL, MAE'N TAD NI EIN HUNAIN WEDI'N TRIN FEL DIEITHRIAID, GAN EIN GWERTHU I TI A GWARIO'R HOLL ARIAN. NI SYDD PIAU'R ELW O'R TIR BELLACH, AC NID Y FE.

GWNA YR HYN MAE DUW'N EI DDWEUD.

AC FELLY GOSODODD JACOB EI WRAGEDD A'I BLANT AR GAMELOD. A CHAN YRRU EI ANIFEILIAID O'I FLAEN, TEITHIODD AM ADREF – YN ÔL I WLAD CANAAN.

AM YR EILDRO YN EI FYWYD ROEDD JACOB YN FFOI. BU'N TEITHIO'R FFORDD HON O'R BLAEN AR EI BEN EI HUN. OND Y TRO HWN ROEDD YN BEN AR DEULU MAWR.

OND WRTH GWRS, NID OEDD DISGWYL I LABAN ANWYBYDDU DIFLANIAD EI DEULU. AC WRTH IDDYNT WERSYLLA YM MRYNIAU GILEAD, DAETH LABAN A'I DDYNION O HYD IDDYNT.

BUONT YN DILYN O BELL AM WYTHNOS LAWN.

WRTH IDDO GYSGU Y NOSON CYNT, DAETH BREUDDWYD RYFEDD I BOENI LABAN. FE'I RHYBUDDIWYD GAN DDUW I BEIDIO Â BYGWTH JACOB.

AC FELLY, ER EI DDICTER, Y BORE WEDYN AETH LABAN AT JACOB GAN DROEDIO'N OFALUS.

BETH SY'N DIGWYDD FAN HYN?

RWYT TI WEDI 'NHWYLLO I, A THRIN FY MERCHED FEL CAETHION RHYFEL. A DWYN F'ANIFEILIAID A HYD YN OED FY WYRION, HEB ADAEL I MI FFARWELIO'N IAWN Â NHW!

CRED FI, JACOB, FE ALLWN I WNEUD NIWED MAWR I TI!

CROESODD JACOB AFON IORDDONEN UNWAITH ETO. Y TRO O'R BLAEN ROEDD YN FFOI RHAG ESAU, HEB DDIM I'W ENW, OND DYCHWELAI YN AWR Â GWRAGEDD, PLANT, ANIFEILIAID A GWEISION LAWER.

OFNAI JACOB BOD TRWBWL O'I FLAEN. ROEDD POB CAM A GYMERAI AT WLAD CANAAN YN EI ARWAIN YN NES AT DIROEDD EI FRAWD ESAU.

DAETH EI NEGESWYR YN ÔL I ADRODD Y NEWYDDION A OFNAI. ROEDD ESAU WEDI CLYWED EU BOD AR Y FFORDD AC YN MARCHOGAETH ATYNT Â 400 O DDYNION.

ROEDD HEN GREITHIAU AR FIN CAEL EU HAGOR ETO, A DAETH BYGYTHIADAU EI FRAWD YN ÔL I DDYCHRYN JACOB.

OFNAI'R GWAETHAF.

RHANNODD JACOB EI BOBL YN GRWPIAU, GAN ROI ANRHEGION AMRYWIOL IDDYNT I'W CYNNIG I ESAU. AR UN LLAW GOBEITHIAI ENNILL HEDDWCH EI FRAWD, NEU O LEIAF ROI GOBAITH I UN O'R GRWPIAU DDIANC PETAI ESAU'N YMOSOD.

WEDI DANFON EI ANIFEILIAID A'I WEISION YMLAEN, DANFONODD JACOB EI WRAGEDD, EU MORYNION, A'I UN MAB AR DDEG DROS YR AFON.

YR OEDD AR EI BEN EI HUN UNWAITH ETO.

ROEDD JACOB WEDI GWEDDÏO O'R BLAEN AR I DDUW EI DADAU EI ACHUB RHAG DIALEDD EI FRAWD.

BRYD HYNNY, FEL YN AWR, ROEDD YN UNIG AC YN OFNUS, YN OFNI EI FRAWD AC OFN MARW'N FWY NA DIM. OND NID OEDD DUW WEDI ANGHOFIO JACOB, NA'R ADDEWIDION A WNAETHAI FLYNYDDOEDD YNGHYNT.

AC FEL O'R BLAEN, DAETH DUW I SIARAD AG EF . . .

DAETH DYN ATO YN Y NOS, GAN YMLADD Â JACOB HYD DORIAD Y WAWR.

PAN WELODD Y DYN NAD OEDD MODD IDDO DRECHU, FE DRAWODD GLUN JACOB O'I LLE, A'I DADGYSYLLTU'N LLWYR. OND BRWYDRODD JACOB YMLAEN.

BU JACOB YN BRWYDRO YN ERBYN DUW TRWY GYDOL EI FYWYD, OND ROEDD YN YMLADD YN LLYTHRENNOL YN AWR.

BU'R DDAU'N YMGODYMU TRWY'R NOS, HEB ILDIO DIM I'W GILYDD.

NID JACOB FYDD DY ENW BELLACH. O HYN YMLAEN DY ENW FYDD 'ISRAEL'.

GAD I MI FYND! MAE'R WAWR AR DORRI!

NA, DDIM NES I TI 'MENDITHIO I!

BETH YW D'ENW DI?

JACOB. F'ENW YW JACOB.

AC AETH Y DYN. SYLWEDDOLODD JACOB EI FOD YN DAL YN FYW, ER IDDO WELD DUW WYNEB YN WYNEB.

EI ENW BELLACH OEDD 'ISRAEL' – GAIR HEBRAEG, A'I YSTYR OEDD, 'UN SY'N YMDRECHU Â DUW'.

NI FYDDAI JACOB YR UN FATH FYTH ETO AR ÔL CYFFYRDDIAD YR YMLADDWR. FE FYDDAI'N GLOFF AM WEDDILL EI FYWYD. AC WRTH WEDDÏO NI FYDDAI'N GALW AR 'DDUW EI DADAU' OND YN HYTRACH AR 'DDUW ISRAEL'. DAETH DUW YN DDUW PERSONOL IDDO.

OND ROEDD Y DASG O WYNEBU ESAU'N AROS AMDANO O HYD ...

FE BWYSODD AR EI FFON MEWN GWENDID A DYCHRYN WRTH WELD EI FRAWD, A'I DDYNION AR GARLAM, YN NESU ATO'N GYFLYM.

HYN ETO! AR ÔL Y FATH FRWYDR! ROEDD YN SIŴR O FARW WEDI'R CWBL. NI LWYDDODD I FFOI RHAG EI FRAWD; DYMA'I ORFFENNOL YN EI ERLID ETO.

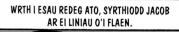

WRTH I ESAU REDEG ATO, SYRTHIODD JACOB AR EI LINIAU O'I FLAEN.

GWELAIS RHYW DEULU AR Y FFORDD YMA. PWY OEDDEN NHW?

DYNA'R PLANT WNAETH DUW EU RHOI I MI, DY WAS.

NA, JACOB, MAE GEN I BOPETH SYDD EI ANGEN. CADW DY EIDDO, MAE GEN I FWY NA DIGON.

A'R ANIFEILIAID YR OEDDYNT YN EU GYRRU O'U BLAENAU? O BLE Y DAETH Y RHEINY?

RHODD YW'R ANIFEILIAID I TI, F'ARGLWYDD. ANRHEG ODDI WRTH DY WAS – CYMER NHW.

OND MAE'N RHAID I TI EU DERBYN! MAE'TH WYNEB I MI FEL WYNEB DUW, FELLY DERBYN Y RHODDION FEL ARWYDD FY MOD YN DDERBYNIOL YN DY OLWG.

AC FELLY, O DAN BWYSAU PERSWÂD JACOB, DERBYNIODD ESAU Y RHODDION, FEL ARWYDD O'U CYMOD. ER NAD OEDD JACOB YN HAEDDU DIM, FE FADDEUODD EI FRAWD IDDO'N RHWYDD.

WYLODD JACOB YN DDIOLCHGAR A LLAWEN GAN I'W FRAWD EI GOFLEIDIO YN HYTRACH NA'I GOSBI Â THRAIS. ROEDD ESAU'N HAPUS HEFYD BOD EI FRAWD YN ÔL YN FYW AC YN IACH.

PAM NA DDOI DI'N ÔL GYDA MI'N AWR?

CER DI YMLAEN, FE DDOWN NI YN Y MAN – MAE LLAWER O'R ANIFEILIAID YN MAGU. Y CWBL RWYF EI EISIAU NAWR YW I BOPETH FOD YN IAWN RHYNGOM.

ROEDD JACOB ADREF O'R DIWEDD.

PRYNODD GAEAU YNG NGWLAD CANAAN, AC ADEILADODD ALLOR I DDUW ISRAEL – EI DDUW EF.

NI DDAETH HEDDWCH I DEULU JACOB O SYMUD I GANAAN. OND PA SYNDOD? Â PHLANT O BEDAIR GWRAIG, A DWY OHONYNT YN CHWIORYDD, ROEDD Y DADLAU'N SIŴR O BARHAU.

BU FARW RACHEL, HOFF WRAIG JACOB, WRTH ROI GENEDIGAETH I'W HAIL FAB – BENJAMIN.

FE'I CLADDWYD AR Y FFORDD I FETHLEHEM, A GOSODODD JACOB GOLOFN AR EI BEDD.

BENJAMIN OEDD YR OLAF O BLANT JACOB.

RHODDODD DUW NIFER O FEIBION I JACOB, OND ROEDD HI'N AMLWG MAI JOSEFF OEDD EI FFEFRYN, A'I FOD YN DDALL I ANGHENION Y LLEILL. FE'I GANED IDDO YN EI HENAINT, YN FAB CYNTAF I'W WRAIG ANNWYL RACHEL.

RHODDODD JACOB SIACED LAES I JOSEFF YN ARWYDD O'I GARIAD, SIACED WEDI EI HADDURNO Â LLIWIAU GWAHANOL.

TYFODD CASINEB Y BRODYR ERAILL. BETH FYDDAI DIWEDD HYN? AI JOSEFF FYDDAI'N DERBYN Y CWBL ODDI WRTH EU TAD, A HWYTHAU WEDI GWNEUD Y GWAITH CALED I GYD?

OND ROEDD GWAETH I DDOD, WRTH I JOSEFF DDECHRAU CAEL BREUDDWYDION RHYFEDD IAWN . . .

HANES JOSEFF

NEITHIWR, BREUDDWYDIAIS Y FREUDDWYD RYFEDDAF. ROEDD HI MOR GLIR, MOR FYW.

ROEDDEN NI I GYD ALLAN YN Y CAEAU YN HEL ŶD, AC YN SYDYN, DYMA EICH YSGUBAU ŶD CHI YN YMGRYMU I F'YSGUB I.

BREUDDWYDIAIS FOD YR HAUL, Y LLEUAD AC UN AR DDEG O SÊR YN YMGRYMU I MI. BETH FEDDYLIWCH YW YSTYR HYN?

PA FATH O FREUDDWYD YW HON, JOSEFF? WYT TI'N MEDDWL FOD DY FAM A MINNAU A DY HOLL FRODYR YN MYND I DDOD AC YMGRYMU I TI?

RWY'N CREDU Y BUASAI'N WELL PE BAEM NI I GYD YN ANGHOFIO AM Y BREUDDWYDION YMA.

OND NID ANGHOFIODD JACOB.

AC NID ANGHOFIODD BRODYR JOSEFF CHWAITH.

FEL TEULU O FUGEILIAID, ROEDDENT YN TREULIO'R RHAN FWYAF O'U HAMSER AR Y BRYNIAU YN GOFALU AM Y DEFAID.

ANFONWYD JOSEFF GAN JACOB I WELD SUT OEDD EI FRODYR, AC O'R DIWEDD CAFODD HYD IDDYNT. ROEDDENT YN AROS AMDANO.

BOB UN OHONYNT.

DYMA'R BREUDDWYDIWR BACH YN DOD.

GADEWCH INNI WNEUD FEL YR YDYM WEDI CYTUNO. UNWAITH Y BYDD WEDI MARW GALLWN OLLWNG EI GORFF I LAWR Y FFYNNON A DWEUD FOD ANIFEILIAID GWYLLT WEDI MYND AG EF.

PAWB YN BAROD?

BE SY'N DIGWYDD? BE 'DACH CHI'N EI WNEUD?

GAFAELWCH YNDDO REIT SYDYN!

TYNNWCH Y GOT YNA ODDI ARNO, FFEFRYN BACH DAD!

NID OEDD GAN JOSEFF SYNIAD FOD EU HEIDDIGEDD YN YMESTYN MOR BELL Â LLOFRUDDIAETH.

ARHOSWCH! ALLWN NI MO'I LADD, MAE'N DAL I FOD YN FRAWD INNI!

REUBEN, ROEDDEN NI WEDI CYTUNO!

MAE'N RHY HWYR I DROI'N ÔL YN AWR!

GADEWCH INNI EI DAFLU I LAWR Y FFYNNON SYCH YMA. OS BYDD Y CWYMP YN EI LADD, NID NI FYDD YN GYFRIFOL.

NI ALLAI REUBEN LADD JOSEFF. ROEDD AM DDOD YN ÔL YN DDIWEDDARACH HEB I'W FRODYR WYBOD, A'I ACHUB.

AR ÔL TYNNU EI GOT, TAFLWYD JOSEFF I MEWN I'R FFYNNON.

TRWY DRUGAREDD, NID OEDD Y CWYMP YN DDIGON I'W LADD.

YNO, YN UNIG AC YN OFNUS IAWN OHERWYDD CREULONDEB EI FRODYR, EISTEDDODD JOSEFF YN Y TYWYLLWCH, YN GWRANDO AR SŴN EI FRODYR YN BWYTA AC YN DADLAU UWCH EI BEN.

YN FUAN, DYMA GLYWED LLEISIAU NAD OEDD YN EU HADNABOD — POBL DDIEITHR GYDAG ACENION TRAMOR.

RYDYN NI WEDI PENDERFYNU NAD OES UNRHYW FANTAIS I NI O ADAEL ITI FARW. RWYT TI'N FRAWD INNI WEDI'R CYFAN.

YN LLE HYNNY RYDYN NI AM DY WERTHU DI I'R MASNACHWYR HYN.

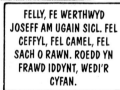

FELLY, FE WERTHWYD JOSEFF AM UGAIN SICL. FEL CEFFYL, FEL CAMEL, FEL SACH O RAWN. ROEDD YN FRAWD IDDYNT, WEDI'R CYFAN.

RHANNODD Y BRODYR YR ARIAN RHYNGDDYNT A GWYLIO'R TEITHWYR YN MYND. ROEDD JOSEFF ALLAN O'U BYWYDAU BELLACH, AC NI FYDDAI RHAGOR O DRAFFERTH GANDDO.

NI WYDDAI YR UN OHONYNT BRYD HYNNY Y BYDDAI EU LLWYBRAU'N CROESI ETO, AC YN YR AMGYLCHIADAU RHYFEDDAF . . .

FE AED Â JOSEFF I'R AIFFT A'I WERTHU FEL CAETHWAS I SWYDDOG UCHEL YN LLYS PHARO — DYN O'R ENW POTIPHAR.

FE SYLWODD POTIPHAR YN FUAN IAWN FOD RHYWBETH ARBENNIG YNGLŶN Â'I GAETHWAS NEWYDD. ROEDD DUW GYDA JOSEFF, YN EI HELPU I RAGORI YM MHOPETH A WNÂI.

NID OEDD POTIPHAR YN FFŴL. ROEDD YN ADNABOD RHYWBETH DA PAN WELAI HYNNY! YN FUAN, ROEDD WEDI YMDDIRIED RHEDEG EI HOLL YSTÂD I JOSEFF.

WRTH IDDO GAEL MWY O GYFRIFOLDEB, ROEDD JOSEFF YN RHAGORI MWY. BENDITHIODD DUW JOSEFF GYDA LLAWER O DDONIAU . . .

GAN GYNNWYS Y FFAITH EI FOD YN OLYGUS — FFAITH A NODWYD GAN WRAIG POTIPHAR.

JOSEFF, DOES YNA NEB YN Y LLYS YN ENNYN CYMAINT O BARCH Â THI. NID YW FY NGŴR YN DAL DIM YN ÔL ODDI WRTHYT.

AR WAHÂN I **MI**, WRTH GWRS. TYRD I'R GWELY GYDA MI.

SUT Y MEDRWCH CHI DDWEUD Y FATH BETH? MAE FY MEISTR YN YMDDIRIED POPETH I MI. BYDDAI'N BECHOD YN ERBYN DUW I DALU'N ÔL IDDO FEL HYN!

COFIA MAI CAETHWAS WYT TI. FEDRI DI DDIM F'OSGOI I AM BYTH, JOSEFF. MAE ARNA I D'EISIAU AC RWY'N BWRIADU DY GAEL.

WN I DDIM SUT Y MEDRWCH CHI DDWEUD Y FATH BETHAU.

RWYT TI'N ANOBEITHIOL! MAE'R HEBRËWR YMA WEDI CAEL EI DDANFON I WNEUD SBORT AR FY MHEN! GEI DI WELD BETH DDAW O HYNNY!

POTIPHAR, ROEDDWN AR FY MHEN FY HUN YN Y TŶ A CHEISIODD DY WAS FY NHREISIO! SGRECHIAIS, AC FE REDODD I FFWRDD! EDRYCH, MAE WEDI GADAEL EI GLOGYN AR ÔL!

WRTH GWRS, NI FYDDAI NEB YN DERBYN GAIR CAETHWAS YN ERBYN GAIR GWRAIG SWYDDOG. YN EI DYMER, TAFLODD POTIPHAR JOSEFF I'R CARCHAR.

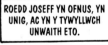

ROEDD JOSEFF YN OFNUS, YN UNIG, AC YN Y TYWYLLWCH UNWAITH ETO.

HEI, JOSEFF! MAE GANDDON NI GWMNI I TI!

OND RWY'N **DDIEUOG**! MAE 'NA **GAMGYMERIAD** WEDI EI WNEUD.

DYNA MAE **PAWB** YN EI DDWEUD! FE FYDDI DI'N HOFFI'R RHAIN, JOSEFF! DAU OEDD YN ARFER BOD YN SWYDDOGION I'R BRENIN, FEL TI!

WEL, GAN EIN BOD YMA GYDA'N GILYDD, MAE'N WELL INNI **GEISIO** CYD-FYW.

BETH YW'R PWYNT? RWY'N CAEL FY LLETHU GAN **FREUDDWYDION**. FEDRA I DDIM EU CAEL ALLAN O 'MHEN.

FI HEFYD. YR UN FREUDDWYD BOB NOS, A DOES YNA NEB YMA I'W DEHONGLI I NI.

MAE DEHONGLI'N PERTHYN I DDUW. BREUDDWYDION GAFODD FI I DRAFFERTH YN Y LLE CYNTAF; OND GAN EIN BOD MEWN TRAFFERTH YN BAROD, PAM NA DDYWEDWCH WRTHYF AMDANYNT?

ROEDDWN YN ARFER BOD YN **DRULLIAD** I'R BRENIN CYN IMI EI DRAMGWYDDO. YN FY MREUDDWYD GWELAIS DAIR GWINWYDDEN. GWESGAIS Y GRAWNWIN I MEWN I GWPAN FY MEISTR A'I ROI IDDO. WN I DDIM BETH YW YSTYR HYN, AC MAE'R GOFID YN FY NGWNEUD YN SÂL.

CEFAIS I FREUDDWYD HEFYD. FI OEDD **PRIF BOBYDD** PHARO CYN IMI EI DRAMGWYDDO. BREUDDWYDIAIS FOD GEN I DAIR O FASGEDI BARA. ROEDD UN YN LLAWN BARA I PHARO, OND DAETH ADAR A BWYTA'R **CYFAN**.

MAE'R TAIR **GWINWYDDEN** YN CYNRYCHIOLI TRI **DIWRNOD**. YMHEN TRI DIWRNOD FE FYDD PHARO YN RHOI DY SWYDD YN ÔL I TI AC FE FYDDI'N CARIO EI GWPAN FEL O'R BLAEN.

MAE'R TAIR BASGED **HEFYD** YN CYNRYCHIOLI TRI DIWRNOD. YMHEN TRI DIWRNOD FE FYDD PHARO YN NEWID DY DDEDFRYD O FYWYD YNG NGHARCHAR I **DDIENYDDIAD**.

AR Y TRYDYDD DYDD, ROEDD YN BEN-BLWYDD AR PHARO A CHAFODD WLEDD FAWR I'W SWYDDOGION I GYD. RHODDODD BARDWN I'R TRULLIAD A'I SWYDD YN ÔL IDDO, OND FE GAFODD Y POBYDD EI **GROGI**.

I FEDDYLIODD Y TRULLIAD AM JOSEFF AM EILIAD . . .

NES I RAI BLYNYDDOEDD FYND HEIBIO . . .

ROEDD **DUW** WEDI BOD AR WAITH YN YR AIFFT. TRA OEDD JOSEFF YN Y CARCHAR, ROEDD YNA BETHAU WEDI DIGWYDD A FYDDAI NID YN UNIG YN NEWID DYFODOL JOSEFF, OND DYFODOL EI BOBL HEFYD, A THRWYDDYNT HWY, **Y BYD** . . .

JOSEFF! AR DY DRAED, DDYN, **AR UNWAITH!**

AI TI YW FY **NIENYDDIWR?**

DIM O GWBL. BYDD ANGEN ITI EILLIO, A GWISGO DILLAD GLÂN. RYDYN NI'N MYND Â THI I WELD **PHARO!**

FELLY, FE DDAETH MAB JACOB WYNEB YN WYNEB Â'R DYN MWYAF PWERUS AR WYNEB Y DDAEAR— Y **PHARO**!

MAE FY NHRULLIAD WEDI CYFFESU EI FOD WEDI GWNEUD **CAM** MAWR Â THI, HEBRËWR. DANGOSAIST GAREDIGRWYDD ATO, AC ETO FE **ANGHOFIODD** AMDANAT. MAE WEDI CAEL EI **ATGOFFA** O'I FAI. RWY'N DEALL DY FOD YN MEDRU DEHONGLI **BREUDDWYDION**, JOSEFF. YDY HYN YN **WIR**?

NAC YDY, EICH MAWRHYDI.

OND FE FYDD DUW YN RHOI'R ATEB Y MAE PHARO YN EI DDYMUNO.

DY **DDUW**? O'R GORAU.

BREUDDWYDIAIS FY MOD YN SEFYLL AR LAN YR AFON **NIL**, PAN DDAETH SAITH BUWCH, RHAI LLYFNDEW WEDI EU PESGI, I FYNY O'R DŴR I BORI YN YR HESG.

OND YNA DAETH SAITH BUWCH DENAU, HYLL, AR DDARFOD AMDANYNT, I FYNY AR ÔL Y RHAIN, A'U BWYTA, OND NID OEDDENT YN EDRYCH DDIM GWELL WEDYN. ROEDDENT YN EDRYCH MOR **GLAF** Â CHYNT.

BREUDDWYDIAIS AM SAITH TYWYSEN O ŶD DA YN CAEL EU DIFA GAN SAITH TYWYSEN OEDD WEDI EU DIFETHA GAN Y GWYNT.

RWYF MEWN GOFID, JOSEFF. RWYF WEDI GOFYN I'R SWYNWYR A'R DOETHION, OND NI FUONT O UNRHYW HELP IMI. BETH MAE HYN YN EI OLYGU?

MAE **NEWYN** AR Y FFORDD. BYDD YR AIFFT YN **MARW** OS NA FYDDWCH YN GWEITHREDU'N GYFLYM. MAE'R GWARTHEG A'R TYWYSENNAU'N GOLYGU YR UN PETH. FE DDAW SAITH MLYNEDD O GYNHAEAF DA, OND BYDD HYN YN CAEL EI DDILYN GAN SAITH MLYNEDD O SYCHDER, HAINT AC AFIECHYD. DILYNIR HYN GAN NEWYN FYDD YN **DIFETHA**'R AIFFT!

MAE'N RHAID I CHI DDOD O HYD I DDYN Y MEDRWCH **YMDDIRIED** YNDDO A'I WNEUD YN GYFRIFOL AM YR HOLL WLAD. BYDD YN RHAID IDDO GASGLU'R GRAWN A PHENTYRRU BWYD. RHAID CAEL COMISIYNWYR I GYMRYD PUMED RHAN LAWN O BOPETH SYDD YN TYFU A'I **STORIO** AR GYFER Y BLYNYDDOEDD O NEWYN SYDD I DDOD.

RWYF **WEDI** DOD O HYD IDDO! MAE DUW WEDI DANGOS HYN I GYD I TI, FELLY RWYF YN DY BENODI **DI**, JOSEFF. FI YW PHARO, OND RWYF YN GORCHYMYN NA FYDD NEB YN GWNEUD CYMAINT Â CHODI LLAW HEB DY GANIATÂD **DI**.

ROEDD JOSEFF YN DDEG AR HUGAIN OED PAN DDECHREUODD WASANAETHU PHARO. CAFODD GERBYD BRENHINOL I DEITHIO YNDDO, A BLE BYNNAG Y BYDDAI'N MYND, BYDDAI POBL YN YMGRYMU IDDO.

GWEITHIODD JOSEFF YN DDIFLINO AR HYD Y SAITH MLYNEDD, YN CASGLU A STORIO'R GRAWN. ADEILADODD STORDAI ANFERTH YM MHOB UN O'R DINASOEDD MAWR, A GWNEUD YN SIŴR EU BOD YN LLAWN HYD YR YMYLON.

PRIN Y BYDDAI HYNNY, HYD YN OED, YN DDIGON.

OND GOROESODD YR AIFFT.

O'R DIWEDD, AGORODD JOSEFF Y STORDAI A DAETH POBL O BOB RHAN O'R AIFFT I BRYNU GRAWN O STÔR PHARO.

YMLEDODD Y NEWYN Y TU HWNT I FFINIAU'R AIFFT, AC YMHEN TIPYN DAETH YMWELWYR O WLEDYDD O AMGYLCH I BRYNU BWYD. UN DIWRNOD CYRHAEDDODD RHAI NAD OEDD JOSEFF WEDI MEDDWL Y BYDDAI'N EU GWELD BYTH ETO.

SAITH MLYNEDD I'R DIWRNOD, DAETH Y SYCHDER. SYCHODD YR AFON, A METHODD Y CNYDAU. BU'R GWARTHEG FARW O NEWYN A GWRES.

ILDIODD Y DDAEAR I FARWOLAETH.

CYMER HWN, MAE'N RHAID IMI SIARAD Â'R **TRAMORWYR** YMA.

IAWN, SYR.

ROEDD JOSEFF WEDI NEWID GYMAINT FEL NAD OEDDENT YN EI ADNABOD.

Y CHI YN Y FAN YNA! RYDYM AR WYLIADWRIAETH AM **YSBÏWYR** EIN GELYNION. DYWEDWCH AR UNWAITH **PWY YDYCH CHI!**

RYDYM YN DOD O WLAD **CANAAN**, SYR. YN FRODYR I'R UN TAD. GWŶR GONEST, YN DOD I BRYNU BWYD. OS GWELI DI'N DDA, MAE'N POBL YN **LLWGU!**

PAM FOD CYNIFER OHONOCH?

ROEDD YNA **DDEUDDEG** OHONOM, OND BU UN FARW, AC MAE'R UN IEUENGAF GYDA'I DAD.

PROFWCH EICH BOD YN DDI-EUOG! MAE'N RHAID I UN OHONOCH AROS YMA FEL **CARCHAROR**, AC FE GAIFF Y GWEDDILL OHONOCH DDYCHWELYD I **NÔL** EICH BRAWD FEL ARWYDD O YMDDIRIEDAETH.

FE DDYWEDAIS Y BYDDAI HYN YN DIGWYDD! MAE DUW YN EIN COSBI AM YR HYN A WNAETHOM I **JOSEFF**.

FELLY CADWODD JOSEFF SIMEON FEL CARCHAROR, OND ROEDD HYNNY'N PERI'R FATH LOES IDDO FEL NA ALLAI EDRYCH AR EI FRODYR, RHAG OFN IDDYNT WELD Y DAGRAU YN EI LYGAID.

FELLY, DAETHOCH YN ÔL I ACHUB EICH BRAWD.

RYDYM WEDI COLLI UN BRAWD YN BAROD. PETAEM YN COLLI UN ARALL BYDDAI'N TORRI CALON EIN TAD.

A HWN YW'R IEUENGAF?

IE, SYR. EI ENW YW **BENJAMIN.**

RWY'N GWELD. MAE'N DDRWG GEN I AM FOD MOR GAS YN GYNHARACH. MAE'N AMLWG FY MOD WEDI EICH CAMFARNU.

Y BACHGEN **HWN** YW'R YSBÏWR! **RHAID IDDO AROS GYDA MI!**

NA! OS GWELI DI'N DDA, F'ARGLWYDD, GWNAETHOM YR HYN A OFYNNAIST.

OS OES GENNYT UNRHYW DRUGAREDD O GWBL, CYMER **FI** YN EI LE!

ROEDD EIN TAD YN CARU EI WRAIG **RACHEL**, A DIM OND **DAU** FAB A GAFODD. MAE'R CYNTAF WEDI MARW, AC OS BYDDWN NI'N COLLI **BENJAMIN** HEFYD, BYDDAI'R BOEN YN EI **LADD**.

FELLY MAE E'N DAL YN FYW? **JACOB**, RWY'N EI OLYGU. FY — **EIN** — TAD?

...WYN GWYBOD EI..., FEL Y GWELWCH. ...D FE **FYDDWN**, ...RTH GWRS...

FY ENW I YW **JOSEFF**.

BETH? JOSEFF!

ALL HYN DDIM BOD! FE FYDD YN EIN LLADD!

RHEDWCH, BAWB!

MAE'N **WIR**. JOSEFF, YR UN WERTHOCH CHI FEL CAETHWAS. **EDRYCHWCH** ARNAF. EDRYCHWCH AR FY **WYNEB**.

...JOSEFF?

PEIDIWCH Â BEIO EICH HUNAIN. PEIDIWCH AG OFNI. RWY'N CREDU MAI **DUW** SYDD WEDI FY NANFON YMA.

DIM OND **AIL** FLWYDDYN Y NEWYN YW HON, AC MAE GWAETH I DDOD. MAE DUW WEDI TREFNU FFORDD INNI OROESI.

EWCH YN ÔL I GANAAN A DEWCH Â'N TAD YMA. DEWCH Â'R ANIFEILIAID, Y GWRAGEDD, Y PLANT. DEWCH Â **PHAWB**. ALLWCH CHI DDIM GWELD? MAE **DUW** WEDI EIN HACHUB!

AC FELLY, YN AIL FLWYDDYN Y NEWYN MAWR, CASGLODD JACOB EI DEULU ATO, A MYND AR UN DAITH FAWR OLAF.

ER FOD Y TIR WEDI PEIDIO Â BYW, ROEDD DUW YN DAL AT EI ADDEWID I JACOB.

YMDDANGOSODD DUW I JACOB MEWN BREUDDWYD UNWAITH ETO. 'PAID AG OFNI MYND I'R AIFFT,' DYWEDODD DUW. 'FE FYDD DY BLANT YN GENEDL GREF, AC UN DIWRNOD FE FYDDAF YN DOD Â'TH BOBL YN ÔL I GANAAN.'

ROEDD Y CYFAN Y TU HWNT I EIRIAU.

NID OEDD JOSEFF WEDI MARW, OND YN HYTRACH ROEDD YN LLYWODRAETHU DROS Y GENEDL FWYAF PWERUS YN Y BYD.

NHAD?

AI TI SYDD YNA MEWN GWIRIONEDD?

GAD IMI EDRYCH ARNAT. MAE AMSER MAITH ERS IMI DY WELD, A RWYT WEDI NEWID CYMAINT. NI FEDDYLIAIS Y BYDDEM BYTH YN DY WELD ETO. ROEDDWN YN SIŴR DY FOD WEDI MARW.

RWY'N FYW, NHAD.

FI YW JOSEFF.

O FY MACHGEN! RWY'N BAROD I FARW YN AWR FY MOD WEDI DY WELD Â'M LLYGAID FY HUN! MAE DUW DY DAD, DUW ISAAC A DUW ABRAHAM, WEDI EIN HACHUB!

MALURIODD Y NEWYN Y TIR, A GWRTHODODD Y DDAEAR Â RHOI CNWD. YM MHOB MAN, METHODD Y CYNHAEAF, BU FARW'R ANIFEILIAID, A LLWGODD Y BOBL.

AC ETO, FE OROESODD YR AIFFT. AC OHERWYDD FOD JOSEFF WEDI GOROESI, GOROESODD EI DEULU HEFYD.

TRWY FLYNYDDOEDD Y NEWYN, ROEDD PLANT JACOB, A ENWYD YN **ISRAEL** HEFYD, YN BYW YN YR AIFFT. FE FYDDAI'R DEUDDEG MAB YN DOD YN DDEUDDEG LLWYTH, A GELWID EU POBL YN **ISRAELIAID**, PLANT ISRAEL.

FEL DYN IFANC, DIHANGODD JACOB ODDI WRTH EI DEULU MEWN OFN; DIANC AM EI FYWYD HEB EIDDO, CYFEILLION NA THEULU.

OND YN AWR, ROEDD YN DAD I BRIF SWYDDOG PHARO.

PAN FU JACOB FARW CAFODD ANGLADD **BRENHINOL**.

DYCHWELWYD EI GORFF I GANAAN, A RHODDWYD EF I ORWEDD GER ABRAHAM A SARA, ISAAC A REBECA.

BU JOSEFF FYW YN HEN. AR WAETHAF OFNAU EI FRODYR, FE FADDEUODD IDDYNT EU CREULONDEB.

ER I JOSEFF GAEL EI GLADDU YN YR AIFFT, GORCHMYNNODD I'R ISRAELIAID, YN EI EWYLLYS, FYND Â'I ESGYRN GYDA NHW PAN FYDDEN NHW'N DYCHWELYD O'R DIWEDD I'W CARTREF. ROEDD I GAEL EI GLADDU GYDA'I GYNDADAU.

FELLY, FE DYFODD YR ISRAELIAID MEWN NIFER YN YR AIFFT, AC WRTH I'R BLYNYDDOEDD DROI'N DDEGAWDAU —

A'R DEGAWDAU'N **GANRIFOEDD** —

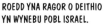
ROEDD YNA RAGOR O DEITHIO YN WYNEBU POBL ISRAEL.

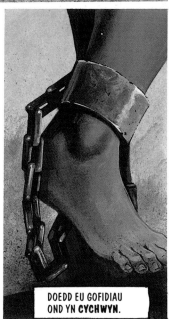

DOEDD EU GOFIDIAU OND YN **CYCHWYN**.

HANES MOSES

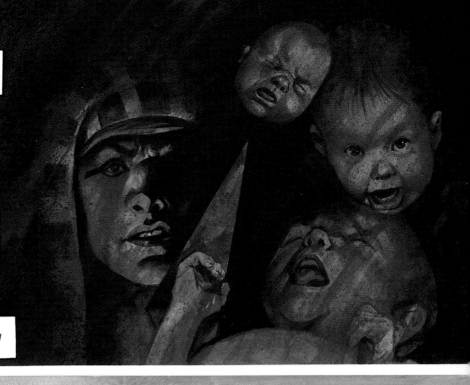

MAE BRON I 300 O FLYNYDDOEDD WEDI MYND HEIBIO ERS AMSER JOSEFF A'R NEWYN MAWR. ROEDD ADEG TYWYLL WEDI DISGYN AR YR AIFFT.

ROEDD CENEDL JACOB, YR ISRAELIAID, WEDI DOD YN GAETHWEISION I'R EIFFTIAID. ER HYN, ROEDDENT YN DAL EU GAFAEL MEWN BYWYD, AC YN DAL I GYNYDDU MEWN NIFER.

PENDERFYNODD Y PHARO NEWYDD ORCHYMYN ATEB TERFYNOL I 'BROBLEM' YR ISRAELIAID — ROEDD POB MAB NEWYDD EI ENI I'W FODDI YN YR AFON NIL.

DYMA STORI DYN O'R ENW MOSES, A SUT YR ARWEINIODD EI BOBL I RYDDID.

CAFODD EI ENI AR ADEG YR ERLID, A CHADWYD EF YN DDIOGEL AM DRI MIS. ROEDD EI FAM YN GWYBOD Y BYDDAI'N CAEL EI DDARGANFOD YN HWYR NEU'N HWYRACH.

YN Y DIWEDD, AETH AG EF I'R AFON NIL EI HUN.

OND NID I'W FODDI. WEDI EI OSOD MEWN BASGED OEDD YN DAL DŴR, GWTHIODD EF I GANOL YR HESG.

ROEDD UN O FERCHED PHARO WEDI MYND I LAWR AT YR AFON I YMOLCHI. HWYLIODD Y FASGED TUAG ATI, A'R BABI Y TU MEWN IDDI.

CLYWODD MERCH PHARO Y BABI'N CRIO.

NI WYDDAI O BLE Y DAETH OND ROEDD CHWAER HYNAF MOSES YN GWYLIO WRTH YMYL YR AFON, I WNEUD YN SIŴR EI FOD YN DDIOGEL.

PENDERFYNODD MERCH PHARO GYMRYD Y PLENTYN YN EIDDO IDDI EI HUN. FELLY CYMERWYD Y PLENTYN, A OEDD WEDI EI A GAN RIANT OEDD MEWN CAETHIWED, ALLA BERYGL, AC I MEWN I GANOL LLYS PHARO.

TYFODD MOSES YM MHALAS PHARO, YN DDIOGEL RHAG NIWED, YN NHŶ Y DYN OEDD AM DDIFA EI GENEDL.

CAFODD MOSES FYWYD BREINTIEDIG YN Y LLYS BRENHINOL, TRA OEDD EI GYD-WLADWYR YN DIODDEF O'I AMGYLCH DAN LAW EU MEISTRI.

PETAI E'N GWYBOD AM Y DRAFFERTH YR OEDD MOSES AM EI CHREU IDDO YN DDIWEDDARACH, BUASAI PHARO WEDI EI LADD Â'I DDWYLO EI HUN, Y FUNUD HONNO.

GWYLIODD WRTH IDDO DYFU, YN DISGWYL AM GYFLE I DARO'N ÔL.

[Y]N DIWRNOD, GWELODD UN O'R EIFFTIAID YN [C]HWIPIO UN O'R ISRAELIAID YN FILAIN – AC [Y]N SYDYN . . .

WYT TI'N FY NGHLYWED I?

MAE E WEDI CAEL DIGON! STOPIA!

[P]LÎS, DIM [R]HAGOR!

STOPIA – NAWR!

PWY WYT TI'N FEDDWL WYT TI? FY NGHAETHWAS I YW HWN! BETH BYNNAG, DIM OND ISRAELIAD YW E!

DIM OND WEDYN Y SYLWEDDOLODD MOSES BETH YR OEDD WEDI'I WNEUD . . .

[G]WNAETH MOSES YN SIŴR NAD OEDD TYSTION CYN GALW AR [Y] DYN, A CHAN FEDDWL NAD OEDD NEB YN EI WELD, [L]LADDODD EF.

CLADDODD Y CORFF YN Y TYWOD, GAN FEDDWL NA FYDDAI NEB YN GWYBOD AM EI DROSEDD. AETH YN ÔL I'R DDINAS.

Y DIWRNOD WEDYN GWELODD DDAU ISRAELIAD YN YMLADD . . .

EDRYCH, MAE ARNAT TI DAIR TORTH I MI!

A RYDW INNAU WEDI DWEUD BOD YN RHAID I TI AROS AMDANYN NHW, OS NAD WYT TI EISIAU IMI DORRI DY GOESAU HEFYD!

PAID TI Â 'MYGWTH I!

PAM RYDYCH CHI'N YMLADD EICH GILYDD? YR EIFFTIAID YW EICH PROBLEM FWYAF. PAM NA WNEWCH CHI YMOSOD ARNYN NHW?

A SUT WYT TI'N MYND I'N RHWYSTRO? EIN LLADD, FEL Y GWNEST TI I'R EIFFTIWR YNA DDOE? EIN CLADDU YN Y TYWOD?

ARSWYD!

ROEDD PAWB YN GWYBOD AM EI DROSEDD. DOEDD HI DDIM YN GYFRINACH. ROEDD HYD YN OED DYNION OEDD Y YMLADD YN Y STRYD YN GWYBOD AMDANI.

WEDI DYCHRYN, RHEDODD MOSES AM EI FYWYD.

CRWYDRODD YMHELL I MEWN I'R ANIALWCH, LLE ROEDD Y MIDIANIAID YN BYW, POBL OEDD O DEULU ABRAHAM.

UN DIWRNOD, AC YNTAU'N EISTEDD WRTH YMYL FFYNNON, DAETH MERCHED JETHRO, OFFEIRIAD YM MIDIAN, YNO I DYNNU DŴR.

WRTH I MOSES WYLIO, DAETH BUGEILIAID AT Y FFYNNON A DECHRAU PLAGIO'R MERCHED.

ROEDD SYNNWYR MOSES O ANGHYFIAWNDER EISOES WEDI PERI IDDO LADD UN DYN. NAWR, CAFODD EI HUN YNGHANOL ANGHYTUNDEB ARALL.

TYRD Â HWNNA'N ÔL!

PAM? BETH ROI DI IMI AMDANO?

HEI! PAM NA WNEI DI ADAEL LLONYDD IDDYN NHW?

WNEST TI MO 'NGHLYWED I?

GAD NHW I FOD!

DIM OND CAEL YCHYDIG O HWYL OEDDEN NI!

DOES DIM OTS GEN I.

AETH Y MERCHED YN ÔL AT EU TAD A DWEUD WRTHO AM Y DIEITHRYN A DDAETH I'W HACHUB.

ROEDD BYWYD YN ANODD I BOBL YR ANIALWCH. YN AML, FELLY, ROEDD CAREDIGRWYDD YN CAEL EI WERTHFAWROGI. AED Â MOSE AT JETHRO, YR OFFEIRIAD, A DAETH YN RHAN O'I DEULU, GAN BRIODI UN O'I FERCHED.

DECHREUODD ARWEINWYR ISRAEL CHWERWI YN ERBYN MOSES. ROEDD GAN PHARO FWY O RESWM FYTH YN AWR I'W CASÁU. ER IDDYNT NHW ERFYN AM DRUGAREDD, ROEDD PHARO YN EU GWEITHIO'N GALETACH FYTH.

FELLY GWEDDÏODD MOSES ETO.

ARGLWYDD DDUW, PAM WYT TI WEDI ACHOSI GYMAINT O DRAFFERTH INNI? ERS IMI FYND I WELD PHARO, MAE PETHAU WEDI GWAETHYGU.

FI YW YR ARGLWYDD SYDD WEDI LLEFARU WRTH ABRAHAM, ISAAC A JACOB. GWNES ADDEWID IDDYNT, AC NID WYF WEDI EI HANGHOFIO. DOS YN ÔL AT PHARO A DYWED WRTHO AM ADAEL I'M POBL FYND YN RHYDD.

OND NI FYDD YN GWRANDO ARNAF.

DOS AG AARON DY FRAWD GYDA THI, FE FYDD EF YN SIARAD DROSOT, A BYDD PHARO YN GWRANDO. BYDDAF YN COSBI'R AIFFT AM YR HYN Y MAENT WEDI EI WNEUD I CHI.

AC FELLY, AETH MOSES I WELD PHARO. ROEDD AM SIARAD YN BLAEN: GOLLWNG YR ISRAELIAID NEU FE FYDD PLÂU A THRYCHINEBAU OFNADWY YN RHEIBIO DY WLAD. ROEDD YN RHAID CYFLAWNI CYNLLUN DUW. OND CHWERTHIN WNAETH PHARO . . .

WEL, MOSES, RWYT TI'N UN DIFYR! MAE GEN I SWYNWYR SY'N MEDRU GWNEUD Y PETHAU RWYT TI'N EU DISGRIFIO. DOES ARNA I DDIM OFN DY GONSURIAETH!

TYRD AARON, RYDYM WEDI EI RYBUDDIO, ALLWN NI WNEUD DIM RHAGOR.

AC FELLY DECHREUODD Y PLÂU. DAETH DEG PLA I'R AIFFT, POB UN YN WAETH NA'I RAGFLAENYDD. YN GYNTAF DAETH PLA Y GWAED – TRODD YR AFON NIL, FFYNHONNELL BYWYD YR AIFFT, YN WAED.

YNA DAETH PLA O LYFFANTOD, YN CAEL EU GYRRU O'R DŴR BUDR, A'R PYSGOD OEDD YN PYDRU. ROEDDENT YN YMLEDU DRWY'R STRYDOEDD A'R TAI, AC YN MARW YNO, AC YN YCHWANEGU AT Y DREWDOD.

YNA, PLA O WYBED, A PHLA O BRYFED YN BWYDO AR Y PYSGOD A'R LLYFFANTOD OEDD YN PYDRU.

OND GWRTHODODD PHARO Â GADAEL I'R ISRAELIAID FYND.

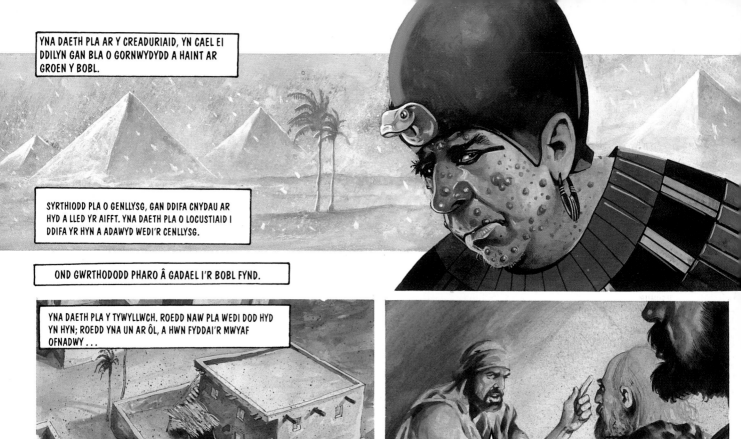

YNA DAETH PLA AR Y CREADURIAID, YN CAEL EI DDILYN GAN BLA O GORNWYDYDD A HAINT AR GROEN Y BOBL.

SYRTHIODD PLA O GENLLYSG, GAN DDIFA CNYDAU AR HYD A LLED YR AIFFT. YNA DAETH PLA O LOCUSTIAID I DDIFA YR HYN A ADAWYD WEDI'R CENLLYSG.

 OND GWRTHODODD PHARO Â GADAEL I'R BOBL FYND.

YNA DAETH PLA Y TYWYLLWCH. ROEDD NAW PLA WEDI DOD HYD YN HYN; ROEDD YNA UN AR ÔL, A HWN FYDDAI'R MWYAF OFNADWY . . .

CAFODD PHARO UN CYFLE OLAF, OND MAE WEDI GWRTHOD. DYWEDODD WRTHYF AM FYND O'I OLWG, A DYNA YR WYF YN BWRIADU EI WNEUD! FE DDAW UN PLA ARALL, AC YNA CAWN FYND YN RHYDD. OND RHAID INNI FOD YN BAROD.

MAE HENO YN NOSON ARBENNIG. MAE MOR BWYSIG FEL O HYN YMLAEN DYMA FYDD Y DYDD CYNTAF YN EIN CALENDR.

MAE ANGEN I BOB TEULU GYMRYD YR OEN GORAU SYDD GANDDYNT A'I LADD – OS YDYCH YN RHY DLAWD, YNA RHANNWCH GYDA'CH CYMYDOG. BYDD ANGEN CYMRYD YCHYDIG O'R GWAED A GWNEUD MARC AR FFRÂM Y DRWS.

RHAID IDDYNT ROSTIO'R OEN A'I FWYTA GYDA BARA CROYW. RHAID GWNEUD HYN HENO, A THRWY BOB CENHEDLAETH FYDD YN EIN DILYN.

MAE RHYWBETH OFNADWY'N MYND I DDIGWYDD I'R AIFFT, OND NI FYDD Y RHAI SY'N DILYN Y CYFARWYDDIADAU HYN YN CAEL NIWED.

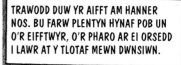

TRAWODD DUW YR AIFFT AM HANNER NOS. BU FARW PLENTYN HYNAF POB UN O'R EIFFTWYR, O'R PHARO AR EI ORSEDD I LAWR AT Y TLOTAF MEWN DWNSIWN.

DYMA OEDD PLA Y CYNTAF-ANEDIG, A'R PLA GWAETHAF.

LLANWYD Y STRYDOEDD GAN LEFAIN AC WYLOFAIN.

OND NI CHYFFYRDDODD MARWOLAETH Â'R ISRAELIAID.

O'R DIWEDD, GADAWODD PHARO IDDYNT FYND.

ROEDD POBL YR AIFFT MOR AWYDDUS I WELD YR ISRAELIAID YN MYND, FEL Y RHODDWYD AUR AC ARIAN, BWYD AC ANIFEILIAID IDDYNT.

AARON, DWED WRTH Y BOBL AM GOFIO AM Y DIWRNOD HWN. AR Y DIWRNOD HWN BOB BLWYDDYN BYDDWN YN BWYTA BARA CROYW, ER MWYN EIN HATGOFFA FOD DUW WEDI EIN HACHUB.

BYDD YN ARWYDD CLIR INNI, FEL PETAEM YN CLYMU NODYN AM EIN TALCEN NEU EIN HARDDWRN.

BYDD CYNTAF-ANEDIG ISRAEL, HYD YN OED YR ANIFEILIAID, YN AWR YN EIDDO I DDUW. RYDYM YN CAEL EIN GWARCHOD GANDDO EF.

GADAWODD POB UN O BOBL ISRAEL YR AIFFT. FE GLUDWYD ESGYRN JOSEFF HEFYD GYDA NHW. O'R DIWEDD, YR OEDDENT YN MEDRU MYND AG EF ADREF I'W GLADDU. ROEDD Y DAITH HIR WEDI CYCHWYN.

YN ÔL YN YR AIFFT, DECHREUODD Y BOBL DDOD I DELERAU Â'R PLÂU, A DECHREUODD POBL FEDDWL YN GLIRIACH . . .

MAE WEDI BOD FEL HYN ERS DYDDIAU. WELAIS I ERIOED MOHONO MOR DAWEL.

FYDD E DDIM YN PARA.

AR ÔL YR HOLL DRAFFERTH Y MAENT WEDI EI ACHOSI, RWYF WEDI EU GADAEL I FYND? YDW I WEDI GWALLGOFI?

WARCHODWYR! GALWCH AR Y CERBYDWYR! GALWCH AR Y DYNION CYFLYMAF YN YR AIFFT! RWYF AM I CHI DDOD Â'R ISRAELIAID YN ÔL.

RWYF AM EU CAEL YN ÔL!

GWERSYLLODD YR ISRAELIAID A GORFFWYS. CAEWYD HWY I MEWN GAN FYNYDDOEDD AR UN OCHR A'R MÔR COCH YR OCHR ARALL. ROEDDENT YN AGORED IAWN I YMOSODIAD GAN FILWYR YR AIFFT.

CAETHWEISION BLINEDIG OEDD Y RHAIN, YN DAL I DDIODDEF OHERWYDD Y GWAITH CALED YR OEDDENT YN EI WNEUD YN YR AIFFT. ER BOD GANDDYNT ARFAU, NI FYDDENT YN MEDRU SEFYLL YN ERBYN MILWYR GORAU'R AIFFT.

MAE'R EIFFTIAID YN DOD!

GALWCH Y GWARCHODWYR! EWCH I DDWEUD WRTH MOSES AC AARON!

MOSES! TYRD YN GYFLYM!

FELLY! MAE'R EIFFTIAID WEDI DOD AR EIN HOLAU O'R DIWEDD.

MOSES, BETH SY'N BOD ARNAT TI?

ROEDD YN WELL I NI FOD YN YR AIFFT! MI FUASAI PHARO WEDI EIN LLADD YNO, YN HYTRACH NA'N LLUSGO ALLAN I'R ANIALWCH I FARW.

DWED WRTH Y BOBL I BEIDIO AG OFNI, MAE DUW GYDA NI.

OND MOSES, BETH AM YR EIFFTIAID?

NI WELIR YR EIFFTIAID BYTH ETO.

WRTH I'R EIFFTIAID NESU AT WERSYLL YR ISRAELIAID, CUDDIWYD Y DDWY OCHR GAN GWMWL.

MEWN ANIALWCH GWAG, METHODD MILWYR PHARO Â DOD O HYD I GENEDL GYFAN OEDD YN GWERSYLLA O DAN EU TRWYNAU.

OND ROEDD YR ISRAELIAID YN DAL I FOD MEWN CORNEL – YR EIFFTIAID Y TU ÔL IDDYNT, A'R MÔR COCH O'U BLAENAU. YNA SIARADODD DUW Â MOSES.

PAM MAE'R BOBL HYN YN GWEIDDI ARNAF? COD DY FFON, AC FE ALLWCH GROESI'R MÔR FEL PETASECH AR DIR SYCH.

FELLY, CODODD MOSES EI FFON DROS Y MÔR, FEL Y GORCHMYNNODD DUW.

WRTH IDDO EI CHODI, DAETH GWYNT CRYF O'R DWYRAIN.

SAFODD MOSES YNO DRWY'R NOS YN DAL Y FFON DROS Y MÔR, AC YN Y BORE

ROEDD Y DŴR

ALLA I DDIM CREDU HYN!

WEDI GWAHANU.

AC FELLY, AETH Y BOBL YN DDIOGEL DRWY'R MÔR. AETH POB GŴR, GWRAIG A PHLENTYN, EU HANIFEILIAID I GYD, A HYNNY O EIDDO Y MEDRENT EI GARIO.

AETH PAWB YN DDIOGEL DRWY'R MÔR.

PWY SY'N DEBYG I TI, FY NUW?

BYDD Y CENHEDLOEDD YN CLYWED AM HYN AC FE FYDD EIN GELYNION YN DIFLANNU O'N BLAENAU. BYDD DY GARIAD DI-BALL YN EIN HARWAIN, AC FE FYDDI'N TEYRNASU AM BYTH!

AR EU HOLAU! DILYNWCH NHW AR DRAWS Y MÔR!

WEDI'R CYFAN, OS GALLAI BYDDIN O GAETHWEISION GROESI'R MÔR YN DDIANAF, PAM NA ALLENT HWYTHAU? BYDDENT YN CROESI MEWN DIM O DRO YN EU CERBYDAU.

I'R GAD! TYNNWCH EICH CLEDDYFAU AC YMOSODWCH ARNYNT. RYDYN NI AR FIN EU DAL!

ROEDD Y CERBYDAU WEDI CYRRAEDD HANNER FFORDD PAN DDECHREUODD Y DŴR GODI, YN ARAF I GYCHWYN, OND YN DDIGON CYFLYM I ARAFU EU HOLWYNION.

BETH?!

NA! DIM NAWR!!

TROWCH YN ÔL! MAE'R DŴR YN CODI! TROWCH YN ÔL!

EDRYCH! MAE'R DYFROEDD WEDI LLYNCU'R FYDDIN GYFAN!

ROEDDENT AM EIN LLADD. NAWR MAENT WEDI MYND. DIM OND DUW ALLAI FOD WEDI EIN HACHUB.

BODDWYD POB UN O'R MILWYR.

PWY SY'N DEBYG I TI, O ARGLWYDD DDUW? YN DY GARIAD DI-BALL FE FYDDI YN EIN HARWAIN AC YN EIN HAMDDIFFYN.

YNA CYMERODD Y BROFFWYDES MIRIAM, CHWAER MOSES AC AARON, EI THYMPAN, A DILYNODD HOLL FERCHED ISRAEL HI, GAN LAWENHAU.

WRTH IDDYNT DDAWNSIO FE GANENT:

'CENWCH I'R ARGLWYDD, OHERWYDD MAE WEDI ENNILL BUDDUGOLIAETH FAWR. MAE WEDI TAFLU'R CEFFYLAU A'R MARCHOGION I'R MÔR.'

AI FI GREODD Y BOBL HYN? OES RHAID I MI EU CARIO YN FY MREICHIAU YR HOLL FFORDD? NA, OND ROEDD YN TEIMLO FELLY AR BRYDIAU.

AC OS NAD OEDD EISIAU BWYD ARNYNT, ROEDDENT EISIAU DIOD.

MOSES, DOES YNA DDIM DŴR ALLAN FAN HYN!

DDAETHOST TI Â NI YMA I FARW O SYCHED? WYT TI AM LADD EIN PLANT? RYDYM YN DY DDAL DI'N GYFRIFOL AM HYN!

ARGLWYDD DDUW, BETH WNAF I Â'R BOBL HYN? OS NA CHAF HYD I DDŴR YN FUAN, BYDDANT YN SIŴR O'M LLABYDDIO.

OND SIARADODD DUW Â MI, WRTH I'R BOBL ESTYN CERRIG I'M LLADD.

DYWEDODD DUW WRTHYF AM FYND GYDA'R HENURIAID, A THARO'R CERRIG GYDA'M FFON. BYDDAI DUW YN SEFYLL O'M BLAEN A DEUAI DŴR O'R DDAEAR.

FELLY CYMERAIS FY FFON, A'I CHODI'N UCHEL I'R AWYR —

CRAC! GOLLYNGAIS HI AR Y CERRIG!

A DAETH DŴR ALLAN.

YNA DAETH Y BRWYDRAU. WEDI'R CYFAN, NID Y NI OEDD YR UNIG BOBL YN YR ANIALWCH. YMOSODODD YR AMALECIAID ARNOM. OND ROEDD EIN DUW GYDA NI.

DANFONAIS JOSUA I ARWAIN EIN LLUOEDD, AC YNA MYND I BEN Y MYNYDD OEDD YN EDRYCH DROS FAES Y FRWYDR.

YNA CEFAIS YMWELYDD — JETHRO, FY NHAD-YNG-NGHYFRAITH. CLYWODD AM Y CYFAN OEDD WEDI DIGWYDD ERS INNI ADAEL YR AIFFT, A DAETH I YMUNO Â NI, GAN ROI YCHYDIG O GYNGOR IMI . . .

MOSES, PAM WYT TI'N MYNNU GWNEUD POPETH DY HUNAN? MAE GORMOD O WAITH I UN DYN. MAE YNA ERAILL FEDRAI FOD O GYMORTH.

TRA OEDDWN YN DAL FY FFON YN YR AWYR, YR OEDDEM YN ENNILL. OND PETAWN YN GOLLWNG FY MREICHIAU I LAWR, BYDDEM YN DECHRAU COLLI. ROEDDWN WEDI MYND MOR FLINEDIG FEL Y BU RAID I AARON A HUR DDAL FY MREICHIAU.

BRWYDRODD JOSUA A'I FILWYR YN DDA, OND NI FYDDEM WEDI ENNILL ONI BAI FOD DUW GYDA NI.

MAE'N IAWN DY FO[...] CYNRYCHIOLI'R BO[...] FLAEN DUW, AC YN EU DYS[...] OND GOSODA DDYNION ER[...] DROS[...] I DDEL[...] MÂN DDADLE[...]

CHWILIA AM DDYNION SY'N OFNI'R ARGLWYDD, RHAI NA ELLIR EU LLWGRWOBRWYO, RHAI FYDD YN MEDRU PENDERFYNU PA ACHOSION SYDD YN HAEDDU DY SYLW DI, GAN ADAEL IDDYNT HWY DDELIO Â'R GWEDDILL.

AR FORE'R TRYDYDD DYDD, CAWSOM EIN DEFFRO GAN DARANAU.

TRI MIS I'R DIWRNOD WEDI IDDYNT ADAEL YR AIFFT, DAETHOM I ANIALWCH SINAI, GAN WERSYLLA WRTH DROED MYNYDD SINAI.

AR FYNYDD SINAI Y SIARADODD DUW GYNTAF YN Y BERTH OEDD YN LLOSGI, GAN DDWEUD WRTHYF AM FYND I NÔL YR ISRAELIAID O'R AIFFT. NAWR ROEDDWN WEDI DOD YN ÔL, GYDAG ISRAEL.

GWNAETHOM EIN GWERSYLL YNO, AC AROS.

FELLY ES I FYNY I'R MYNYDD, I'R MWG A'R CWMWL, ER FOD Y TIR YN CRYNU A'R MWG FEL PETAI'N DOD O FFWRNAIS.

AC YNO Y GWELAIS I DDUW, WYNEB YN WYNEB.

ROEDD Y MYNYDD YN FYW O FELLT A THARANAU — NI ELLID DISGRIFIO'R FATH SŴN. DEFFRODD Y BOBL MEWN OFN MAWR, GAN REDEG I BOBMAN, YN LLEFAIN A SGRECHIAN.

ROEDD PAWB YN DWEUD YR UN PETH: 'BLE MAE MOSES? ACHUB NI!'

ROEDD GANDDYNT ACHOS DA I OFNI: GYDA SAIN UTGORN OEDD YN GRYFACH NA'R TARANAU, DAETH DUW I LAWR I BEN Y MYNYDD.

A SIARADODD DUW Â MI.

AC YNA FE ES I LAWR AT Y BOBL, A DWEUD WRTHYNT BOPETH A DDYWEDODD DUW.

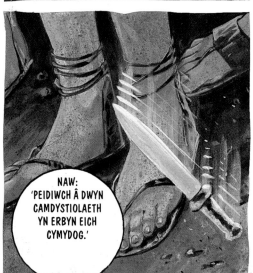

GWELSANT Y MELLT A'R TARANAU, AC YR OEDD CYMAINT O OFN ARNYNT FEL Y BU IDDYNT **GREFU** ARNAF I SIARAD Â DUW DROSTYNT.

NID OEDD HYN I BARA'N HIR, WRTH GWRS — AILDDECHREUODD Y CWYNO! OND, ERBYN HYN, ROEDD CYFRAITH DUW GENNYM, YN RHEOL I'N BYWYDAU — Y DEG GORCHYMYN, A CHANNOEDD O GYFREITHIAU ERAILL A RODDWYD GAN DDUW, OEDD YN CWMPASU EIN BYWYD CYFAN.

ROEDD DUW AM INNI EI GARU, AC UFUDDHAU IDDO. YR OEDDEM I OFALU AM EIN GILYDD, AC ROEDD EI GYFREITHIAU'N DANGOS INNI SUT I WNEUD HYNNY. ROEDD Y GYFRAITH YN GOFALU AM Y TLAWD A'R TIR; NID CYFRES O WAHARDDIADAU OEDD Y RHAIN, OND ARF HEFYD, I'N HELPU I FYW — RHODD GAN DDUW.

A DERBYNIODD Y BOBL HYN YN LLAWEN.

CODAIS ALLOR GYDA DEUDDEG O GERRIG I GYNRYCHIOLI DEUDDEG LLWYTH ISRAEL, DISGYNYDDION DEUDDEG MAB JOSEFF. DARLLENAIS YN UCHEL DELERAU CYFAMOD DUW IDDYNT, A'U HATEB OEDD, 'RYDYM AM WNEUD POPETH A DDYWED YR ARGLWYDD EIN DUW. RYDYM AM UFUDDHAU.'

FELLY, FE ES I SIARAD Â DUW ETO, GAN FYND Â JOSUA, YR UN OEDD WEDI YMLADD YR AMALECIAID, GYDA MI. GYDA'N GILYDD, AETHOM I FYNY'R MYNYDD.

YR OEDDEM I FFWRDD AM DDEUGAIN NIWRNOD.

WEDI I DDUW ORFFEN, RHODDODD Y DEG GORCHYMYN I MI, WEDI EU HYSGRIFENNU AR GARREG. YNA AETHOM YN ÔL I LAWR AT Y BOBL.

NID GWEIDDI YW HYN, JOSUA — MAE'R BOBL YN CANU.

YN YSTOD Y CYFNOD HWNNW, DYWEDODD DUW WRTHYM SUT I ADEILADU ARCH Y CYFAMOD, Y BLWCH A FYDDAI'N DAL Y CYTUNDEB RHWNG DUW A'I BOBL. DYWEDODD WRTHYM AM ADEILADU'R TABERNACL, Y BABELL LLE BYDDAI DUW YN AROS YN YSTOD EIN TAITH.

MOSES, RWY'N MEDRU CLYWED GWEIDDI. OES RHYFEL YN Y GWERSYLL? BETH SYDD WEDI DIGWYDD?

GAN EIN BOD WEDI MYND ERS CYMAINT O AMSER, ROEDD Y BOBL YN CREDU NAD OEDDEM AM DDOD YN ÔL.

NA! FE'U GADEWAIS HWY YNG NGOFAL AARON. NI DDYLAI HYN FOD WEDI DIGWYDD! MAENT WEDI COLLI RHEOLAETH!

MAENT YN ADDOLI'R LLO AUR ACW, Y FFYLIAID! PAM NAD YW'R BOBL YMA'N DEALL DIM? AARON, BETH WYT TI WEDI EI WNEUD?

MOSES! ROEDDEN NI'N MEDDWL DY FOD WEDI MARW! GALLAF ESBONIO POPETH! RWYT TI'N GWYBOD SUT BOBL YW'R RHAIN, A PHAN OEDDET TI WEDI MYND, ROEDDENT AM GAEL DUWIAU I FYND O'U BLAENAU.

CYMERAIS EU HAUR, A'U GEMWAITH, A'U TAFLU I'R TÂN, AC EDRYCH! DAETH Y LLO YMA ALLAN!

'DAETH Y LLO YMA ALLAN?!' MAE HWN WEDI EI WNEUD AG OFFER! CHI WNAETH HWN!

WN I DDIM BETH OEDDWN YN EI DDISGWYL OND, YN SICR, DOEDDWN I DDIM YN DISGWYL HYN!

ROEDD Y BOBL WEDI CYTUNO I BEIDIO AG ADDOLI YR UN DUW ARALL OND, CYN GYNTED AG Y BU IMI EU GADAEL, FE AETHANT ATI I WNEUD UN!

ROEDDWN WEDI GWYLLTIO GYMAINT, DYMA CHWALU'R CERRIG Â'R GORCHMYNION ARNYNT, Y GEIRIAU YR OEDD DUW WEDI EU HYSGRIFENNU Â'I LAW EI HUN.

CYMERAIS Y LLO, A'I LOSGI YN Y TÂN; YNA MALU'R LLO YN LLWCH A'I GYMYSGU Â DŴR, A GWNEUD I'R BOBL EI YFED!

APELIAIS AR DDUW I FADDAU I'R BOBL, GAN EI ATGOFFA O'R ADDEWID YR OEDD WEDI EI GWNEUD I ABRAHAM, ISAAC A JACOB: OHONYNT HWY Y BYDDAI CENEDL FAWR YN DOD.

A MADDEUODD DUW IDDYNT. RHODDODD GYFLE AR ÔL CYFLE IDDYNT I DDERBYN EI FFYRDD, OND NID OEDD YR ISRAELIAID BYTH YN FODLON. AC YNA, A NINNAU YNG NGOLWG GWLAD YR ADDEWID, DYMA'R BOBL YN ENNYN LLID DUW **ETO.**

ANFONAIS DDEUDDEG O YSBÏWYR O'N BLAENAU I WNEUD AROLWG O'R TIR. DAETH CALEB O LWYTH JIWDA, A JOSUA, I ADRODD FOD Y WLAD YN UNION FEL AG YR OEDD DUW WEDI ADDO.

ROEDD Y BOBL YN DIANC MEWN OFN WRTH EU GWELD, OHERWYDD YR HYN YR OEDD EIN DUW WEDI EI WNEUD. ROEDD Y BOBL YR OEDD YN RHAID INNI EU HYMLADD YN LLEWYGU WRTH EIN GWELD!

OND ROEDD YR YSBÏWYR ERAILL YN GOR-DDWEUD, A DWEUD CELWYDD, SEF BOD Y GELYNION YNO YN RHY GRYF, A'R TIR YN RHY WAEL I GYNNAL BYWYD. DRWY'R NOS, FE FUOM YN DADLAU Â NHW . . .

MAE JOSUA A CALEB YN DWEUD FOD Y WLAD YN DDA. OS YW DUW YN FODLON, BYDD YN EIN HARWAIN I WLAD YR ADDEWID.

OND FE FYDD YN RHAID INNI YMLADD! CAWN EIN LLADD YN Y FRWYDR, A BYDD EIN GWRAGEDD A'N PLANT YN CAEL EU CYMRYD YN GAETHWEISION! FY MARN I YW Y DYLEM FYND YN ÔL I'R AIFFT.

YR AIFFT?! OND DOES GENNYM DDIM I'W OFNI! OS YW DUW GYDA NI, NI FYDD Y BOBL YMA'N MEDRU EIN NIWEIDIO.

DOES DIM GWAHANIAETH GENNYM. MAE POBL YN DWEUD FOD CEWRI'N CRWYDRO'R WLAD, A BYDDWN NI FEL SIONCYN Y GWAIR WRTH EU HYMYL! MAE EIN HARWEINWYR AM EIN HARWAIN I FARWOLAETH SICR. LLABYDDIWCH NHW! LLABYDDIWCH NHW I FARWOLAETH! RHAID CAEL ARWEINWYR NEWYDD I FYND Â NI'N ÔL I'R AIFFT!

DYNA DDIGON!

ROEDDECH YN **GAETHWEISION** YN YR AIFFT! YDYCH CHI WEDI ANGHOFIO YN BAROD BETH MAE DUW WEDI EI WNEUD DROSOCH?

YDY EICH FFYDD CHI MOR WAN? RWYF YN MYND I APELIO AR DDUW I ACHUB EICH BYWYD.

DEDFRYD DUW OEDD GORFODI'R ISRAELIAID DI-GRED I GRWYDRO YN YR ANIALWCH NES BOD Y GENHEDLAETH GYFAN HONNO WEDI MARW.

FE ADEILADWYD Y TABERNACL – Y BABELL LLE'R OEDD DUW YN BYW GYDA NI YN YSTOD EIN TAITH, A RHOI ARCH Y CYFAMOD Y TU MEWN. WEDI INNI ORFFEN, GORCHUDDIODD DUW Y BABELL Â CHWMWL YN YSTOD Y DYDD, A RHOI TÂN UWCH EI PHEN YN Y NOS. YN YSTOD EIN TAITH, GALLEM WELD YN GLIR FOD DUW GYDA NI.

OND ETO, NID OEDD GAN Y BOBL FFYDD. . .

DOES DIM DŴR YN Y FAN YMA! MAE HWN YN LLE OFNADWY I WERSYLLA. WYT TI'N CEISIO EIN LLADD?

ROEDD PRINDER DŴR YN BETH DIFRIFOL, OND SIARADODD DUW Â MI GAN DDWEUD:

CYMER DY FFON, A CHASGLA'R BOBL O FLAEN Y GRAIG. SIARADA WRTH Y GRAIG AC FE DDAW DŴR ALLAN OHONI, DIGON I'R BOBL A'R ANIFEILIAID.

ER GWAETHAF YR HOLL WYRTHIAU HYN, ROEDD Y BOBL YN DAL I GWYNO! ROEDDWN I'N GYNDDEIRIOG.

RWYF WEDI CAEL DIGON! ROEDD NEWYN ARNOCH, A RHODDAIS FWYD I CHI. ROEDDECH AR GOLL, AC FE ARWEINIAIS CHI, A RYDYCH YN DAL I GWYNO.

NAWR RYDYCH YN SYCHEDIG.

RYDYCH AM GAEL DIOD? DYMA CHI, YFWCH NES EICH BOD YN ORLAWN! FE RODDAF I DDŴR I CHI!

NID OEDDWN ERIOED WEDI BOD MOR GYNDDEIRIOG.

BU RAID IMI DALU'N DDRUD AM FY NICTER. YN FY NHYMER ROEDDWN WEDI CYMRYD Y CLOD AM BETHAU YR OEDD DUW WEDI EU GWNEUD. ROEDDWN WEDI GWELD SANCTEIDDRWYDD DUW, A GWYDDWN NA ALLAI GYFADDAWDU EI SANCTEIDDRWYDD, DIM HYD YN OED I MI . . .

YFORY RYDYCH I FEDDIANNU'R WLAD Y MAE DUW WEDI EI HADDO I CHI. RWY'N DEWIS JOSUA YN OLYNYDD I MI. UFUDDHEWCH IDDO FEL PETAECH YN GWNEUD I MI.

MOSES, BETH WYT TI'N EI DDWEUD? RWYT TI'N SIARAD FEL PETAIT TI DDIM AM DDOD GYDA NI.

RWYF WEDI PECHU, AC NI ALL DUW WNEUD EITHRIAD OHONOF. FY NGHOSB YW NA ALLAF DDOD DIM PELLACH.

GWRANDEWCH, RWYF YN RHOI GORCHYMYN I CHI, OND NID YW'N UN ANODD.

MAE YMA GYDA CHI YN AWR, RYDYCH YN EI WYBOD, A GELLWCH EI DDYFYNNU, A DYMA FE:

DEWISWCH FYWYD!

OS UFUDDHEWCH I DDUW, A CHADW EI ORCHMYNION, YNA FE FYDD DUW YN EICH BENDITHIO. OND OS BYDDWCH YN ANUFUDD AC YN ADDOLI DUWIAU ERAILL, YNA BYDD YN EICH DIFETHA.

RWYF YN RHOI'R DEWIS YNA I CHI. DEWISWCH YN GALL, AC FE AIFF DUW O'CH BLAEN.

BYDD GRYF, JOSUA, BYDD DDEWR. MAE DUW AM FYND GYDA THI. NI FYDD YN DY ADAEL, NAC YN CEFNU ARNAT. COFIA BOPETH YR WYF WEDI EI DDWEUD WRTHYT. NID GEIRIAU GWAG MOHONYNT – Y RHAIN YW GEIRIAU BYWYD!

GWYN DY FYD, ISRAEL! DOES NEB TEBYG I CHI, POBL A ACHUBWYD GAN DDUW.

FELLY DRINGODD MOSES Y MYNYDD AC EDRYCH DROS WLAD YR ADDEWID.

ROEDD MOSES YN 120 OED PAN ADAWODD YR ISRAELIAID EF I FYND I'R WLAD YR OEDD DUW WEDI EI HADDO, OND NID OEDD EI LYGAID YN WAN, AC NID OEDD EI NERTH WEDI DIFLANNU.

BU FARW YN EI HENAINT, AC ER NAD AETH I MEWN I WLAD YR ADDEWID, GWELODD Y TIR O'I FLAEN O BEN MYNYDD NEBO.

NI FU, AC NI DDAETH WEDYN, BROFFWYD TEBYG I MOSES, UN OEDD YN ADNABOD DUW WYNEB YN WYNEB.

HANES JOSUA

GYDA CHALONNAU TRWM, GADAWODD YR ISRAELIAID MOSES, A MYND I GYFEIRIAD AFON YR IORDDONEN, AR EU FFORDD I'W CARTREF NEWYDD.

ER EU BOD YN AGOS AT WLAD YR ADDEWID, ROEDD Y PERYGLON AR Y DAITH YN DAL I FOD YNO, FELLY ANFONODD JOSUA DDAU O YSBÏWYR ALLAN O BLITH Y BOBL.

O'U BLAEN, SAFAI DINAS JERICHO, YN GWARCHOD Y MANNAU CROESI DROS AFON YR IORDDONEN – YNO YR OEDD JOSUA YN DISGWYL Y FRWYDR FWYAF.

MI FUASAI UNRHYW WYBODAETH AM SYMUDIADAU'R FYDDIN, NEU WENDIDAU YN YR AMDDIFFYNFA, NEU HWYLIAU'R AMDDIFFYNWYR, YN MEDRU BOD O FANTAIS.

FE LETYODD Y DDAU YSBÏWR YN YR UN LLE YN Y DINAS LLE BYDDAI'N ARFEROL I DDIEITHRIAID FYND A DOD HEB FOD YNA NEB YN HOLI UNRHYW GWESTIYNAU; TŶ RAHAB Y BUTAIN.

ROEDD PRYDER YN AMLWG YN Y DDINAS – ROEDD ANTURIAETHAU'R ISRAELIAID YN HYSBYS I BOBL JERICHO EISOES, AC FE GODODD OFN MAWR AR Y RHAI OEDD YN MYND I'W GWRTHWYNEBU.

CEISIA YMDDWYN YN NATURIOL, A BYDD NEB YN AMAU DIM.

MEWN AWYRGYLCH MOR DRYDANOL, ROEDD Y DDAU YN SEFYLL ALLAN YN GLIR . . .

CHI'CH DAU! RYDYM YN CASGLU POB DIEITHRYN. RHAID I CHI DDOD GYDA NI.

NAWR YW'R AMSER I REDEG!

TI A DY 'YMDDWYN YN NATURIOL'!

CAU DY GEG, A RHEDA!

RAHAB! CUDDIA NI!

DEWCH 'MEWN, YN SYTH!

WY YDYCH I GO IAWN?

YSBÏWYR O ISRAEL, WEDI CAEL EIN HANFON I GAEL GOLWG AR Y WLAD CYN Y PRIF YMOSODIAD.

MAE POBL YN FAN HYN WEDI CLYWED AMDANOCH CHI, AC MAE YNA OFN MAWR.

OES WIR?

SSSHHH. MAE YNA BOBL Y TU ALLAN.

RYDYN NI WEDI EDRYCH DRWY BOB TŶ YN YR ARDAL. DOES OND HWN AR ÔL!

TŶ'R BUTAIN! MALWCH Y DRWS OS BYDD ANGEN! **RHAID DOD O HYD IDDYNT!**

DILYNWCH FI. AMBELL WAITH RHAID I'M 'YMWELWYR' ADAEL AR FRYS; MAE 'NA FFORDD I DDIANC.

OS BYDDWCH CHI'N YMOSOD AR JERICHO, WNEWCH CHI ADDO F'ARBED I A'M TEULU?

AR EIN LLW.

YN SYDYN! CYN I'R MILWYR DDOD YN ÔL!

A CHOFIWCH EICH ADDEWID!

WNAWN NI DDIM DY ANGHOFIO DI!

FELLY HELPODD Y BUTAIN YR YSBÏWYR I DDIANC. AETHANT YN ÔL GYDA'R NEWYDDION FOD OFN AR BOBL JERICHO, OFN YR ISRAELIAID . . . AC OFN DUW.

DYNA'R NEWYDDION ROEDD JOSUA AM EU CLYWED.

GALWODD JOSUA EI SWYDDOGION . . .

MAE DUW WEDI RHOI DINAS JERICHO YN EIN DWYLO NI. MAE OFN MAWR AR Y BOBL; A DYDYN NI DDIM ETO WEDI CODI CLEDDYF NA SAETHU SAETH.

YFORY, FE FYDDWN NI'N CROESI'R IORDDONEN. RHAID CADW'R BOBL MEWN RHESI TREFNUS.

ROEDD YR ISRAELIAID WEDI CRWYDRO YN YR ANIALWCH AM DDEUGAIN MLYNEDD. ROEDD Y DYNION OEDD MEWN OED YMLADD PAN ADAWSANT YR AIFFT YN AWR WEDI MARW. DIM OND JOSUA A CALEB, Y DDAU OEDD YN YMDDIRIED YN NUW, OEDD YN DAL YN FYW I FYND I MEWN I WLAD YR ADDEWID.

CENHEDLAETH NEWYDD A GROESODD YR IORDDONEN.

DIM OND DINAS JERICHO YN AWR OEDD RHYNGDDYNT AC ADDEWID DUW.

AR FIN NOS Y PEDWERYDD DYDD AR DDEG, WEDI IDDYNT WERSYLLA AR Y TIR GWASTAD O FLAEN Y DDINAS, DATHLWYD Y PASG GAN YR ISRAELIAID. DRANNOETH, PEIDIODD Y MANNA. O HYN YMLAEN BYDDENT YN BWYTA BWYD GWLAD CANAAN.

WRTH I JOSUA ARCHWILIO'R GWERSYLL, YMDDANGOSODD DYN O'I FLAEN Â'I GLEDDYF YN BAROD.

AROS! TI YN FAN'NA! WYT TI GYDA NI, NEU GYDA'N GELYNION?

YR UN O'R DDAU —

ATEBODD Y DYN —

FI YW PEN GAPTEN BYDDIN DUW.

TYN DY ESGIDIAU, JOSUA FAB NUN, OHERWYDD RWYT TI'N SEFYLL AR DIR SANCTAIDD.

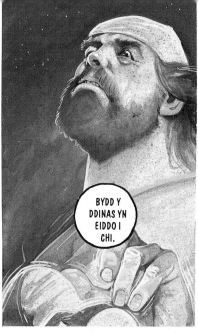

TI BIAU JERICHO NAWR. OND I TI DDILYN CYFARWYDDIADAU DUW I'R LLYTHYREN, BYDD MURIAU'R DDINAS YN CHWALU O DY FLAEN.

GWRANDA'N ASTUD AR YR HYN MAE'N RHAID I TI EI WNEUD.

RHAID I DY BOBL YMDEITHIO O AMGYLCH Y DDINAS UNWAITH BOB DYDD, AM CHWE DIWRNOD. RHAID CAEL SAITH O OFFEIRIAID YN CARIO UTGYRN I GERDDED O FLAEN ARCH Y CYFAMOD. AR Y SEITHFED DYDD, RHAID YMDEITHIO O AMGYLCH SAITH GWAITH, A PHOB OFFEIRIAD I CHWYTHU EI UTGORN.

DYWED WRTH Y FYDDIN I GYD AM ROI BLOEDD UCHEL. YNA BYDD Y MURIAU'N SYRTHIO, AC FE GAIFF DY WŶR RYDDID I FYND I MEWN.

BYDD Y DDINAS YN EIDDO I CHI.

CODODD JOSUA'N GYNNAR FORE TRANNOETH A GALW AR YR OFFEIRIAID OEDD WEDI BOD YN CARIO'R ARCH.

AR WAETHAF Y CYFARWYDDIADAU RHYFEDD A GAFODD GAN BEN CAPTEN BYDDIN DUW, ROEDD JOSUA YN YMDDIRIED YN LLWYR YNDDO.

FELLY, YMDEITHIODD Y BOBL O AMGYLCH Y DDINAS, Y MILWYR YN GYNTAF, YNA'R OFFEIRIAID YN CHWYTHU'R UTGYRN, YR OFFEIRIAID YN CARIO'R ARCH, A GWARCHODLU O FILWYR YN OLAF.

YMDEITHIONT O AMGYLCH Y DDINAS BOB DYDD AM CHWE DIWRNOD. YMDEITHIAI'R FYDDIN YNG NGHYSGOD YR AMDDIFFYNFEYDD, A CHLYWID SŴN YR UTGYRN YN ADLEISIO ODDI AR Y MURIAU. YMDEITHIONT BOB DYDD AM WYTHNOS, YNG NGOLWG YR AMDDIFFYNWYR.

BYDDAI YN DEG DWEUD NAD HYN OEDD Y MILWYR YN JERICHO YN EI DDISGWYL . . .

DYMA NHW'N DOD ETO.

DYMA'R SEITHFED TRO YR WYTHNOS HON. BETH MAEN NHW'N EI WNEUD? RHAID FOD YR HOLL DEITHIO YN YR ANIALWCH WEDI EU DRYSU NHW!

BETH SY'N BOD? OFN YMLADD?

BETH AM GAEL CLYWED TONAU ERAILL? MAE'R UN RHAI'N YN DECHRAU'N DIFLASU NI.

BETH AM DDANGOS INNI BETH SY YN Y BLWCH YNA? MAE'N SIŴR FOD EI GYNNWYS E'N FWY DIDDOROL NA GWRANDO AR Y SŴN 'MA AM WYTHNOS GYFAN!

WNAETH Y BOBL YN ÔL GORCHYMYN JOSUA. PAN HWYTHODD YR OFFEIRIAID AR YR UTGYRN, DYMA'R BOBL GYD YN RHOI BLOEDD OFNADWY –

A'R FUNUD HONNO, DECHREUODD Y MURIAU HOLLTI . . .

A DAETH Y MURIAU . . .

I LAWR.

AR UNWAITH, RHUTHRODD BYDDIN JOSUA I FYNY I'R DDINAS, GAN LADD PAWB A PHOPETH A WELENT.

SYRTHIODD POPETH DAN GLEDDYF YR ISRAELIAID — GWŶR A GWRAGEDD, HEN BOBL A PHLANT, GWARTHEG, DEFAID, HYD YN OED YR ASYNNOD.

OND COFIODD JOSUA EI ADDEWID I RAHAB, FELLY ARWEINIWYD HI A'I THEULU I LE DIOGEL, YMHELL O OLWG Y TRAIS A'R MALURIO.

AR WAHÂN I RAHAB A'I THEULU, LLADDWYD POPETH BYW YN JERICHO.

Y NOSON HONNO, LLOSGWYD JERICHO YN ULW.

YN Y BLYNYDDOEDD WEDI MARWOLAETH JOSUA, CODODD CENHEDLAETH NEWYDD, OEDD YN GWYBOD DIM AM YR HYN YR OEDD DUW WEDI EI WNEUD DROS ISRAEL.

A DOEDD Y RHAI OEDD YN GWYBOD YN POENI DIM AM HYNNY. ROEDD BYWYD YN BRAF, A **THRA** OEDD EU BYWYD YN BRAF, ROEDD Y BOBL YN GWNEUD FEL Y MYNNENT, YN GYSURUS YN EU GWLAD NEWYDD. DAETHANT I FOD YN DDIOG AC YN HUNANFODLON . . . AC YN Y DIWEDD BU **DIRYWIAD** MAWR.

CAWSANT EU DENU GAN GREFYDD BAGANAIDD, GAN ADDOLI **BAAL** AC **ASTAROTH**, DUWIAU EU GELYNION.

FE ANGHOFION NHW EU DUW EU HUNAIN, AC YMGOLLI MEWN CYFEDDACH A GLODDEST.

DECHREUON NHW DDILYN CWLT FFRWYTHLONEDD EU CYMDOGION, GAN YMGRYMU I GERFLUNIAU O GARREG A PHREN, A DATHLU DEFODAU BRWNT Y TYWYLLWCH YN LLE GOLEUNI DUW . . .

FE DORRWYD GANDDYNT BOB RHEOL A GAWSANT. RHAI CREFYDDOL, CYMDEITHASOL . . .

A **MOESOL.**

MEDDIANNWYD Y WLAD GAN **DDRYGIONI** AMLWG A REAL.

ROEDD HWN YN GYFNOD TYWYLL I ISRAEL.

OND, ER IDDYNT GEFNU AR DDUW, ROEDD GAN DDUW GYNLLUNIAU I'W HACHUB. I'R DIBEN HWN, DANFONODD DDYNION, AR WAETHAF Y PERYGLON, FYDDAI YN EU GWARED O LAW EU GELYNION.

DAETH DYDD Y **BARNWYR.**

STORI GIDEON

MAE'R BOBL YN GWRTHOD YR ARGLWYDD, AC YNA MAENT YN SYNNU PAN FO PETHAU'N MYND AR CHWÂL!

FFLAMAU YN Y PELLTER ETO. DINAS ARALL WEDI MYND.

HEB DDUW YN EI HAMDDIFFYN, GADAWYD ISRAEL YN AGORED I YMOSODIADAU GAN EI GELYNION. ROEDD Y MIDIANIAID YN AWYDDUS I GYMRYD MANTAIS O WENDID ISRAEL, AC FELLY, LLIFASANT FEL LOCUSTIAID AR HYD Y FFIN DDWYREINIOL, GAN DDIFA POPETH A SAFAI YN EU FFORDD . . .

A DWEUD Y GWIR, NID OEDD GIDEON YN DISGWYL ATEB YN SYTH . . .

MAE DUW GYDA THI, GIDEON, OHERWYDD RWYT YN FILWR DEWR A CHRYF!

DEWR A **CHRYF**? YN Y FAN HYN YN YMGREINIO YN Y BAW, YN CEISIO MALU GRAWN MEWN GWASG WIN, RHAG I'R MIDIANIAID DDOD O HYD IDDO!

O NA, NID DEWR A CHRYF O GWBL.

A BETH YDYN NI'N EI WNEUD? CLADDU EIN BWYD YN Y DDAEAR ER MWYN EI GUDDIO. RYDYM WEDI EIN GORFODI I FYW FEL ANIFEILIAID! **PAM NA FUASAI DUW YN GWNEUD RHYWBETH?!**

BETH BYNNAG, SUT Y MEDRI DI DDWEUD 'MAE DUW GYDA THI?' **PETAI** DUW GYDA NI, BUASAI'N DANFON RHYWUN I ACHUB EI BOBL.

OND FE **FYDD** DUW YN EU HACHUB. MAE AM DY DDANFON **DI** ATYNT, GIDEON! A THRWYDDOT TI BYDD DUW YN ACHUB ISRAEL!

HEI, UN EILIAD — Â PHWY YDW I'N SIARAD?

NAILL AI RWY'N MYND YN GWBL WALLGOF, NEU RWY'N CAEL SGWRS EFO . . . EFO **DUW**?

FI?! PAM MAE E AM FY NANFON I?

OS YW HYN YN DIGWYDD **GO IAWN**, OS TI YW NEGESYDD DUW, YNA RHO YR ARWYDD YMA I MI!

RWYF AM ADAEL Y CNU YMA AR Y LLAWR. OS BYDD Y DDAEAR O'I GWMPAS YN SYCH YN Y BORE, A'R CNU YN WLYB, YNA BYDDAF YN GWYBOD!

AC FELLY, Y BORE CANLYNOL . . .

MAE'N HEN DDIGON GWLYB ERBYN HYN!

AC MAE'R DDAEAR MOR SYCH Â CHORCYN . . . MAE'N RHAID MAI DUW OEDD YN SIARAD!

MAE'N WELL I MI GYCHWYN.

RHAID I MI GAEL GWARED Â'R EILUNOD I DDECHRAU.

FELLY, AETH GIDEON Â'I WEISION A **MALU** EILUNOD EI DAD YN DDARNAU MÂN!

YN DAWEL.

PAN OEDD YN SIŴR NAD OEDD NEB YN EDRYCH.

OND, MEWN TREF FECHAN, NID YW CYFRINACHAU'N AROS YN GYFRINACHAU YN HIR . . .

JOAS! AGOR Y DRWS CYN I NI EI FALU!

MAE DY FAB WEDI CHWALU DELW BAAL! **A'R POLYN** ASERA! RHAID IDDO **FARW**!

MARW? RYDYCH AM EI LADD AM IDDO DORRI CERFDDELW?

JOAS, YR HEN FFŴL! MAE E WEDI GWYLLTIO'R DUWIAU! OS NA FYDDWN YN EI LADD, BYDDWN I GYD YN DIODDEF!

OS YW BAAL YN DDUW GO IAWN, YNA FE ALL YMLADD EI FRWYDRAU **EI HUN**.

YDYCH CHI AM YMLADD DROSTO? YDYCH **CHI'N** BAROD I FARW YN AMDDIFFYN CERFDDELW?

HY! GADEWCH I BAAL ROI TREFN ARNO!

GADEWCH I BAAL DDOD AG E AT EI GOED!

WN I DDIM BETH WYT TI'N CEISIO'I WNEUD, GIDEON, OND MAE'N WELL ITI GYMRYD MWY O OFAL!

PAID Â PHOENI, NHAD, MAE DUW YN SYMUD TRWY ISRAEL. BYDD PETHAU'N NEWID, FE GEI DI WELD.

O FEWN YCHYDIG WYTHNOSAU, ROEDD GIDEON WEDI CASGLU YNGHYD DDIGON O DDYNION O LWYTHI CYFAGOS I WNEUD SAFIAD. A HYNNY HEB FOD EILIAD YN RHY GYNNAR . . .

HEDDIW, RYDYM AM YMLADD YN ÔL!

MAE'R MIDIANIAID WEDI YMUNO Â PHOBL O'R DWYRAIN, AC MAEN NHW AR FIN YMOSOD!

DYWEDODD DUW WRTHYF EIN BOD AM ENNILL, OND MAE'N RHAID INNI **YMDDIRIED** YNDDO, BETH BYNNAG FYDD EI ORCHMYNION!

MAE DUW YN GORCHYMYN EICH BOD YN YFED DŴR CYN BRWYDRO.

WRTH IDDYNT YFED, RHANNODD GIDEON Y MILWYR YN DDWY GARFAN: Y RHAI OEDD YN YFED DRWY FYND I LAWR AR EU GLINIAU, A'R RHAI A WNÂI GWPAN O'U DWYLO.

DYMA'R FFORDD YR OEDD DUW AM DDEWIS PWY OEDD I FYND I YMLADD – ROEDD Y GWEDDILL I DDYCHWELYD ADREF.

DYW HYN DDIM YN GWNEUD **SYNNWYR**! PAM RYDYN NI'N CAEL EIN GADAEL EFO DIM OND TRI CHANT O DDYNION?

TRWY HY BYDD PA YN GWYB MAI D WNAETH HACH

STORI SAMSON

TAID, FE ADDEWAIST STORI INNI CYN MYND I'R GWELY.

STORI? HOFFECH CHI GAEL STORI AM GARIAD, PRIODAS A DIWEDD HAPUS?

NA! STORI EFO BRWYDRAU AC YMLADD! DYWED HANES UN O'R BARNWYR!

Y BARNWYR? WEL, ROEDD TUA DWSIN OHONYNT. ROEDDENT YN LLYWODRAETHU ISRAEL CYN INNI GAEL BRENIN, AC NID OEDD POB UN MOR RHESYMOL Â **GIDEON**!

GADEWCH IMI WELD – DYNA I CHI **DEBORA** Y BROFFWYDES, **EHUD** Y LLOFRUDD, AC YNA **SAMSON** . . . BLE GALLAF I DDECHRAU SÔN AM SAMSON?!

CAFODD EI ENI YN **NASAREAD**. GOLYGA HYNNY EI FOD WEDI EI OSOD AR WAHÂN ER MWYN DUW, PERSON ARBENNIG IAWN. NID OEDD I YFED GWIN, CYFFWRDD Â CHYRFF MARW, NA THORRI EI WALLT.

OND NID OEDD SAMSON YN POENI AM HYNNY. YN WIR, NI PHOENAI AM **DDIM**, BRON! ROEDD Y PHILISTIAID YN YMOSOD AR EIN FFINIAU, A SAMSON OEDD Y DYN I ROI TREFN ARNYNT!

A BETH AM Y STORÏAU ROEDD POBL YN EU DWEUD AMDANO . . .! MEDRAI DORRI'N RHYDD O RAFFAU, YMLADD Â LLEWOD, CLYMU TRI CHAN SIACAL AT EI GILYDD GERFYDD EU CYNFFONNAU, A DIANC RHAG PERYGL Â GATIAU'R DDINAS YN HONGIAN AR EI YSGWYDDAU!

DRO ARALL, FE LADDODD **FIL O DDYNION**, AC YNTAU WEDI'I ARFOGI Â DIM MWY NAG ASGWRN GÊN ASYN! DOEDD **DIM** Y MEDRAI Y PHILISTIAID EI WNEUD I'W ATAL. DIM! BU'N YMLADD Â HWY AM UGAIN MLYNEDD. METHAI POB UN O'U CYNLLUNIAU, POB YMGYRCH, A'R CYFAN OHERWYDD SAMSON.

OND, ROEDD GAN SAMSON **WENDID**.

EI HENW HI OEDD **DELILA**, A HI OEDD Y FERCH BRYDFERTHAF AR WYNEB Y DDAEAR – DYNA A GREDAI SAMSON, O LEIAF.

A FUASECH **CHI** YN DADLAU AG EF?

DRUAN O SAMSON. HYD YN OED PE GWYDDAI EI BOD YN GWASANAETHU EI MEISTRI, Y PHILISTIAID, DOEDD O DDIM YN POENI. WEDI'R CYFAN, EF OEDD **SAMSON** — BETH ALLAI WNEUD DRWG IDDO?

FE GYNIGIWYD FFORTIWN IDDI, DIM OND IDDI DDARGANFOD BETH OEDD CYFRINACH CRYFDER SAMSON, A SUT OEDD EI DYNNU ODDI ARNO. AC FELLY DYMA HI'N CYCHWYN . . .

PAM NA DDYWEDI DI DY GYFRINACH WRTHYF? MI FUASET YN DWEUD PE BAIT YN FY NGHARU GO IAWN.

DOES DIM CYFRINACH. CLYMA FI EFO LLINYN BWA SOEGLYD A BYDDAF FEL CATH FACH.

RWYT TI'N CHWERTHIN AR FY MHEN I!

MAE'N DDRWG GEN I. DIM OND RHAFF HEB EI DDEFNYDDIO O'R BLAEN ALL FY NAL, A—

PAM WYT TI'N DAL I DDWEUD CELWYDD?

IAWN, Y GWIR Y TRO HWN — PLETHA FY NGWALLT AR WŶDD AC YNA — BLE WYT TI'N MYND?

YN Y DIWEDD, FE ILDIODD.

FY NGWALLT. DYNA'R GYFRINACH.

EDD HI MOR BENDERFYNOL. OND RTH GWRS EI BOD HI — ROEDDEN W WEDI CYNNIG **FFORTIWN** IDDI.

ROEDD EI NERTH YN DOD ODDI WRTH DDUW.

ROEDD EI WALLT HIR YN SYMBOL, YN ARWYDD O'I YMRWYMIAD. OS TORRID EI WALLT, BYDDAI DUW YN MYND Â'I NERTH.

NI DDYLAI FOD WEDI DWEUD WRTHI, OHERWYDD WRTH IDDO GYSGU, (WEDI YMLÂDD AR ÔL EI CHWYNO PARHAUS, MAE'N SIŴR), TORRODD DELILA EI WALLT I GYD.

YNA'R CYFAN OEDD GANDDO AR ÔL O'I DDUNEDAU FEL NASAREAD. ROEDD EISOES EDI TORRI'R GWEDDILL, A NAWR, WEDI IDDO DAEL I'R DDYNES YMA DORRI EI WALLT, DOEDD AMSON YN DDIM GWAHANOL I NEB ARALL.

NID OEDD YN DDIM CRYFACH NAG UNRHYW DYN CYFFREDIN. FE GIPIWYD EF GAN Y PHILISTIAID YN HAWDD.

ALLWCH CHI DDIM DYCHMYGU FAINT OEDD Y PHILISTIAID YN CASÁU SAMSON. FE DYNNWYD EI LYGAID ALLAN, A'I WNEUD I WEITHIO FEL YCHEN CYFFREDIN.

AR UN ADEG, HWN OEDD YR UN ROEDD DUW WEDI EI DDEWIS I AMDDIFFYN ISRAEL! NAWR, NID OEDD DIM GWELL NAG ANIFAIL FFERM.

ROEDD Y PHILISTIAID YN ADDOLI DUW O'R ENW DAGON, A THRA BOD SAMSON NID YN UNIG YN GARCHAROR, OND WEDI EI GYWILYDDIO'N LLWYR, DYMA BENDERFYNU CYNNAL GWLEDD I DDATHLU, I DDIOLCH I'W DUW.

FE GAWN NI WNEUD FEL Y MYNNWN AG ISRAEL YN AWR! PWY ALL EIN HATAL? FE RODDODD Y FFYLIAID EU HYDER I GYD MEWN UN DYN, A NAWR MAE HWN YN EIDDO I NI!

DYWED WRTH Y GWARCHODWYR I DDOD Â SAMSON ALLAN ER MWYN I NI I GYD GAEL EI WELD YN IAWN. MAE'N SIŴR GEN I Y BYDD YN . . . **DDIFYR** TU HWNT.

OND WRTH I SAMSON DDIHOENI YN Y DWNSIWN, ROEDD EI WALLT WEDI DECHRAU AILDYFU.

AC WRTH I'W WALLT DYFU, DECHREUODD FEDDWL YN GLIRIACH, EFALLAI AM Y TRO CYNTAF YN EI FYWYD . . .

ARGLWYDD DDUW, PAID Â'M ANGHOFIO! ER FY MOD YN WAN A DALL, RWY'N MEDRU GWELD PETHAU'N GLIR O'R DIWEDD!

FI YW SAMSON Y NASAREAD, AC FE FÛM YN FFŴL!

NI DDILYNAIS DY GYFREITHIAU, RWYF WEDI TORRI F'ADDUNEDAU, A NAWR MAE DY BOBL HEB ARWEINYDD. HELPA FI!

FELLY, AETH Y CEIDWAID I NÔL SAMSON A'I LUSGO ALLAN I BOB UN O'R PHILISTIAID GAEL EI WELD.

A CHAWSANT EU '**DIFYRRU**'.

HA, DWYT TI DDIM MOR DDEWR NAWR!

DWYT TI DIM MOR GRYF NAWR! EDRYCHWCH ARNO, MAE'N CRIO!

CRIO FEL BABI! WNAETHON NI DY FRIFO, Y PETH BACH?

CICIWCH EF! NIWEIDIWCH EF!

AAAAH!

IAWN, DYNA DDIGON AM NAWR. DOES DIM EISIAU EI LADD **ETO**. RYDYM AM GAEL TIPYN MWY O HWYL EFO HWN!

FEDRA I DDIM CERDDED. PLÎS, GADEWCH IMI BWYSO YN ERBYN UN O GOLOFNAU'R DEML!

STORI

RUTH

O! RWYT TI'N BRYDFERTH! YN UNION FEL TYWYSOGES! YR UN FATH Â RACHEL! Y BRIODASFERCH HARDDAF YN Y BYD!

RWY'N TEIMLO'N WIRION. RWY'N EDRYCH YN DEW, MAE FY NGHROEN WEDI MYND YN OD, A DYW FY FFROG DDIM YN FFITIO!

RHAID I TI I DDWEUD WRTH BAWB FOD Y BRIODAS WEDI EI GOHIRIO!

DYWED WRTH BAWB FY MOD WEDI NEWID FY MEDDWL.

DYWED WRTHYNT FY MOD WEDI SYRTHIO ALLAN DRWY'R FFENESTR A BOD CAMEL CLOFF WEDI EISTEDD ARNAF, AC NA FEDRI EI SYMUD, NA DWEUD CHWAITH P'UN OHONOM YW P'UN.

SH! PLENTYN. PAID Â SIARAD FEL HYN. RWYT YN NERFUS, DYNA'R CWBL. MAE PAWB YN NERFUS CYN EU PRIODAS.

GWRANDA, FY NGHARIAD, AC MI DDYWEDAF STORI A ADRODDWYD GAN FY MAM, A CHAN EI MAM HI O'I BLAEN.

AMSER MAITH YN ÔL, PAN OEDD ISRAEL YN CAEL EI LLYWODRAETHU GAN FARNWYR, ROEDD YNA DAIR O FERCHED, NAOMI, ORPA A **RUTH**.

ROEDD NAOMI YN UN OHONOM NI — ISRAELIAD. MERCHED O MOAB OEDD ORPA A RUTH, EI MERCHED-YNG-NGHYFRAITH. ROEDD Y TAIR GWRAIG YN WEDDWON . . .

RWYF WEDI EICH CARU FEL PETAECH YN FERCHED I MI FY HUN, OND RWY'N CREDU Y DYLEM FFARWELIO'N AWR AM BYTH. RYDYM I GYD YN WRAGEDD GWEDDW, OND O LEIAF RYDYCH CHI'CH DWY YN IFANC.

CHWILIWCH AM WÊR **NEWYDD**. A'U GWNEUD MOR HAPUS AG OEDD FY MEIBION I.

EWCH YN ÔL AT EICH TEULUOEDD, OHERWYDD YR WYF WEDI COLLI FY NHEULU I. CREDWCH FI, DYMA'R PETH GORAU I'W WNEUD.

OND BETH AMDANAT **TI**?

FI? HYD YN OED PETAI'N BOSIBL IMI GAEL GÊR, RWY'N RHY HEN I GAEL **RHAGOR** O BLANT I CHI EU PRIODI!

NID DYNA OEDD GEN I.

EWCH, BYDDWCH YN HAPUS. MAE GENNYCH WEDDILL EICH BYWYDAU O'CH BLAENAU.

WYT TI'N DAL YMA, RUTH? DYWEDAIS WRTHYT AM FYND!

MAE DUW WEDI MYND Â 'NHEULU ODDI ARNAF! DOES GEN I DDIM AR ÔL! DIM I FYW ER EI FWYN! DOS GYDAG ORPA!

OND DYDW I DDIM AM DY ADAEL!

PAM?!! DOES GEN I DDIM GÊR, DOES GEN **TI** DDIM GÊR, DOES GENNYM DDIM PLANT, DIM BYD!

OES DIM DIBEN DWEUD WRTHYF AM FYND, HERWYDD **WNAF I DDIM!** BLE BYNNAG YR EI DI YR AF FI, A DOES DIM RHAGOR I'W DDWEUD! O HYN YMLAEN, DY BOBL **DI** FYDD Y MHOBL I, DY DDUW DI FY NUW I, LLE YDDI DI FARW BYDDAF FI FARW, AC YNO AF FY NGHLADDU. BYDDED I DDUW WNEUD HYWBETH OFNADWY IMI OS BYDD I NRHYW BETH AR WAHÂN I ARWOLAETH EIN GWAHANU.

AC FELLY, DYMA'R DDWY YN AROS EFO'I GILYDD. HEB NEB ARALL YN GWMNI YN Y BYD I GYD, DYMA GYCHWYN AM Y CARTREF YR OEDD NAOMI WEDI EI ADAEL RAI BLYNYDDOEDD YNGHYNT — TREF FECHAN DDIBWYS, I'R DE O JERWSALEM.

LLE O'R ENW BETHLEHEM.

CYRHAEDDODD Y DDWY YM MIS EBRILL, AR DDECHRAU ADEG Y CYNHAEAF. ROEDDENT YN SOBR O DLAWD, OND ROEDD CYFRAITH MOSES WEDI GOFALU AM WEDDWON.

YN ÔL Y GYFRAITH, ROEDD GANDDYNT HAWL I **LOFFA** GWEDDILLION Y CYNHAEAF, A THRWY WNEUD HYN CASGLODD RUTH DDIGON I'R DDWY GAEL BWYD.

BETH BYNNAG, ROEDD DUW AR WAITH YN EU BYWYDAU, OHERWYDD FE DDIGWYDDODD FOD Y CAE YN EIDDO I ŴR O'R ENW **BOAS** . . .

FFORMAN, PWY YW Y FERCH YNA SYDD DRAW FAN ACW?

GWRAIG WEDDW O MOAB, DDAETH YN ÔL GYDA DY GYFNITHER, NAOMI. MAE HI WEDI BOD YN LLOFFA DRWY'R DYDD YN DDI-DOR.

DWED WRTH Y DYNION I GYD I BEIDIO Â'I PHOENI O GWBL, NEU BYDDANT YN GORFOD ATEB I MI. WYT TI'N DEALL?

MAE YNA BOB MATH O BOBL OD O AMGYLCH ADEG Y CYNHAEAF, FELLY, DILYN FY NGWEISION WRTH IDDYNT WEITHIO. RWYF WEDI DWEUD WRTH Y DYNION AM ADAEL LLONYDD I TI, FELLY MI FYDDI'N BERFFAITH SAFF.

HELÔ! WNEI DI GYMRYD GAIR O GYNGOR GEN I?

RWYF WEDI DWEUD WRTHYNT AM DDOD Â DIGON O DDŴR I'W YFED TRA MAENT YN GWEITHIO, AC NI FYDD UN ARALL YN GWNEUD FAWR O WAHANIAETH! COFIA ESTYN ATO.

WN I DDIM BETH I'W DDWEUD. RYDYCH YN GAREDIG IAWN, SYR.

DIM HYD YN OED OS BYDD HI'N TYNNU'R ŶD GORAU YN Y CAE. A DWEUD Y GWIR, DWED WRTHYNT AM ADAEL YR ŶD GORAU MEWN LLE Y BYDD YN GALLU DOD O HYD IDDO.

OS WYT TI'N DWEUD — TI BIAU'R CAE.

NA! TI YW'R UN SYDD WEDI BOD YN GAREDIG. CLYWAIS AMDANAT YN PENDERFYNU AROS I EDRYCH AR ÔL NAOMI, ER NAD OEDD GANDDI DDIM HAWL ARNAT.

RYDYM AR FIN BWYTA — BETH AM YMUNO Â NI?

AC FELLY Y BU. CYMERODD BOAS DRUGAREDD AR RUTH, CYFFYRDDWYD EF GAN EI CHAREDIGRWYDD, AC FE RODDODD HELP IDDI.

WRTH GWRS, NI FEDRAI BEIDIO Â SYLWEDDOLI HEFYD EI BOD YN FERCH IFANC DDENIADOL, A RHYDD.

NID YW WEDI TYNNU EI LYGAID ODDI ARNI DRWY'R DYDD.

SSSHH! MI FYDDANT YN SIŴR O'TH GLYWED! CLYWAIST BETH DDYWEDODD E: CYMERWCH YCHYDIG O'R ŶD GORAU A'I OLLWNG MEWN MAN Y BYDD YN SIŴR O DDOD O HYD IDDO . . . A PHAID Â CHWERTHIN!

RUTH, SUT Y CEFAIST TI GYMAINT O ŶD?

CWRDDAIS Â DYN O'R ENW BOAS. DYWEDODD WRTHYF AM LOFFA YN EI GAE EF, A —

BOAS? GWRDDAIST TI Â **BOAS**? OND MAE E'N PERTHYN I MI! EFALLAI NAD YW DUW WEDI EIN GADAEL YN LLWYR WEDI'R CYFAN!

ROEDD CALON NAOMI BRON WEDI EI THORRI GAN HIRAETH, A THEIMLAI'N CHWERW. OND FE ALL DUW IACHÁU YR HYN NAD YW AMSER YN GALLU EI IACHÁU.

WRTH I BOAS A RUTH SYRTHIO MEWN CARIAD, DECHREUODD DUW IACHÁU CALON NAOMI.

PAM NA WNEI DI WISGO'R LLIW YMA HENO, RUTH? RWYT TI'N GWYBOD DY FOD BOB AMSER YN EDRYCH YN HARDD YNDDO. BLE MAE'R PERSAWR YNA ROIS I I TI? FEDRI DI DDIM GALARU AM BYTH. MAE BYWYD YN MYND YN EI FLAEN!

RWY'N FALCH FY MOD WEDI AROS EFO TI. RWYT TI'N DEBYCACH YN AWR I'R HEN NAOMI YR OEDDWN YN ARFER EI HADNABOD.

LLAI O'R 'HEN', DIOLCH YN FAWR!

FELLY, GAN WISGO'I DILLAD GORAU A'I PHERSAWR MWYAF DRUD, AC YN EDRYCH YN ARBENNIG O **HARDD**, AETH RUTH I WELD BOAS . . .

MAE'N AMLWG DY FOD WEDI SETLO I MEWN YN IAWN, RUTH. MAE PAWB Â GAIR DA I TI. Y . . . WYT TI WEDI MEDDWL AM GAEL . . . GŴR? MAE YNA DDIGON O WŶR IFANC O GWMPAS, FEL Y GWELI DI.

DYDW I DDIM EISIAU DYN **IFANC**.

O DAN Y GYFRAITH, MAE HAWL GAN WRAIG WEDDW I BRIODI UN O DEULU EI GŴR.

RWY'N GWELD . . . MAE YNA DDYN YN Y DREF HON, PERTHYNAS AGOSACH NA FI . . . YN ÔL Y GYFRAITH, DYLID GOFYN IDDO EF YN GYNTAF.

AC OS BYDD EF YN GWRTHOD. . ?

PAID Â MYND I UNMAN, BYDDAF YN ÔL AR FY UNION!

FELLY, AETH AT FURIAU'R DREF LLE ROEDD YR HENURIAID YN CYFARFOD, A DOD O HYD I'R PERTHYNAS.

OS YW DYN YN MARW'N DDI-BLANT, GALL EI WRAIG BRIODI UN O'I DEULU, ER MWYN PARHAD EI ENW, OND NID DYNA'R CYFAN . . .

RHAID I'R GŴR NEWYDD BRYNU HOLL EIDDO'R DYN MARW, OND NID Y FE FYDD YN BERCHEN ARNO . . .

MAE NAOMI AM WERTHU TIR OEDD YN EIDDO I'W MAB A FU FARW. MAE GE(...) TI HAWL IDDO OS MYNN(...)

MMM. POPETH YN IAWN, ROEDD YN DIR DA.

MAE HYN YN GOLYGU Y BYDD YN RHAID I TI I BRIODI EI WEDDW, AC FE AIFF Y TIR I'W PHLANT.

OS FELLY, NI ALLAF EI BRYNU, MAE'N ORMOD O FAICH, AC MI FUASAI F'YSTÂD YN DIODDEF. PRIODA DI HI.

FELLY PRIODWYD BOAS A RUTH, AC ROEDD Y DDAU'N HAPUS IAWN.

FEL Y GWELI, MAE DUW AR WAITH YM MYWYDAU'R RHAI MWYAF CYFFREDIN. NID BRENHINOEDD NEU FARNWYR OEDD Y RHAIN, AC ETO FE WNAETH DUW EU DEFNYDDIO YN Y FFORDD RYFEDDAF . . .

CAFODD RUTH FABAN, AC FE'I GALWODD YN OBED, A DDAETH WEDYN YN DAD I JESSE, A DYFODD I FOD YN DAD I'R PERSON PWYSICAF YN HANES ISRAEL –

ROEDD RUTH YN HEN-NAIN I'R BRENIN DAFYDD EI HUN!

OND DOEDD DIM ARBENNIG AM RUTH! NID(...) OEDD HI HYD YN OED YN ISRAELIAD!

A PHWY A ŴYR **BLE** Y BYD(...) DIWEDD HANES EI BLANT E(...) NAWR, BRYSIA – WYT TI'(...) DAL AM BRIODI?

WRTH GWRS FY MOD I, OND BETH DDIGWYDDODD I –

FE DDYWEDAF WRTHYT AR ÔL ITI BRIODI. NAWR, **BRYSIA!**

STORI JOB

UN TRO, AMSER MAITH YN ÔL, ROEDD YNA DDYN OEDD YN OFNI DUW, YN CARU EI GYMYDOG, AC YN GWEITHIO'N GALED.

PRIN Y CAECH CHI NEB CYSTAL AG E.

'EI ENW OEDD **JOB**. DOEDD NEB TEBYG IDDO AR Y DDAEAR, AC ROEDD DUW YN **GWYBOD** HYNNY – ROEDD YN DDI-FAI, YN CARU'R HYN OEDD YN DDA, AC YN OSGOI DRYGIONI O BOB MATH.'

'OND NID DUW OEDD YR **UNIG** UN I SYLWI AR HYN.'

DAETH Y **DIAFOL** AT DDUW A DWEUD:

'RWYT WEDI GWNEUD BYWYD JOB MOR RHWYDD FEL BOD EI YMLYNIAD WRTHYT YN DDIYSTYR.

'CYMER YR OLL SYDD GANDDO, AC FE FYDD YN DY **FELLTITHIO** YN DY **WYNEB**.'

'OND ROEDD GAN DDUW HYDER YN JOB, FELLY **CANIATAODD** I'R DIAFOL EI BROFI.'

'YN GYNTAF, CYMERWYD EI **GYFOETH** – MEWN UN **DIWRNOD** DAETH MILWYR A LLADRATA EI ASYNNOD A'I YCHAIN, SYRTHIODD TÂN O'R **AWYR** AR EI DDEFAID, AC FE DDAETH EI ELYNION A DWYN EI HOLL **GAMELOD**.'

'COLLODD BOPETH.'

'TRA OEDD JOB YN DAL MEWN SIOC, DAETH NEGESYDD GYDA NEWYDDION **GWAETH** FYTH.'

'ROEDD GWYNT EITHRIADOL WEDI TARO TŶ EI FAB HYNAF, GAN LADD EI HOLL BLANT.'

'I JOB, ROEDD FEL PETAI EI HOLL FYD WEDI DOD I BEN.'

DEUTHUM I'R BYD HEB DDIM, A BYDDAF YN EI **ADAEL** HEB DDIM. MAE DUW YN RHOI, AC MAE DUW YN **CYMRYD**.

'AR WAETHAF Y CWBL A DDIGWYDDODD, NI RODDODD JOB Y BAI AR DDUW.'

FELLY, DYWEDODD DUW WRTH Y DIAFOL, 'TI'N GWELD? ER DY FOD YN **PRYFOCIO** JOB, MAE'N AROS YN **FFYDDLON**.'

'CROEN AM GROEN!,' MEDDAI'R DIAFOL. 'FE RYDD DYN **BOPETH** I ACHUB EI FYWYD EI HUN. FE FYDD YN ABERTHU EI **DEULU** EI HUN OS BYDD HYNNY'N EI ARBED! OS CYMERI EI IECHYD ODDI ARNO, **YNA** FE FYDD YN DY FELLTITHIO!'

'FELLY FE DRODD **CORFF** JOB ARNO, GAN DORRI ALLAN YN **FRIWIAU** DROSTO.'

MAE DUW WEDI EIN **DIFETHA**. PAM NA WNEI DI EI **FELLTITHIO** A **MARW**?

PAID Â **SIARAD** FEL YNA!

FE DDANFONODD DUW BETHAU DA INNI, A DERBYNIWYD HWY YN **LLAWEN**. A DDYLEM ANGHOFIO'R AMSER DA A THROI ARNO PAN FYDD PETHAU'N MYND O CHWITH?

'ROEDD Y BOBL YN TROI CEFN AR JOB, RHAG OFN BOD Y LWC DDRWG YR OEDD YN EI PHROFI YN HEINTUS, OND ROEDD GANDDO DRI FFRIND A BARODD YN FFYDDLON.'

'FE EISTEDDON NHW GYDA JOB AM SAITH DIWRNOD HEB DDWEUD GAIR, GAN RANNU EI **ALAR**. HWN OEDD **JOB**, Y DYN GORAU YN Y BYD. SUT Y GALLAI HYN **DDIGWYDD** IDDO?'

JOB, ALLA I DDIM MEDDWL AM UNRHYW UN GAFODD EI GOSBI HEB RESWM. MAE POBL SY'N **GWNEUD** DRYGIONI YN CAEL EU **HAD-DALU** Â DRYGIONI. MAE BYWYD YN LLAWN **TRAFFERTH**, AC MAE HYNNY MOR SICR Â BOD MWG YN **CODI**. RHAID DY FOD WEDI GWNEUD **RHYWBETH** O'I LE. FY NGHYNGOR I YW, TRO AT DDUW, GAN DDISGWYL AM EI ATEB.

WYT TI'N MEDDWL NAD YDW I WEDI **GWNEUD** HYNNY EISOES?

WYT TI'N MEDDWL NAD YDW I'N GWYBOD Y GWAHANIAETH RHWNG DA A DRWG? NI WNES I **DDIM** O'I LE. FY UNIG DDYMUNIAD FYDDAI MEDRU SIARAD EFO DUW A DADLAU FY ACHOS.

ROEDD JOB WEDI EI LETHU YN LLWYR. ROEDD YNO MEWN POEN, HEB ARIAN, HEB DEULU, A'R PRYFED ERBYN HYN YN **DODWY** YN EI **FRIWIAU** AGORED –

YCH!

– A'I FFRINDIAU'N DWEUD WRTHO MAI ARNO **EF** OEDD Y BAI! O'R DIWEDD, DYMA FACHGEN IFANC, OEDD YN SEFYLL WRTH YMYL, YN PENDERFYNU YCHWANEGU EI LAIS **EF** I'R CYTHRWFL . . .

RO'N I'N MEDDWL FOD HEN BOBL I FOD YN **DDOETH!** RWYT TI'N DWEUD DY FOD YN **DDI-EUOG**, AC ETO MAE DUW WEDI DY GOSBI. MAE'N **ANGHREDADWY** Y MEDRAI DUW WNEUD **CAMGYMERIAD**, NEU FOD YN ANGHYFIAWN! SUT Y MEDRWCH HYD YN OED **FEDDWL** Y FATH BETH?!

DIM OND EISIAU I DDUW DDWEUD **PAM** FOD HYN WEDI DIGWYDD YDW I . . .

DOES GANDDO DDIM AMYNEDD GYDA'R RHAI BALCH, POBL SY'N CEISIO CYFIAWNHAU EU HUNAIN O FLAEN DUW MOR FAWR, **GRYMUS** AC URDDASOL.

A DYNA NI.

I'R GWR IFANC, ROEDD YN AMHOSIBL **CYRRAEDD** AT DDUW, ROEDD YN BELL, A HEB **DDIDDORDEB** YM MYWYDAU RHAI GWAN A DI-NOD.

'**DYMA** PRYD Y PENDERFYNODD DUW **EI HUN** YMDDANGOS.'

JOB, MAE GENNYT NIFER O GWESTIYNAU, OND ATEB HYN:

BLE ROEDDET **TI** PAN OEDDWN I'N CREU Y BYD?

STORI SAMUEL

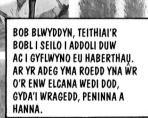

PAN ARWEINIODD JOSUA Y BOBL I MEWN I WLAD YR ADDEWID, DANFONODD ARCH Y CYFAMOD I LE O'R ENW **SEILO**, AC YNO Y BU AM TUA DAU CAN MLYNEDD.

NID OEDD GAN YR ISRAELIAID DEMLAU, OND FE GADWYD YR ARCH MEWN PABELL FAWR, GYDA THEULU O OFFEIRIAID YN GOFALU AMDANI. ROEDD Y CYFRIFOLDEB YN CAEL EI DROSGLWYDDO O'R TAD I'R MAB. HYD YN OED PAN OEDD Y BOBL YN TRIN YR ARGLWYDD YN DDIRMYGUS, FE ARHOSODD SEILO YN GANOLBWYNT Y BYWYD CREFYDDOL.

YN Y DIWEDD, FE DDIRYWIODD Y GWYLIAU I FOD YN DDIM MWY NA DIGWYDDIADAU CYMDEITHASOL, HEB UNRHYW YSTYR IDDYNT.

BOB BLWYDDYN, TEITHIAI'R BOBL I SEILO I ADDOLI DUW AC I GYFLWYNO EU HABERTHAU. AR YR ADEG YMA ROEDD YNA WR O'R ENW ELCANA WEDI DOD, GYDA'I WRAGEDD, PENINNA A HANNA.

MAE'N STORI'N CYCHWYN GYDA **HANNA**. ER BOD GAN WRAIG ARALL ELCANA BLANT, NID OEDD GAN HANNA YR UN . . .

HAA-HAA!

ROEDD PENINNA'N GAS IAWN, AC YN PRYFOCIO HANNA'N GYSON.

DDYLET TI DDIM GADAEL IDDI HI DY GYNHYRFU, HANNA.

DYDW I DDIM WEDI CYNHYRFU.

FELLY PAM WYT TI'N CRIO? MAE HI'N EIDDIGEDDUS. MAE'N GWYBOD FY MOD YN DY GARU DI YN FWY NA HI, AC MAE HYNNY'N **WIR**. BETH YW'R OTS PETAI GANDDI **DDEG** O FEIBION, RWY'N —

HANNA? DDYWEDAIS I RYWBETH O'I LE?

MAE'N DOD YN ÔL I HYN BOB TRO. RWY'N MYND I'R DEML! BYDDAF YN SIARAD Â TI ETO!

ARGLWYDD DDUW! PETAIT OND YN GWELD FY NHRALLOD A RHOI UN MAB IMI, YNA FE'I RHODDWN YN ÔL I TI AM WEDDILL EI FYWYD!

BETH YW HYN? UN ARALL WEDI MEDDWI?!

FAINT O WEITHIAU SYDD ANGEN **DWEUD** WRTHYCH! TŶ **DDUW** YW HWN! CHEWCH CHI DDIM DOD I'R **FAN HYN** I FWRW EICH MEDDWDOD!

NA, SYR! ROEDDWN YN GWEDDÏO!

GWEDDÏO?! MADDEUA IMI. MAE . . . WEL MAE SAWL BLWYDDYN WEDI MYND HEIBIO ERS IMI WELD RHYWUN YN GWNEUD HYNNY YMA. GWEDDÏO, YN WIR!

DYNA I CHI BETH RHYFEDD . . .

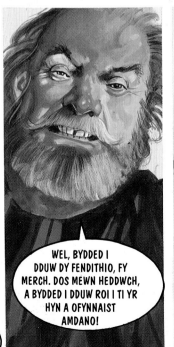

WEL, BYDDED I DDUW DY FENDITHIO, FY MERCH. DOS MEWN HEDDWCH, A BYDDED I DDUW ROI I TI YR HYN A OFYNNAIST AMDANO!

AC WRTH I ELI YR OFFEIRIAD DDWEUD Y GEIRIAU HYN WRTHI, TEIMLODD HANNA YN HAPUS DROS BEN. ROEDD HI'N GWYBOD RYWFODD FOD DUW WEDI CLYWED EI GWEDDÏAU, A'I FOD WEDI EU HATEB.

CLYWODD SAMUEL Y LLAIS AM Y TRYDYDD TRO, AC UNWAITH ETO FE REDODD AT ELI.

OND RWY'N DWEUD WRTHYCH, ROEDDWN YN GORWEDD YN YMYL YR ALLOR A CHLYWAIS LAIS!

PETAI RHYWUN HEBLAW **TI** YN DWEUD HYN, BYDDWN YN MYNNU EI FOD YN DWEUD CELWYDD, OND TI . . .

SAMUEL, RWY'N CREDU FY MOD YN GWYBOD BETH SY'N DIGWYDD.

DOS YN ÔL I DY WELY, AC OS CLYWI DI'R LLAIS ETO, ATEB, 'LLEFARA ARGLWYDD, OHERWYDD MAE DY WAS YN CLYWED.'

OND PWY SYDD YNA?

OS YDW I'N IAWN, YNA CEI WYBOD HYNNY'N DDIGON BUAN.

FELLY, AETH SAMUEL YN ÔL I'W WELY, AC YN FUAN ROEDD YN CYSGU'N DRWM.

SAMUEL!

IE, ARGLWYDD, MAE DY WAS YN CLYWED.

RWYF AR FIN GWNEUD RHYWBETH YN ISRAEL FYDD YN GWNEUD I GLUSTIAU PAWB SYDD YN GWRANDO FERWINO. RWYF AM FARNU ELI A'I DEULU. ROEDD EI FEIBION I FOD YN OFFEIRIAID I MI, OND MAENT WEDI CYFLAWNI CABLEDD AR BEN CABLEDD YN FY ENW!

ROEDD ELI'N GWYBOD, AC ETO NI WNAETH DDIM I'W HATAL. NI FYDD YR UN ABERTH YN ATEB AM YR HYN Y MAE WEDI EI GANIATÁU I DDIGWYDD.

WEDI I DDUW LEFARU, GORWEDDODD SAMUEL YN EFFRO DRWY'R NOS. ROEDD ARNO ORMOD O OFN WYNEBU ELI GYDA'R FATH NEWYDDION OFNADWY.

SAMUEL! ATEB FI! BETH DDIGWYDDODD NEITHIWR? YR ARGLWYDD EIN DUW, FE **SIARADODD** Â TI? DWYT TI DDIM YN SYLWEDDOLI FAINT O AMSER A AETH HEIBIO ERS I **UNRHYW UN** GLYWED EI LAIS YN SIARAD. NI CHREDAIS Y BYDDEM YN CLYWED EI LAIS TRA BYDDWN FYW.

BETH BYNNAG DDYWEDODD EF WRTHYT, MAE'N RHAID ITI DDWEUD WRTHYF!

DUW SIARADODD.

DYWEDODD EI FOD AM DY FARNU DI A'TH DEULU. MAE DY FEIBION WEDI CABLU, AC WEDI YMDDWYN YN LLYGREDIG, AC ER DY FOD YN GWYBOD HYNNY, NI WNEST DDIM YNGLŶN Â'R PETH.

MAE'N DDRWG GEN I.

PAID AG YMDDIHEURO.

EF YW'R **ARGLWYDD** – FE WNAIFF YR HYN SY DDA YN EI OLWG.

YN FUAN WEDI HYNNY, FE LADDWYD MEIBION ELI MEWN BRWYDR. TORRODD ELI EI GALON, A BU YNTAU FARW HEFYD.

OS GWNEWCH HYN, BYDDWCH YN GALW AR DDUW, OND NI FYDD YN EICH ATEB, OHERWYDD EICH BOD WEDI EI WRTHOD EF FEL EICH BRENIN.

RYDYM WEDI PENDERFYNU EISOES, SAMUEL. RYDYM YN GYTÛN AR HYN, AC NI FEDRI WNEUD INNI NEWID EIN MEDDYLIAU.

YNA, MI OFYNNAF I DDUW ROI BRENIN I CHI. OND COFIWCH FY MOD WEDI EICH RHYBUDDIO BETH FYDDAI'N DIGWYDD. **CHI** OFYNNODD AM HYN.

STORI SAUL

FELLY, GWEDDÏODD SAMUEL, GAN AROS AM Y DYN Y BYDDAI DUW YN EI DDEWIS FEL BRENIN.

AR YR ADEG HONNO, ROEDD YNA ŴR O'R ENW GIS, O LWYTH BENJAMIN, OEDD WEDI COLLI EI ASYNNOD. YN EI AWYDD I'W CAEL YN ÔL, DANFONODD EI FAB GYDAG UN O'I WEISION I CHWILIO AMDANYNT.

FE FUONT I FFWRDD AM AMSER MAITH. ANGHOFIODD POBL AM YR ASYNNOD A DECHRAU POENI, YN HYTRACH, AM Y **DYNION**.

MAE HYN YN **ANOBEITHIOL**. NAILL AI MAEN NHW WEDI MARW NEU MAE RHYWUN WEDI EU DWYN.

MAE'N WERTH YR YMDRECH. O LEIAF, MEDRWN DDWEUD WRTH FY NHAD EIN BOD WEDI GOFYN I **BAWB**— HYD YN OED **DUW**!

SAUL OEDD ENW'R GŴR IFANC, AC WRTH IDDO DEITHIO TUA GWERSYLL SAMUEL, DOEDD GANDDO DDIM SYNIAD O'R HYN OEDD O'I FLAEN!

YN Y DREF NESAF MAE YNA BROFFWYD ENWOG. TYBED ALLAI EF OFYN I DDUW BLE MAE'R ASYNNOD?

ESGUSODWCH FI, SYR, RYDYM YN CHWILIO AM **WELEDYDD**, DYN SANCTAIDD.

FELLY'N WIR? WEL, SAUL FAB CIS, RWYT WEDI DOD O HYD IDDO.

SUT Y GWYDDOST FY ENW? DIM OND GŴR O LWYTH BENJAMIN WYF FI, YN NEB PWYSIG.

GO IAWN? MAE PAWB YN ISRAEL YN EDRYCH YN DDISGWYLGAR TUAG AT DY DEULU DI Y FUNUD HON. HENO, FE FYDDI DI'N AROS GYDA MI, AC YN BWYTA. MAE GENNYM LAWER I'W DRAFOD GYDA'N GILYDD.

A GYDA LLAW— PAID Â GOFIDIO AM YR ASYNNOD. MAEN NHW WEDI DOD O HYD IDDYN NHW ERS TRIDIAU!

Y NOSON HONNO, FE FWYTAODD SAUL GYDA SAMUEL, A HYNNY FEL Y PRIF WESTAI, AR BEN Y BWRDD, GYDA THRI DEG O HENURIAID AC ARWEINWYR.

FE SIARADODD SAUL A SAMUEL YN HWYR I'R NOS. A THRA CYSGAI PAWB O'U HAMGYLCH, NEWIDIODD SAUL A SAMUEL GWRS CENEDL GYFAN...

SAUL! DEFFRA, MAE'N AMSER INNI FYND!

FAINT O'R GLOCH YW HI? DIM OND NEWYDD SYRTHIO I GYSGU YDW I!

MAE YNA LAWER I'W WNEUD HEDDIW. DANFONA DY WAS YN EI FLAEN, AC FE FYDDWN YN SIŴR O'I DDAL YN NES YMLAEN.

BETH ALL FOD MOR BWYSIG FEL NA CHAIFF FY NGWAS EI GLYWED?

MAE GEN I NEGES I TI. NEGES ODDI WRTH **DDUW**, I'TH GLUSTIAU DI YN UNIG.

MAE DUW YN DY ENEINIO DI YN FRENIN ISRAEL. PENLINIA, SAUL FAB CIS!

DAW YSBRYD YR ARGLWYDD ARNAT, AC FE FYDDI FEL Y PROFFWYDI. CEI DY NEWID GAN HYN, AC FE FYDDI DI'N BERSON GWAHANOL. CEFAIST DY DDEWIS, NID GAN DDYNION, OND GAN **DDUW**. GOFYNNODD Y BOBL AM FRENIN, AC MAE DUW YN DY DDANFON **DI**.

FELLY, GALWODD SAMUEL HOLL ARWEINWYR A HENURIAID ISRAEL, I GLYWED Y NEWYDDION —

GWRANDEWCH ARNAF, BOBL ISRAEL! MAE DUW WEDI EICH ATEB! GWRANDEWCH AR YR HYN A DDYWED WRTHYCH: 'MYFI A'CH GWAREDODD O'R AIFFT, EICH ACHUB O GAETHIWED. OND YN AWR YR YDYCH WEDI GWRTHOD Y DUW SY'N EICH ACHUB, GAN OFYN AM FRENIN!'

MAE E O LWYTH BENJAMIN, O DYLWYTH MATRI AC O DEULU CIS!

OND MAE PAWB O DEULU CIS YMA GYDA NI. AR WAHÂN I . . .

EI ENW YW **SAUL**!

DYMA'R DYN A DDEWISODD DUW! DOES NEB TEBYG IDDO YN HOLL WLAD ISRAEL!

DYMA EICH BRENIN!

HIR OES I'R BRENIN!
HIR OES I'R BRENIN!

DYMA'R UNION BETH YR OEDD Y BOBL YN EI DDYMUNO.

FE DAWELWYD HOLL FEIRNIAID Y BRENIN NEWYDD GAN LWYDDIANT SAUL FEL ARWEINYDD MILWROL.

CYN IDDO GAEL EI GADARNHAU FEL BRENIN, FE RYDDHAODD SAUL DDINAS JABES A GIPIWYD GYNT GAN YR AMORIAID.

FE UNWYD Y GENEDL Y TU ÔL I SAUL.

FE ARWEINIODD Y BOBL I FUDDUGOLIAETH AR ÔL BUDDUGOLIAETH. ROEDD Y GELYNION OEDD GYNT WEDI PERI OFN ARNYNT, YN AWR YN CAEL EU TRECHU AR FYRDER.

FE GYNULLODD SAUL Y FYDDIN YN ERBYN Y PHILISTIAID, OND DANFONODD SAMUEL AIR ATO, GAN DDWEUD WRTHO AM AROS SAITH DIWRNOD CYN YMOSOD, ER MWYN IDDO GAEL CYFLE I DDOD A CHYFLWYNO'R ABERTHAU ANGENRHEIDIOL I DDUW.

OND NID OEDD SAUL AM AROS . . .

SYR, RYDYM WEDI BOD YMA ERS CHWE DIWRNOD NAWR, A DOES DIM GAIR WEDI DOD! GAD INNI YMOSOD YN AWR, NEU ADAEL!

MAE'N RHAID FOD RHYWBETH WEDI DIGWYDD I SAMUEL I BERI'R FATH OEDI. NID WYF YN HOFFI HYN O GWBL.

SAUL OEDD EU BRENIN, A THRWY GYDOL YR AMSER ROEDD **SAMUEL** YN Y CEFNDIR – YN FFYDDLON, YN GWYLIO, AC YN RHOI ARWEINIAD.

OND ROEDD PRIS I'W DALU. ROEDD DUW WEDI DEWIS SAUL FEL GŴR GOSTYNGEDIG, OND YN FUAN FE'I LLANWYD Â BALCHDER . . .

PARATOWCH YR OFFRYMAU. DOES DIM I'W WNEUD: BYDD YN RHAID I MI WNEUD YR ABERTHAU FY HUN!

OND SYR, SAMUEL SYDD BOB AMSER . . .

MAE DUW YN SIARAD EFO SAMUEL, MAE SAMUEL YN SIARAD EFO FI, YR UN PETH YW'R CYFAN. NAWR, BRYSIWCH! GADEWCH INNI WNEUD YR ABERTHAU ER MWYN INNI FYND YMLAEN Â'R FRWYDR!

SAUL!

A! SAMUEL! DYNA TI! ROEDDWN YN DECHRAU POENI AMDANAT.

ROEDDWN YN MEDDWL NAD OEDDET YN DOD. RWYF WEDI OFFRYMU'R ABERTHAU FY HUN!

FE DDYWEDWYD WRTHYT AM AROS! DAETH Y CYFARWYDDYD ODDI WRTH YR **ARGLWYDD**, NID FI!

PETAIT TI WEDI GWNEUD FEL Y GORCHMYNNWYD ITI, BYDDAI DY DEYRNAS WEDI PARA AM BYTH!

A NAWR?

FE FYDD DUW YN DOD O HYD I UN ARALL. RHYWUN SYDD WRTH FODD EI GALON.

O'R FOMENT HONNO, DECHREUODD SAUL NEWID . . .

FE ORCHFYGWYD Y PHILISTIAID Y DIWRNOD HWNNW GAN SAUL A'I FAB **JONATHAN**. AR WAETHAF GEIRIAU SAMUEL, ROEDD Y BUDDUGOLIAETHAU MOR GYSON AG ERIOED.

YNA DAETH GAIR I SAUL ODDI WRTH SAMUEL, EU BOD I YMOSOD AR YR AMALECIAID. ROEDD GAN DDUW EI RESYMAU, AC ROEDD YN RHAID I SAUL UFUDDHAU.

ROEDD YN RHAID DIFA'R AMALECIAID YN LLWYR. ROEDD HYD YN OED EU GWARTHEG A'U DEFAID I FARW.

FELLY GWNAETH SAUL Y CYFAN A DDYWEDODD DUW WRTHO.

GYDAG EITHRIAD NEU DDWY . . .

AGAG, BRENIN YR AMALECIAID! RWYF WEDI PENDERFYNU GADAEL ITI FYW. WEDI'R CYFAN, DOES DIM AMALECIAID AR ÔL I TI LYWODRAETHU DROSTYNT.

BETH DDYWED SAMUEL?

MAE'N SIŴR Y BYDD **WRTH EI FODD!**

BUDDUGOLIAETH ARALL, SAMUEL. BYDDED I DDUW DY FENDITHIO, OHERWYDD DILYNAIS DY GYFARWYDDIADAU YN FANWL I'R LLYTHYREN.

I'R LLYTHYREN, WIR! PAM FELLY FY MOD YN DAL I GLYWED DEFAID A GWARTHEG YN BREFU? PAM FOD DY WERSYLL YN LLAWN PREIDDIAU O ANIFEILIAID?

ROEDD YN YMDDANGOS YN WASTRAFF EU LLADD. FELLY FE ARBEDWYD Y GORAU O BLITH Y GWARTHEG A'R DEFAID, AC RWYF AM EU HABERTHU I GYD I DY DDUW!

PAID! NID WYF AM **WRANDO** AR DDIM O HYN!

AR UN ADEG, YN ÔL DY GYFFES DY HUN, NID OEDDET YN UNRHYW UN ARBENNIG. ETO, FE'TH ENEINIWYD YN FRENIN AR ISRAEL! PAM NA FUASET WEDI UFUDDHAU IDDO?

EDRYCH, FE **ENILLWYD** Y FRWYDR, YN DO? CEDWAIS Y DEFAID YN ABERTH!

SAUL, Y FFÔL TRUENUS. WYT TI'N MEDDWL FOD YN WELL GAN DDUW ABERTHAU NAG UFUDD-DOD SYML?

MAE CLYWED LLAIS DUW, A GWRANDO ARNO, YN WELL NA PHRAIDD O ABERTHAU!

OS YW PETHAU MOR DDRWG, SUT Y BU INNI ENNILL?

ROEDD GENNYT DDEWIS. DEWISAIST BEIDIO Â GWRANDO AR DDUW, AC MAE GWRTHRYFEL MOR FELLTIGEDIG Â DEWINIAETH!

DOES DIM MWY Y MEDRAF EI WNEUD DROSOT.

AROS! RWY'N DAL YN FRENIN. CHEI DI MO 'NGADAEL I FEL HYN!

RHWWYYG!

MAE HWN... MAE HWN YN ARWYDD, SAUL. YN YR UN MODD AG Y RHWYGAIST TI'R DILLEDYN, FELLY MAE DUW WEDI RHWYGO'R DEYRNAS ODDI ARNAT, A'I RHOI I UN ARALL.

IAWN, FE WNES I GAMGYMERIAD. OND, PLÎS, SAMUEL. MAE HOLL HENURIAID ISRAEL YMA HEDDIW I DDATHLU'R FUDDUGOLIAETH. MAENT YN DISGWYL I TI ARWAIN YR ADDOLIAD.

OS NA FYDDI GYDA MI, YNA BYDDAF YN CAEL FY NGHYWILYDDIO! PAID Â GWNEUD HYN IMI!

O'R GORAU, ER MWYN YR HYN **OEDDET**, NID YR HYN **WYT**. FE DDOF GYDA THI AM UN TRO ETO . . .

WEDI CYFLAWNI'R ABERTHAU, AETH SAMUEL YMAITH. GALARODD AM SAUL WEDDILL EI DDYDDIAU, OND NI WELODD EF BYTH ETO.

ROEDD ANGEN BRENIN ARALL AR ISRAEL, FELLY, O DAN GYFARWYDDYD DUW, CYCHWYNNODD SAMUEL AM DREF FECHAN, NAD OEDD NEB O'R RHAI CRYF A GRYMUS WEDI MEDDWL AMDANI YN EU CYNLLUNIAU.

AETH I CHWILIO AM DDYN O'R ENW **JESSE**, I DDOD Â NEWYDDION RHYFEDDOL IDDO.

GYDA'I GALON YN LLAWN GOBAITH, AETH SAMUEL I GYFEIRIAD **BETHLEHEM**.

NA, MAE'N AMHOSIB, ALLA I DDIM CYSGU!

MAE FY ESGYRN YN HEN A'M LLYGAID WEDI BLINO GORMOD.

EICH MAWRHYDI?

O, RWYT TI'N DAL YMA, ABISAG – A HEB REDEG I FFWRDD GYDA DYN IFANC!

F'ARGLWYDD! SUT ALLECH CHI FEDDWL Y FATH BETH?

DIM OND TYNNU COES, FENYW. RWY'N DAL I FOD YN DYNNWR COES – UN O'R PETHAU PRIN RWY'N DAL I ALLU EU GWNEUD.

MADDEUWCH I MI, SYR.

N ENW POPETH, OES RHAID I TI YMGRYMU CHRAFU O HYD? RWYF WEDI BOD YN FRENIN N RHY HIR I WNEUD SYLW O BETHAU FEL'NA. NAWR 'TE, BLE'R O'N I?

ROEDDECH CHI AM DDWEUD WRTHA I SUT Y DAETHOCH CHI'N FRENIN.

IE. SUT Y DES I'N FRENIN. IE.

ROEDDWN I'N BYW YM METHLEHEM. BUGAIL O'R ENW **JESSE** OEDD FY NHAD, MAB I **OBED**, A OEDD YN FAB I **BOAS**. TEULU CYFFREDIN IAWN MEWN PENTREF DI-NOD YN Y DE. A FINNAU MAS YN BUGEILIO'R DEFAID FEL ARFER, DYMA 'MRAWD YN GALW –

HEI DAFYDD! DERE'N SYDYN!

A DYNA NI. DYNA DDECHRAU'R CWBWL.

FE ALLWN FOD WEDI EI ANWYBYDDU'N DDIGON RHWYDD, AC AROS AR Y BRYN. OND WEDYN FYDDAI DIM O HYN WEDI DIGWYDD O GWBWL.

WHIW!

BETH SY? BETH DDIGWYDDODD?

DAFYDD! BYDD YN OFALUS, FACHGEN!

WEL, SAMUEL. RWYT TI WEDI GWELD FY MEIBION I GYD . . . HEBLAW HWN. A FE YW'R IFANCA – WYT TI'N HOLLOL **SIŴR** O HYN?

FE YW'R UN. YR UN Y BUES I'N CHWILIO AMDANO. RWY'N HOLLOL SIŴR.

DAFYDD. DYNA DY ENW DI, IE?

SYR?

FY ENW I YW **SAMUEL** FE DEITHIAIS I O BELL ER MWYN DY WELD DI Â'M LLYGAID FY HUNAN. PENLINIA O 'MLAEN I.

MAE DUW'N DY ENEINIO DI, DAFYDD FAB JESSE. O HEDDIW YMLAEN FE DDAW YSBRYD DUW ARNAT YN GRYF IAWN, A BYDD YN DY NEWID YN FAWR.

YN DDIWEDDARACH FE DDES I WYBOD BOD SAMUEL WEDI PERYGLU EI FYWYD WRTH DDOD I'M GWELD. PETAI SAUL WEDI DOD I WYBOD AM EI DAITH – A'I FWRIAD – FE FYDDAI WEDI'I LADD MAE'N SIŴR!

ROEDD SAUL, Y BRENIN, FEL ARFER YN FFRAEO GYDA'R PHILISTIAID – Y DDWY OCHR BENBEN Â'I GILYDD, A NEB YN ENNILL TIR.

A'M BRODYR WEDI GADAEL I YMLADD, CYN HIR CES F'ANFON GAN FY NHAD I CHWILIO AMDANYNT, A MYND Â BWYD IDDYN NHW . . .

DAFYDD! BETH YN Y BYD WYT TI'N WNEUD YMA?!

Y FFWL! YN GADAEL Y DEFAID ER MWYN DOD I WELD BRWYDR!

NHAD DDYWEDODD WRTHO I AM DDOD, I ROI 'BACH O – **MAWREDD MAWR, 'DRYCHWCH AR HWNNA!**

WEL? AM BETH RYDYCH CHI'N AROS? ONID PHILISTIAD YDW I? AC ONID YDYN NI'N RHYFELA? PAM NA WNEWCH CHI YMLADD 'TE? DANFONWCH RYWUN I LAWR I YMLADD YN F'ERBYN! OS OES RHYWUN SY'N DDIGON O DDYN I WNEUD.

DOEDDWN I DDIM YN DEALL Y PETH. BYDDIN Y DUW BYW AR STOP O ACHOS UN DYN. ER EI FOD YN **FAWR** – ROEDD DUW YN FWY. A DECHREUAIS I DDADLAU – YN **SWNLLYD IAWN!**

 OND DOES DIM OTS **PA** MOR FAWR YW E! DIM OND UN DYN YW E!

A DYNA PAM ROEDD OFN YN LLYGAID FY MRODYR! EI ENW OEDD **GOLIATH**, A FE OEDD Y DYN MWYAF I MI EI WELD ERIOED.

DROS NAW TROEDFEDD, A'I ARFWISG YN UNIG YN PWYSO CANT A PHUMP AR HUGAIN PWYS – ROEDD E'N GAWR O DDYN, AC YN CADW'N BYDDIN NI YN EI HUNFAN ERS DIWRNODAU.

MAE'N GWBWL AMHOSIB I'R FYDDIN FYND YMLAEN A HWNNA'N Y FFORDD.

DYCH CHI DDIM WEDI YSTYRIED **GWNEUD** RHYWBETH AM Y PETH? DYW **SIARAD** DDIM YN MYND I NEWID DIM!

YN Y DIWEDD, A'R DYNION WEDI BLINO ARNA I'N CWYNO, CEFAIS FYND I WELD ...

RHUTHRAIS ATO I DDWYN EI GLEDDYF MAWR A THORRI EI BEN, I'W ROI'N ANRHEG I'R BRENIN SAUL!

A CHOFIA DI YMDDIRIED YN NUW HEFYD, A CHEI WELD PA MOR DDA YW'R ARGLWYDD. MAE HYD YN OED LLEWOD A BLEIDDIAID YN SIŴR O WANHAU — OND PAN ALWODD Y DYN GWAN HWN AM HELP, FE ATEBODD DUW EI WAEDD.

AC FELLY CES I FYW GYDA'R BRENIN, I CHWARAE'R DELYN A CHANU, A THAWELU EI DYMER DDRWG.

OND ETO I GYD, ROEDD SAUL YN FY OFNI O'R DECHRAU.

FE'M DYSGODD I YMLADD Â CHLEDDYF, AC I AMDDIFFYN FY HUN MEWN BRWYDR.

DRO AR ÔL TRO DAETH BUDDUGOLIAETH I'M RHAN WRTH I DDUW FY ARWAIN YN ERBYN GELYNION. OND WRTH I MI LWYDDO MWY A MWY FE DRODD OFNAU SAUL YN GENFIGEN ...

HWRÊ I DAFYDD! FE LADDODD SAUL FILOEDD, OND LLADDWYD DEGAU O FILOEDD GAN DAFYDD!

DAFYDD!! DAFYDD!! MAE DUW GYDA TI!!

A DYNA PAM Y'M DERBYNIWYD MOR RHWYDD — ROEDD DUW O'M PLAID O HYD.

ROEDD JONATHAN, MAB SAUL, FEL BRAWD I MI. RHODDODD EI ARFAU I MI'N ANRHEG, A'I GLEDDYF EI HUN. YMLADDODD Y DDAU OHONOM OCHR WRTH OCHR — FE FYDDAI'R NAILL OHONOM WEDI MARW DROS Y LLALL HEB FEDDWL DDWYWAITH.

AC O ACHOS EIN CYFEILLGARWCH, CYNYDDODD CENFIGEN SAUL, GAN DROI'N DDICTER CAS ...

PAID Â SYMUD!! Y FI YW'R BRENIN!! GWRANDA ARNA I!

DRWY LWC, NID OEDD EI OLWG MOR DDA AG Y BUODD!

OND Y NOSON HONNO GORCHMYNNODD Y BRENIN I'W WEISION GADW GOLWG ARNAF. DRANNOETH FE FYDDAI'N SIŴR O'M LLADD.

OND TRWY GYMORTH MICHAL, FY NGWRAIG A MERCH SAUL EI HUN, LLWYDDAIS I DDIANC. DOEDD NEB TRWY ISRAEL GYFAN YN FY NGHASÁU FEL Y BRENIN!

ROEDDWN NAWR YN CAEL F'ERLID.

OND ROEDD TEULU SAUL EI HUN AR FY OCHR I. BUONT YN LLYGAID AC YN GLUSTIAU DA I MI, A LLWYDDAIS I DDIANC O'I AFAEL.

WEDI LLAWER O ANTURIAETHAU CYRHAEDDAIS DREF O'R ENW NOB. ROEDD YN LLE O BWYS I ADDOLWYR BRYD HYNNY, A GWYDDWN Y BYDDAI AHIMELECH YR OFFEIRIAD YN SIŴR O ROI CROESO CYNNES I MI.

DAFYDD?! BETH WYT TI'N WNEUD YMA? P-PAM WYT TI AR DY BEN DY HUN?

O, WEL . . . MAE 'NA RESWM . . . OES SIŴR . . . Y BRENIN SY WEDI FY ANFON I. OND YM . . . RWYF WEDI COLLI FY NGHLEDDYF. OES GENNYCH CHI UN SBÂR?

CLEDDYF?

AC OES BWYD GYDA CHI O GWBWL? RWY'N LLWGU!

BWYD? SORI, DOEDDWN I DDIM YN DISGWYL YMWELWYR. DOES DIM YMA HEBLAW'R BARA AR YR ALLOR.

GWNEITH HWNNA'R TRO!

WEL . . . OS WYT TI WEDI CYSEGRU DY HUN YN ÔL Y GYFRAITH, FE ELLI DI EI GAEL.

WRTH GWRS FY MOD I. TEIMLWCH **BWYSAU'R** CLEDDYF 'MA.

WYT TI'N **SIŴR** MAI'R BRENIN WNAETH DY ANFON DI YMA? YN LLWGU A HEB GLEDDYF HYD YN OED!

A DWEUD Y GWIR RWYF AR YMGYRCH GYFRINACHOL. DIM OND Y FI A SAUL SY'N GWYBOD AM Y PETH — FELLY SSHHH!

CYFRINACH, WIR! ROEDD YSBÏWYR SAUL YM MHOBMAN ERBYN HYN.

DAETH I WYBOD AM F'YMWELIAD, A LLADDODD DRIGOLION Y DREF I GYD. ROEDDENT WEDI FY HELPU, GAN WRANDO AR FY NGHELWYDD. AC FELLY FE'U LLADDWYD I GYD GAN SAUL.

WYT TI YN COFIO? YF **GOLIATH** HWNNA.

AM GYFNOD GWNES GARTREF I MI FY HUN YN OGOFÂU ADULAM, GAN FYW BYWYD HERWR O HYD. A DAETH DYNION O ISRAEL GYFAN I YMUNO Â MI.

Y RHAI DIG A'R RHAI CHWERW, Y RHAI MEWN DYLED, A'R RHAI A DDIHANGODD RHAG YMOSODIADAU SAUL. TUA CHWE CHANT O DDYNION I GYD, POB UN YN ARFAU O'I GORUN I'W SAWDL, YN BAROD I FRWYDRO.

AC ETO DOEDD DIM CYMHARIAETH Â BYDDIN Y BRENIN. OND DIOLCH I'R DREFN ROEDD SAUL AR EI DAITH UNWAITH ETO I YMLADD Y PHILISTIAID FEL ERIOED. CAWSOM LONYDD AM Y TRO, A HYNNY TRWY LWC — UN TRO YN ENWEDIG. DAETH SAUL HEIBIO Â'I FYDDIN GYFAN GYDAG EF. PRIN Y CAWSOM GYFLE I GUDDIO . . .

DYMA GUDDIO YNG NGHEFN YR OGOF, YN DAWEL FEL LLYGOD BACH. AC YNA – HA HA! – ROEDD ANGEN CORNEL BREIFAT AR SAUL. WEL, NI ALLAI'R BRENIN FYND O FLAEN EI DDYNION! FELLY DAETH I MEWN I'R OGOF!

DYCHMYGA'R PETH! EI FYDDIN GYFAN YN CHWILIO AMDANON NI, A NI YN YR OGOF GYDA SAUL! GALLWN FOD WEDI EI LADD E YN Y FAN A'R LLE, OND WNES I DDIM. DIM OND ESTYN DRAW A THORRI DARN O'I FANTELL – I BROFI FOD Y STORI'N WIR!

A! FE DDEST TI Â 'NHELYN I O'R DIWEDD.

SYR.

ESTYN HI DRAW. RWYF WEDI YSGRIFENNU CÂN NEWYDD – **SALM.**

'YR ARGLWYDD YW FY NGHRAIG, FY NGHADERNID, A'M **TARIAN.** GWAEDDAF AR YR ARGLWYDD AC FE'M HACHUBIR RHAG FY NGELYNION.'

'ROEDD TONNAU DISTRYW YN CAU AMDANAF, A CHLYMAU ANGAU'N GWASGU'N DYNN. OND GWAEDDAIS AR YR ARGLWYDD, A GWRANDAWODD FY NUW ARNAF.'

MAE MWY I DDOD. DYDW I DDIM WEDI GORFFEN ETO ... OND BLE RO'N I?

O IE – ROEDD Y BRENIN AM EIN GWAED NI. ROEDD POB DIWRNOD YN BERYG BYWYD WRTH AROS YN ISRAEL.

FELLY DYMA ADAEL ISRAEL, GAN YMUNO Â'R **PHILISTIAID** FEL MILWYR CYFLOG.

FE WNEST TI BETH CALL IAWN, DAFYDD. WYDDWN I DDIM BOD ISRAELIAID YN GALLU BOD MOR **DDOETH.**

DIOLCH.

Y FFŴL.

CAWSOM EIN CYFLOGI GAN Y PHILISTIAID I YMOSOD AR **ISRAEL.**

OND YN HYTRACH NA GWNEUD HYNNY FE YMOSODOM AR Y **GESURIAID** A'R **GERSIAID** A'R **AMALECIAID** – HEN ELYNION ISRAEL. OND NI DDAETH Y PHILISTIAID I WYBOD FYTH! FYDDAI 'NA NEB AR ÔL YN FYW I DDWEUD YR HANES!

GAN FEDDWL EIN BOD WEDI DIFA HANNER BYDDIN **ISRAEL**, FE RODDODD Y PHILISTIAID DDINAS SICLAG I NI'N RHODD – A MI A'M BYDDIN O CHWE CHANT O DDYNION.

ALLECH CHI FYTH EI ALW'N **GARTREF,** OND ROEDD YN FIL GWAITH GWELL NA CHYSGU MEWN OGOF!

WYT TI WIR YN YMDDIRIED YNDDO FE?

DAFYDD? WEL MAE E WEDI LLADD EI BOBOL EI HUN – WNÂN NHW FYTH EI DDERBYN E'N ÔL BELLACH! Y NI BIAU FE NAWR!

OND YN DAWEL FACH, ROEDD Y PHILISTIAID YN DECHRAU FY AMAU.

A CHYN HIR BYDDAI'R AMHEUON YN CAEL EU CADARNHAU. ROEDD Y SEFYLLFA YN ISRAEL AR FIN EIN GORFODI I DDYCHWELYD – ROEDD **SAMUEL**, FY FFRIND A'M HATHRO, YN FARW, A SAUL WEDI TROI CEFN AR DDUW. ROEDD YN FYDDAR I DDUW AC YN GWRANDO AR GYNGOR **GWRACHOD!** BYDDAI'N RHAID I NI SYMUD YN **SYDYN!** OND A NINNAU ODDI CARTREF YN PARATOI I YMLADD ...

FE WRTH-YMOSODODD YR AMALECIAID GAN LOSGI SICLAG I'R LLAWR.

EIN PLANT.

EIN GWRAGEDD.

EIN HEIDDO I GYD – FE AETHONT Â'R **CWBWL.**

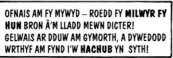

OFNAIS AM FY MYWYD – ROEDD FY **MILWYR FY HUN** BRON Â'M LLADD MEWN DICTER! GELWAIS AR DDUW AM GYMORTH, A DYWEDODD WRTHYF AM FYND I'W **HACHUB** YN SYTH!

DAETHOM O HYD I'R AMALECIAID AR WASGAR DROS Y PAITH, WEDI MEDDWI'N GAIB AR EIN GWIN **NI!** AC ER EIN BOD WEDI BLINO'N LÂN CAWSOM FUDDUGOLIAETH LWYR.

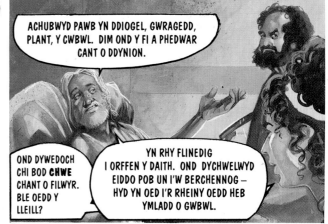

ACHUBWYD PAWB YN DDIOGEL, GWRAGEDD, PLANT, Y CWBWL. DIM OND Y FI A PHEDWAR CANT O DDYNION.

OND DYWEDOCH CHI BOD **CHWE** CHANT O FILWYR. BLE OEDD Y LLEILL?

YN RHY FLINEDIG I ORFFEN Y DAITH. OND DYCHWELWYD EIDDO POB UN I'W BERCHENNOG – HYD YN OED I'R RHEINY OEDD HEB YMLADD O GWBWL.

NID Y **NI** ENILLODD Y FRWYDR Y DIWRNOD HWNNW. **DUW** WNAETH Y CWBWL. ROEDDEN NI ... MOR FLINEDIG ... WEDI ... BLINO'N LLWYR ...

SSHH. GAD IDDO GYSGU.

MAE'N RHAID ...!?

LLADDWCH FI!

LLADDA FI, Y CNAF! RWY'N **D'ORCHYMYN** DI! **FI,** Y BRENIN! LLADDA FI!!

NA!

F'ARGLWYDD?

DIM. DIM OND BREUDDWYD. ATGOFION HEN DDYN, DYNA I GYD. YMOSODODD SAUL A'I DDYNION AR Y PHILISTIAID. CAFODD JONATHAN A'I FRODYR EU LLADD, AC ANAFWYD SAUL.

OND YN HYTRACH NA WYNEBU CAEL EI DDAL, FE GWYMPODD AR EI GLEDDYF EI HUN ...

Y SAWL A DDEWISWYD GAN DDUW YN GORWEDD YN Y MWD, YN **ERFYN** AR I RYWUN EI LADD. ALLA I DDIM PEIDIO Â GALARU TROSTYNT, HYD YN OED YN AWR.

JERWSALEM!

ROEDDWN I'N DRI DEG MLWYDD OED, AC YN FRENIN. LLWYDDAIS I UNO'R LLWYTHAU RHYFELGAR. AC YN UN POBL ETO, DYMA NI'N YMOSOD AR Y DDINAS A FYDDAI'N DWYN FY ENW:

DINAS **DAFYDD** –

GWYDDAI'R JEBWSEAID EU BOD YN GWBLDDIOGEL Y TU ÔL I'R MURIAU, A'U GRYM YN SAFF –

GWAEDDASANT: 'GALLAI'R DALL A'R CLOFF, HYD YN OED, AMDDIFFYN Y DDINAS HON.'

AW! 'Y MHEN I! PAM NA ALLEN NI DDRINGO'R MURIAU FEL Y TRO DIWETHA?

CAU DY GEG A DALIA I GROPIAN!

A DYNA SUT Y LLWYDDWYD I FEDDIANNU'R DDINAS. CROPIAN AR EIN PEDWAR TRWY DWNELI TANDDAEAROL Y DDINAS – A NEIDIO O'R TYWYLLWCH A'U LLORIO'N ANNISGWYL.

OEDD HI'N FRWYDR GALED?

CALED? DOES DIM BRWYDRAU HAWDD. MAE POBL YN YMLADD, A PHOBL YN MARW. OS YW DUW O'N PLAID, FE GAWN ENNILL. OS NAD YW ... WEL, BRWYDR DUW **OEDD** HON BETH BYNNAG.

EIN DINAS NI OEDD HI BELLACH!

GWNES YN SIŴR BOD YR **ARCH** YN CAEL DOD I'R DDINAS YN SYTH. TYRRODD ISRAEL GYFAN I'W CHROESAWU HI, DAN GANU A DAWNSIO, A GWEIDDI ...!

ROEDD YN **RHYFEDDOL!** JERWSALEM FYDDAI EIN **CARTREF** NI O HYN YMLAEN, Y DDINAS LLE'R ADEILADWN Y DEML I'N DUW.

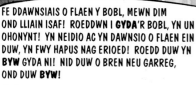

FE DDAWNSIAIS O FLAEN Y BOBL, MEWN DIM OND LLIAIN ISAF! ROEDDWN I **GYDA**'R BOBL, YN UN OHONYNT! YN NEIDIO AC YN DAWNSIO O FLAEN EIN DUW, YN FWY HAPUS NAG ERIOED! ROEDD DUW YN **BYW** GYDA NI! NID DUW O BREN NEU GARREG, OND DUW **BYW**!

OND NID OEDD FY **NGWRAIG** YN RHY HAPUS O GWBWL. DAWNSIO WIR! YN EI BARN HI ROEDD Y PETH YN **DDI-CHWAETH**, YN YMDDYGIAD ANADDAS I FRENIN. TWT! WNES I DDIM DAWNSIO ER EI MWYN **HI**!

DYNA PRYD RODDODD DUW Y NEWYDDION ARBENNIG I MI – BOD UN O'M HETIFEDDION **I** YN MYND I ADEILADU TEYRNAS FYDDAI'N PARA **AM BYTH**! AC ER I DDYNION EI CHWIPIO A'I GOSBI, FE FYDDAI DUW YN DAD IDDO, AC EF YN FAB I DDUW, A BYDDAI EI DEYRNAS YN **DDIDDIWEDD** ...

HYN I GYD GAN F'ETIFEDD I **FY HUN**, ER YR HOLL BECHU A WNES I. O, FE **WNES** I BECHU – RWY'N **GWYBOD** HYNNY'N RHY DDA. MEWN PECHOD Y BEICHIOGWYD FI GAN FY MAM – PECHADUR CYN CAEL FY NGENI!

 OND NID OEDD LLAWER O **WREIDDIOLDEB** YN Y FFORDD Y PECHAIS.

Y GWANWYN OEDD HI, YR ADEG YR ÂI BRENHINOEDD I RYFELA. WRTH EDRYCH I LAWR O DO'R PALAS FE'I **GWELAIS.**

POPETH HEBLAW AMDANI **HI.**

ROEDD GEN I DDIGONEDD O WRAGEDD YN BAROD. A MWY O FEIBION A MERCHED NA'R RHAN FWYAF O DDYNION.

BATHSEBA OEDD EI HENW.

ROEDD HI'N BRYDFERTH.

ROEDD HI'N HUDOLUS.

ROEDD HI'N DDIGON I'M SWYNO A'M DRYSU Â CHWANT.

ROEDD HI'N WRAIG I DDYN ARALL.

OND PWY DDÔI I **WYBOD?**

ROEDD UREIA EI GŴR YN **HETHIAD** – UN O'M CARFAN FILWROL ARBENIGOL – AC YN YMLADD MEWN RHYFEL ODDI CARTREF. ROEDD Y GYFRAITH YN EI WAHARDD FEL MILWR AR DDYLETSWYDD RHAG DYCHWELYD AT EI WRAIG, AC ROEDD UREIA YN DDYN O EGWYDDOR. AC YNTAU'N CYSGU YN EI BABELL WRTH FURIAU RABBA, FE GYSGAIS INNAU GYDA'I WRAIG YN FY MHALAS.

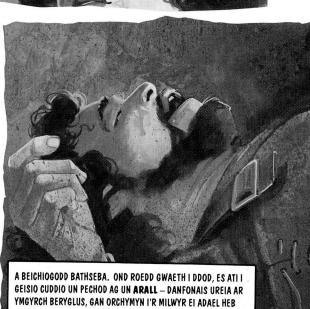

A BEICHIOGODD BATHSEBA. OND ROEDD GWAETH I DDOD, ES ATI I GEISIO CUDDIO UN PECHOD AG UN **ARALL** – DANFONAIS UREIA AR YMGYRCH BERYGLUS, GAN ORCHYMYN I'R MILWYR EI ADAEL HEB GYMORTH YNG NGHANOL PRYSURDEB Y FRWYDR.

GWEITHRED NAD OEDD DDIM LLAI NA **LLOFRUDDIAETH.**

AC WRTH I MI EISTEDD, YN EUOG I GYD, DAETH **NATHAN** I'M GWELD — PROFFWYD A OEDD YN FAWR EI BARCH ...

PWY BYNNAG YW'R DIHIRYN, MAE'N HAEDDU CAEL EI **LADD**!

YN ENW DUW, MAE PWY BYNNAG WNAETH HYN YN MYND I DALU'N ÔL **BEDAIR GWAITH** YN FWY, O ACHOS Y FATH GREULONDEB!

OND WRTH GWRS, SÔN AMDANA **I** OEDD NATHAN MEWN GWIRIONEDD. ROEDD DUW WEDI'M **GWNEUD** I'N FRENIN AR ISRAEL, GAN **ROI** I MI DEYRNAS, A GWRAGEDD, Y **CWBWL**. PETAWN I WEDI **GOFYN** AM FWY, FE FYDDAI WEDI **RHOI** YN RHWYDD!

MAE DAU DDYN YN DY DEYRNAS. UN YN **GYFOETHOG** Â DEFAID LAWER I'W ENW, A'R LLALL YN **DLAWD** — Y CWBWL SYDD GANDDO YW OENIG BYCHAN Y BU'N EI FAGU ERS EI ENI. AC ETO DYMA'R DYN CYFOETHOG YN EI GYMRYD ODDI ARNO HEB OFYN, I FWYDO RHYW WESTAI PWYSIG, A'I LADD YN HYTRACH NAG UN O'I DDEFAID EI HUN.

OND NA! ROEDD HI'N RHAID I MI **DDWYN** WRTH UREIA, A'I **LADD** I GUDDIO FY MAI.

ROEDDWN I'N FFŴL I FEDDWL Y GALLWN I GUDDIO RHAG DUW, AC NA FYDDAI FY MHECHOD YN CAEL EI GOSBI. BU **FARW'R** PLENTYN A GARIAI BATHSEBA. AC ETO, ROEDD DUW'N DRUGAROG, FE GADWODD EI ADDEWID — CEFAIS DDISGYNNYDD A FYDDAI'N TEYRNASU AM BYTH. GANWYD MAB ARALL I BATHSEBA CYN HIR. FE'I GELWAIS YN **SOLOMON**, GAN DDIOLCH I DDUW AM FADDAU ...

CEFAIS FEIBION ERAILL GAN WRAGEDD ERAILL. ROEDD FY MAB HYNA, **ABSALOM**, YN CASÁU EI HANNER BRAWD AMNON YN FAWR.

ROEDD Y PETH YN **OFNADWY**! SYRTHIODD AMNON MEWN CARIAD Â'I HANNER CHWAER TAMAR, AC YN EI CHWANT FE'I **TREISIODD**. WEDI'R YMOSODIAD, FE'I TAFLODD HI'N GAS O'R TŶ, GAN DDWEUD NAD OEDD AM EI GWELD FYTH ETO.

O HYNNY YMLAEN DIM OND DIAL OEDD AR FEDDWL ABSALOM ...

OND NHAD, RWY'N MYND I GNEIFIO FY NEFAID I GYD. DEWCH I YMUNO YN Y DATHLIADAU — A DEWCH Â'M BRODYR I GYD YN WESTEION I MI!

DIM NAWR, ABSALOM — MAE PAWB YN BRYSUR. FLWYDDYN NESA EFALLAI, IE?

NA! MAE'N RHAID I CHI DDOD **NAWR**!

'RHAID'?

MAE'N **BWYSIG** I MI!

DYDW I DDIM YN DEALL, ABSALOM. PAM YR HOLL FFWDAN 'MA NAWR? WNEST TI ERIOED DRAFFERTHU Â PHARTÎON O'R BLAEN.

OS Y'CH CHI'N **MYNNU** BOD MOR STYFNIG, IAWN. OND O LEIA GADEWCH I **AMNON** FY HANNER BRAWD DDOD!

OS GWNEITH HYNNY GAU DY GEG DI, IAWN — Â CHROESO!

ROEDD ABSALOM WEDI TREFNU'R PARTI'N BERFFAITH — AETH Y CWBWL YN UNION FEL Y BWRIADODD IDDO WNEUD. ARHOSODD TAN I'R GWIN GAEL EI EFFAITH AR AMNON CYN GORCHYMYN I'W WEISION EI LADD.

FE LOFRUDDIODD ABSALOM EI HANNER BRAWD, CYN FFOI I DEYRNAS BRENIN ESTRON. AC ETO, ROEDD YN FAB I MI O HYD, AC FE WELAIS EI EISIAU'N FAWR. FE DDYCHWELODD CYN HIR, A BU'N RHAID I MI FADDAU IDDO, OND GWRTHODAIS RANNU **YSTAFELL** AG EF AM Y DDWY FLYNEDD GYNTAF.

ABSALOM OEDD Y DYN MWYA GOLYGUS YN ISRAEL GYFAN, AC ROEDD POBL YN EI HANNER ADDOLI.

HYD YN OED BRYD HYNNY ROEDDWN I'N DDALL I'W NATUR BENDERFYNOL, AC YN FYDDAR I'R UCHELGAIS YN EI LAIS. WYDDWN I DDIM PA MOR BELL YR ÂI MEWN GWIRIONEDD ...

ROEDD GAN ABSALOM EI GYNLLUN EI HUN.

GOFYNNODD AM GANIATÂD I FYND I HEBRON I ADDOLI DUW. CYTUNAIS WRTH GWRS. OND O'R EILIAD YR AETH ALLAN O'M GOLWG FE GANODD EI UTGYRN, I GASGLU DYNION O BOB CWR O'R WLAD.

YN HEBRON, CYHOEDDODD YN GLIR MAI FE OEDD Y **BRENIN** YN AWR.

DYRCHAFODD EI HUN FEL **BARNWR**, A THRWY GYNNIG CYNGOR GWENIEITHUS FE ENILLODD FFAFR Y RHAI MEWN ANGEN – GAN EU GWNEUD YN DDYLEDUS IDDO O HYNNY YMLAEN.

A DISGWYLIAI IDDYNT DALU'R DDYLED YN ÔL **YN LLAWN.**

FE'M GORFODODD I DYNNU'N ÔL ER MWYN CASGLU MWY O WŶR. RHANNAIS Y MILWYR I DRI GRWP YN BAROD I YMOSOD.

JOAB, Y PENNAETH MILWROL, OEDD YN ARWAIN UN; EI FRAWD ABISHAI Y LLALL, AC ITAI, DYN O WLAD ESTRON OND A OEDD YN FFYDDLON IAWN, Y TRYDYDD. RHODDAIS ORCHYMYN CLIR BOD ABSALOM I GAEL EI DDAL A'I DDYCHWELYD YN **DDIANAF.** GOFYNNAIST A OEDD RHAI BRWYDRAU'N GALED? OEDD WIR: A HON OEDD YR **ANODDAF** OHONYNT I GYD.

YMLADDWYD Y FRWYDR YNG NGHOEDWIG EFFRAIM.

ROEDD YR YMLADD YN FFYRNIG, CLEDDYF WRTH GLEDDYF, WRTH I'R DYNION STRYFFAGLU TRWY'R GOEDWIG.

GWTHIODD JOAB YMLAEN O HYD, GAN FRWYDRO'I FFORDD TUAG AT YR UN OEDD YN ACHOS EI DDICTER –

ABSALOM.

Y FI YW'R **BRENIN** NAWR! YDYCH CHI'N CLYWED?! **Y BRENIN! GWNEWCH BETH RWY'N EI DDWEUD!**

ILDIA, YN ENW'R BRENIN DAFYDD! ILDIA, NEU GAEL DY LADD!

Y FFŴL! WNAIFF 'Y NHAD DDIM NIWED I MI!

A'I DDYNION YN FFOI, TRODD ABSALOM HEFYD GAN ADAEL Y FRWYDR, GAN FWRIADU EFALLAI YMOSOD RYWBRYD ETO.

A MILWYR JOAB YN DYNN WRTH EI SODLAU, CARLAMODD HEB FEDDWL I GANOL Y GOEDWIG ...

ROEDD ABSALOM YN FARW. FY MAB FY HUN ... ADFERWYD TREFN YN Y DDINAS, AC ROEDD Y DEYRNAS YN DDIOGEL. OND PAN DDYCHWELODD Y NEGESWYR Â'U 'NEWYDD DA', ROEDDWN I'N FYDDAR I'W NEWYDDION.

ABSALOM OEDD YR UNIG UN AR FY MEDDWL.

DYCHWELODD FY MILWYR I JERWSALEM YN DAWEL FEL PLANT WEDI EU DWRDIO, AC NID FEL CONCWERWYR BUDDUGOLIAETHUS.

PAWB OND **JOAB**.

RWYT TI WEDI **SARHAU** DY FILWYR DY HUN! Y DYNION A WNAETH ACHUB DY FYWYD, GAN YMLADD YN DDEWR YN DY LE!

A FYDDAI'N WELL GENNYT EIN GWELD **NI** I GYD YN **FARW**, OND ABSALOM YN FYW? NA! FELLY **CWYD**. RHAID I TI SIARAD Â'R BOBL, A DIOLCH IDDYN NHW. Y DEWIS ARALL YW CODI YN Y BORE I WELD FOD PAWB WEDI **MYND**!

ROEDDWN I'N **FRENIN** O HYD, Â DYLETSWYDD I'R BOBL. FE FYDDAI BRWYDRAU ERAILL I'W BRWYDRO, O BOSIB I'W COLLI, AC ERAILL I'W HENNILL.

MAE DUW WEDI BOD GYDA MI O'R DIWRNOD Y DAETH Â MI O'R CAEAU LLE BÛM YN BUGEILIO. FE'M DYRCHAFODD YN FRENIN AR EI BOBL, ISRAEL.

AC YN FWY NA HYNNY, ADDAWODD YN SIŴR Y BYDDAI FY LLINACH FRENHINOL YN GOROESI **AM BYTH**.

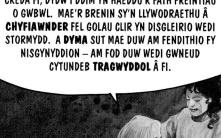

CREDA FI, DYDW I DDIM YN HAEDDU'R FATH FREINTIAU O GWBWL. MAE'R BRENIN SY'N LLYWODRAETHU Â **CHYFIAWNDER** FEL GOLAU CLIR YN DISGLEIRIO WEDI STORMYDD. A **DYMA** SUT MAE DUW AM FENDITHIO FY NISGYNYDDION – AM FOD DUW WEDI GWNEUD CYTUNDEB **TRAGWYDDOL** Â FI.

RWY'N SIŴR O DDILYN FFORDD YR HOLL FYD, CYN HIR. **SOLOMON** FYDD FY OLYNYDD.

YR ARGLWYDD YW FY MUGAIL, NI BYDD EISIAU ARNAF. CAF ORFFWYS MEWN PORFEYDD GWYRDDION, FE'M HARWAIN AT DDYFROEDD LLONYDD, TAWEL. FE WNAIFF ADFYWIO FY YSBRYD A'M HEGNI, GAN F'ARWAIN AR HYD LLWYBRAU CYFIAWNDER.

ER I MI GERDDED TRWY DDYFFRYN TYWYLL MARWOLAETH, NID OFNAF NIWED, OHERWYDD Y MAE EF GYDA MI. EI WIALEN A'I FFON FUGAIL SY'N FY NGHYSURO.

YN SICR, BYDD DAIONI A CHARIAD YN FY NILYN BOB DYDD O'M BYWYD, A BYDDAF BYW YN NHŶ'R ARGLWYDD ... AM BYTH.

HANES SOLOMON

ROEDD SOLOMON YN FAB I DAFYDD A **BATHSEBA**, GWRAIG UREIA. ER NAD OEDD YN FAB HYNAF I DAFYDD FE'I DEWISWYD I'W OLYNU YN FRENIN.

BRYD HYNNY NID OEDD TEML YN ISRAEL, AC ROEDD ARCH Y CYFAMOD YN CAEL EI CHADW MEWN PABELL LLE Y BU ERS CANNOEDD O FLYNYDDOEDD.

UN NOSON, WRTH I SOLOMON GYSGU YN YMYL Y FAN LLE Y GWNAED ABERTHAU, DAETH **DUW** I SIARAD AG EF MEWN BREUDDWYD ...

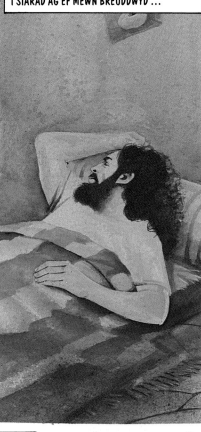

SOLOMON, GOFYNNA I MI AM UNRHYW BETH YR HOFFET EI GAEL.

BUOST YN GAREDIG WRTH DAFYDD, FY NHAD, TRWY GYDOL EI FYWYD. A NAWR DYMA FI'N ETIFEDD IDDO, OND NID WYF YN GWYBOD SUT I **LYWODRAETHU** AR Y WLAD. TEIMLAF FEL PLENTYN O FLAEN CENEDL GYFAN SY'N FY NGWYLIO. RHO GALON DDEALLUS I MI, I FARNU'R BOBL, A **DOETHINEB** I FARNU Â CHYFIAWNDER A THEGWCH.

TI FYDD Y DYN **DOETHAF** AR WYNEB Y DDAEAR! AC RWYF AM ROI I TI'N OGYSTAL Y PETHAU **NA** WNEST OFYN AMDANYNT. FE FYDDI'N GYFOETHOG A PHWERUS, AC OS Y GWNEI UFUDDHAU I MI, CEI FYWYD HIR HEFYD!

GALLET FOD WEDI GOFYN AM UNRHYW BETH — GRYM; CYFOETH; HIR OES — OND YN HYTRACH GOFYNNAIST AM **DDOETHINEB**.

DEFFRODD SOLOMON GAN SYLWEDDOLI EI FOD WEDI CAEL BREUDDWYD.

A DAETH SOLOMON YN FRENIN.

Y BRENIN DOETHAF, CYFOETHOCAF, MWYAF YSBLENNYDD A GAFODD ISRAEL ERIOED. ROEDD YN GYFNOD UNIGRYW O **HEDDWCH** A FFYNIANT YN HANES Y GENEDL.

HON OEDD YR **OES AUR**.

ROEDD DWY **BUTAIN** YMYSG Y BOBL GYNTAF I DDOD ATO I OFYN AM EI GYNGOR.

RWY'N RHANNU TŶ Â'R FENYW YMA, A CHAFODD Y DDWY OHONOM **FABI** AR YR UN ADEG. OND UN NOS FE DRODD HON YN EI CHWSG GAN ORWEDD AR EI BABI A'I FYGU. OND DAETH HI DRAW AT FY NGWELY I A CHYFNEWID EI BABI MARW HI AM F'UN I, WRTH I MI GYSGU!

CELWYDD! DY FABI **DI** WNAETH FARW! A TI WNAETH DDWYN FY MABI I!

HY! RWY'N NABOD FY MABI FY HUN!

MAE UN YN DWEUD Y GWIR, OND PA UN ...?

WARCHODWR, TYRD Â 'NGHLEDDYF I.

F'ARGLWYDD!

FE DORRWN Y PLENTYN YN EI HANNER, I'W RANNU RHWNG Y DDWY OHONOCH.

NA!! GALL HI GAEL Y BABI. PEIDIWCH Â'I LADD.

DOES YR UN OHONON NI'N HAEDDU EI GAEL. LLADDWCH Y BABI.

WARCHODWR! RHO'R BABI IDDI **HI.** DYNA'R FAM MEWN GWIRIONEDD. YR UN FYDDAI'N FODLON GWNEUD UNRHYW BETH I'W ACHUB.

PAN GLYWODD POBL ISRAEL Y CANLYNIAD ROEDDENT YN SYFRDAN.

RHODDODD DUW DDYN **DOETH** IDDYNT YN WIR.

CYN HIR, SEFYDLODD SOLOMON GYSYLLTIADAU MASNACHOL GYDA CHYMDOGION, A HEN FFRINDIAU EI DAD, GAN DDOD Â FFYNIANT A CHYFOETH I ISRAEL.

MAE'R BRENIN HIRAM YN DANFON Y RHODDION YMA, F'ARGLWYDD, A'I FENDITH ATOCH HEFYD.

O ACHOS Y RHYFELOEDD YN GWASGU O'I AMGYLCH NID OEDD HI'N BOSIB I NHAD GODI TEML. OND RHODDODD DUW HEDDWCH I NI. BETH AM I NI EI DDEFNYDDIO I'W OGONEDDU!

DECHREUWYD AR Y GWAITH O GODI'R DEML FAWR, BEDWAR CANT AC WYTH DEG O FLYNYDDOEDD WEDI I BOBL ISRAEL FFOI O'R AIFFT.

ROEDD Y TIR WEDI EI ROI O'R NEILLTU YN YSTOD TEYRNASIAD DAFYDD — AR UN O FRYNIAU JERWSALEM, LLE Y CYFARFU **ABRAHAM** Â DUW GANRIFOEDD YNGHYNT.

TORRWYD Y COED MWYAF YNG NGHOEDWIG FAWREDDOG LEBANON, I'W LLUSGO DROS DIR A MÔR I JERWSALEM.

GWEITHIODD Y DYNION YN UFUDD HEB SIARAD. NADDWYD Y CERRIG CYN IDDYNT ADAEL Y CHWARELI, A CHAFODD Y PREN EI LYFNHAU YN Y COEDWIGOEDD. GWEITHIODD PAWB YN BARCHUS AC ADDOLGAR.

ROEDD FEL PETAI'R TIR YN SANCTAIDD O'R CYCHWYN CYNTAF.

NID ADEILAD I OFFEIRIAID NA BRENHINOEDD FYDDAI HWN, OND TŶ I **DDUW.**

AC FELLY, BRON I BUM CAN MLYNEDD ERS IDDI GAEL EI GWNEUD, CAFODD ARCH Y CYFAMOD EI CHARIO I'R DEML.

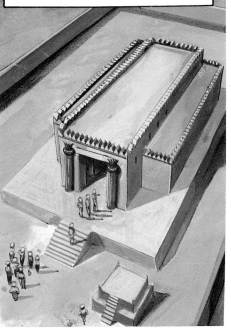

... I ORFFWYS YN DAWEL O'R DIWEDD.

CAFODD YR ARCH, OEDD YN CYNNWYS Y CERRIG MAWR A RODDWYD I MOSES, EI CHARIO I'R DEML GAN OFFEIRIAID.

I GYFEILIANT TRWMPEDI FE WAEDDODD YR ISRAELIAID AG UN LLAIS: **DA YW DUW! EI GARIAD SY'N DRAGYWYDD!**

AC WRTH WEIDDI AC ADDOLI DUW O HYD, FE ABERTHWYD MWY O ANIFEILIAID NAG OEDD YN BOSIB EU CYFRI.

A'R SEREMONI AR BEN, DECHREUODD YR OFFEIRIAID ADAEL Y DEML; OND WRTH IDDYNT WNEUD HYNNY DIGWYDDODD RHYWBETH **RHYFEDDOL** IAWN . . .

LLANWYD Y DEML Â **CHWMWL**, CWMWL **LLACHAR** OEDD YN DISGLEIRIO Â CHYMAINT O **OLAU** NES EI FOD YN LLOSGI EU LLYGAID!

OND A WNEI DI FYW GYDA NI **MEWN GWIRIONEDD**? OS YDY'R NEFOEDD YN RHY **FACH** I TI, PA OBAITH SYDD I'R **TŶ** BYCHAN HWN FOD YN DDIGON MAWR?

ARGLWYDD, DDUW ISRAEL, NID OES **UN ARALL** YN DEBYG I TI TRWY'R NEFOEDD A'R DDAEAR.

MAE DY GARIAD YN **PARA AM BYTH!**

GWRANDEWCH ARNA I, ISRAEL, AC ADDOLWCH EICH **DUW!** FE RODDODD HEDDWCH I NI, GAN GADW'R **HOLL** ADDEWIDION A WNAETH I **MOSES!**

O DDUW, PAID **BYTH** Â'N GADAEL NI, A BYDDED I'N CALONNAU A'N MEDDYLIAU DROI ATAT O HYD! DA YW DUW, A'I GARIAD SY'N PARA —

HYD BYTH!

O DDUW, COFIA YR DDEWIDION A WNEST I NHAD, DAFYDD — BYDDED UN O DEULU DAFYDD AR ORSEDD ISRAEL **BOB AMSER**, YN FRENIN DA O'TH FLAEN!

LLEDODD YR HANES AM SOLOMON TRWY'R RHAN HONNO O'R BYD.

DAETH BRENHINES **SEBA** – GWLAD YMHELL I'R DE – I GLYWED AM SOLOMON, EI BALAS GWYCH A'I DDOETHINEB ANHYGOEL.

A CHAN GASGLU RHODDION RHYFEDDOL I'W RHOI IDDO, FE GYCHWYNNODD AR DAITH HIR I WELD Y BRENIN Â'I LLYGAID EI HUNAN.

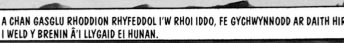

DERBYN Y RHAIN FEL ARWYDD O'M HEWYLLYS DA.

MAE'N RHAID BOD DY WLAD YN LE **BENDIGEDIG**, SEBA. FE FYDDWN WRTH FY MODD YN ADEILADU CYSYLLTIADAU MASNACHOL RHWNG EIN GWLEDYDD.

AI DY FWRIAD YW BOD YN FWY CYFOETHOG FYTH?

MWY O **GYFOETH**? NA – MAE'N **WELL** BOD YN DLAWD GAN OFNI DUW NA BOD YN GYFOETHOG A BYW'N ANFFYDDLON. MAE'N **WELL** MWYNHAU CAWL OER Â FFRINDIAU SY'N EICH CARU, NA MYND I **WLEDD** YN LLAWN O BOBL SY'N MEDDWL DIM OHONOCH!

OND MAE GENNYT BOB DIM SYDD EI ANGEN ARNAT.

OS BWYTI ORMOD O FÊL FE FYDDI'N **SÂL** YN SIŴR. MAE'R UN PETH YN WIR AM ARIAN. OND OS DEFNYDDI DI'R HYN SYDD GENNYT I ROI **CYMORTH** I ERAILL, YNA CEI GYMORTH YN ÔL YN EI LE.

YN ÔL RHAI, MAE'N ARWYDD O WENDID I DDANGOS CAREDIGRWYDD.

GAD IDDYN NHW SIARAD. NI ALL **GEIRIAU** SARHAUS ROI LOES I NEB, ONI BAI EU BOD YN **WIR**, HYNNY YW.

YN Y PEN DRAW MAE'R HYN A DDYWEDWN A'R HYN A WNAWN YN SIŴR O EFFEITHIO AR EIN BYWYD. FE GAIFF PAWB EU HAEDDIANT YN Y DIWEDD, FELLY NAWR YW'R AMSER I NEWID Y CANLYNIAD.

WYDDOST TI BETH? MAE'R CWBWL A GLYWAIS AMDANAT YN WIR. OND DIM OND TRWY EI WELD Â'M LLYGAID FY HUN Y GALLAF EI GREDU.

MAE DY DDUW DI'N DDA WRTHYT! A DANGOSODD EI GARIAD AT EI BOBL TRWY DY ROI DI'N FRENIN ARNYNT.

ISRAEL YW'R GENEDL FWYAF BENDIGEDIG TRWY'R BYD I GYD!

ROEDD SOLOMON YN DDOETHACH NAG UNRHYW UN ARALL A DEYRNASAI AR Y DDAEAR. AC AETH BRENHINOEDD Y BYD ATO A GYNGOR.

HEB OS, ROEDD SOLOMON YN GYFOETHOG AC YN DDOETH – OND NID OEDD YN BERFFAITH. GWARIODD EI ARIAN YN GYNT NAG YR OEDD YN EI ENNILL, A BU'N RHAID I'W BOBL DALU TRETHI UCHEL ER MWYN TALU EI DDYLEDION.

EDRYCHA, MAE'R CYFAN YMA MEWN DU A GWYN.

IAWN, O'R GORAU, FE WNAWN NI GODI'R TRETHI, OND MAE'N RHAID I'R GWAITH ADEILADU FYND YN EI FLAEN.

DANFONODD SOLOMON SWYDDOGION I ORFODI GWEITHWYR I ADEILADU EI BALASAU HEB DDERBYN TÂL AM WNEUD. NID OEDD DUW YN FODLON O GWBWL Â SOLOMON AM GAM-DRIN EI BOBL.

A DYNA I CHI'R **GWRAGEDD** WEDYN . . .

ROEDD HI'N ARFEROL I DDYNION CYFOETHOG GAEL NIFER O WRAGEDD, AC WEDI'R CWBWL ROEDD SOLOMON YN GYFOETHOG **IAWN**. BARGEINION **GWLEIDYDDOL** OEDD Y RHAN FWYAF O'I BRIODASAU.

ROEDD GANDDYNT GEFNDIROEDD AMRYWIOL IAWN, AC YN ARDDEL ARFERION A THRADDODIADAU GWAHANOL BOB UN . . .

YN OGYSTAL Â'U **DUWIAU EI HUNAIN**. YN HYTRACH NA'U DYSGU AM Y GWIR DDUW, ADEILADODD SOLOMON DEMLAU I EILUNOD EI WRAGEDD.

AC WRTH I SOLOMON GYFADDAWDU YN EI BERTHYNAS Â DUW, ROEDD FEL PETAI'R WLAD A'I PHOBL YN MYND YN LLWYD A DIFYWYD.

ROEDD YR OES AUR YN DIRWYN I BEN.

LLWYDDODD SOLOMON, TRWY GYDOL EI DEYRNASIAD, I DDAL DEUDDEG LLWYTH ISRAEL AT EI GILYDD – YN UN GENEDL I DDUW.

OND DECHREUODD YR UNDOD CHWALU CYN HIR.

ADEILADWR AR FURIAU JERWSALEM OEDD GWRAIDD Y CWBWL, DYN O'R ENW **JEROBOAM** . . .

BU JEROBOAM WRTHI'N GALED YN ADEILADU MURIAU DWYREINIOL Y DDINAS, AC YN WOBR AM EI WAITH FE'I DYRCHAFWYD YN AROLYGWR AR Y LLAFUR GORFODOL MEWN DAU O'R DDEUDDEG LLWYTH.

WEL, DYW HI DDIM YN **BERFFAITH**, OND FE WNAIFF Y TRO. DOES YR UN DDINAS WEDI EI HADEILADU ALL WRTHSEFYLL POB BYDDIN AM BYTH.

I BETH OEDD EISIAU RHOI'R DEML YN Y FAN YMA'N Y DE, WN I DDIM. FE FYDDAI'N GALLACH O LAWER PETAI HI RYWLE'N AGOSACH I'R **CANOL**!

OND DYNA FE, DOES NEB YN MYND I OFYN I **NI**, YN NAC OES – DIM OND ADEILADWYR YDYN NI!

RWY'N D'ADNABOD DI, AHEIA. TI YW'R **PROFFWYD** SY'N BYW YN SEILO. MAE'N SIŴR DY FOD YN CHWILIO AM Y **BRENIN**, OND MAE E'N BRYSUR FEL ARFER.

CYFARCHION, JEROBOAM O LWYTH EFFRAIM!

FY ENW YW **AHEIA** AC MAE GENNYF –

NA, DYDW I DDIM YN CHWILIO AM Y **BRENIN**, OND AMDANAT **TI**. DYMA **FANTELL** NEWYDD SBON. EDRYCHA! HEB EI GWISGO ERIOED O'R BLAEN ...

DOES GEN I DDIM AMSER I RYW DRICIAU AR HYN O BRYD. MAE GORMOD O WAITH –

BYDD DAWEL A **GWYLIA**!

'GAN EI FOD WEDI ADDOLI EILUNOD, FE GYMERAF DDEG O LWYTHI ISRAEL ODDI WRTHO, A'U RHOI I **TI**.'

WRTH I'R NEWYDDION AM Y BROFFWYDOLIAETH LEDU, GWYDDAI SOLOMON FOD CHWYLDRO AR DROED, AC YMATEBODD FEL Y GWNÂI **UNRHYW** FRENIN –

GWNAETH JEROBOAM BETH DOETH – FFODD I'R AIFFT.

OND GWYDDAI MAI NEGES ODDI WRTH **DDUW** OEDD YR UN A GAFODD – A'R CWBWL OEDD ANGEN EI WNEUD YN AWR OEDD **AROS** . . .

LLADDWCH EF!!

RWY'N MYND I RWYGO'R FANTELL YN **DDEUDDEG DARN**! GWRANDA AR BETH MAE DUW'N EI EUD: '**TI** FYDD PIA DEG DARN – MAE'R DDAU ARALL I **SOLOMON.**'

'OND OHERWYDD YR ADDEWID A WNES I'W DAD, FE GAIFF GADW **DAU** LWYTH, FEL Y BYDD DISGYNNYDD I DAFYDD AR ORSEDD JERWSALEM.

OS Y GWNEI DI UFUDDHAU I DDUW GAN GADW EI ORCHMYNION, FEL Y GWNAETH DAFYDD, YNA BYDDI **DI** YN FRENIN AR ISRAEL FEL Y BU **EF**.'

– YN SYTH.

HANES ELIAS

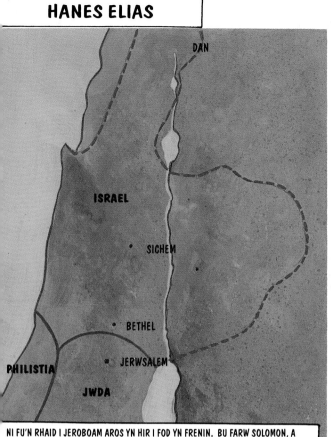

NI FU'N RHAID I JEROBOAM AROS YN HIR I FOD YN FRENIN. BU FARW SOLOMON, A DYMA RYFEL CARTREF GWAEDLYD YN CYCHWYN YN SYTH. GWIREDDWYD GEIRIAU'R PROFFWYD WRTH I'R WLAD GAEL EI RHWYGO'N DDWY.

LLWYDDODD **REHOBOAM**, MAB SOLOMON, I DDAL GAFAEL AR Y DDAU LWYTH DEHEUOL GAN FFURFIO TEYRNAS **JWDA**. OND CORONWYD **JEROBOAM** YN FRENIN **ISRAEL**, SEF Y DEG LLWYTH GOGLEDDOL.

LLITHRODD Y DDWY DEYRNAS I DDIRYWIAD MAWR, O DAN DDWYLO UN ARWEINYDD DRWG AR ÔL Y LLALL.

Y **GWAETHAF** OHONYNT OEDD Y BRENIN **AHAB**, A'I WRAIG **JESEBEL**.

AC FELLY, Y **NHW** GAFODD Y FRAINT O GROESAWU'R PROFFWYD **MWYAF** A DDANFONODD DUW ERIOED.

ELIAS WYT TI? PAM NAD WYT TI'N **FARW**?

MAE GEN I NEGES ODDI WRTH **DDUW**! O'R DIWRNOD HWN YMLAEN NI WNAIFF **GLAW** SYRTHIO O GWBWL DROS Y WLAD – DIM GLAW NES I **MI ORCHYMYN** HYNNY! BYDD Y WLAD FARW O **SYCHED** OS NA WNEWCH CHI DROI CEFN AR **DDRYGIONI** A THROI'N ÔL AT **DDUW**!

DYN DIDDOROL.

DIFYR IAWN.

BETH WNAWN NI? EI LOSGI'N FYW?

RWYF WEDI **DIFLASU** AR LOSGI PAWB A PHOPETH. BETH AM EI DAFLU I'R LLEWOD AM NEWID?

ALLWCH CHI DDIM CODI OFN ARNA I. OND CARIWCH CHI YMLAEN I FYW FEL HYN – EICH BYWYDAU **CHI** SY YN Y FANTOL WEDI'R CWBWL!

DUW FFRWYTHLONDEB OEDD BAAL – DUW **GLAW**. OND DIM OND CERFLUN MARW OEDD E, DELW WEDI'I GWNEUD GAN DDYNION.

GWYDDAI ELIAS BOD EI DDUW EF YN **FYW**, AC YN RHEOLI POPETH. PAN **SIARADAI** DUW, ROEDD Y DDAEAR YN SIŴR O UFUDDHAU.

AC FELLY, GAN I'R BRENIN WRTHOD GWRANDO, DAETH **SYCHDER** DIFRIFOL DROS Y WLAD.

ROEDD ELIAS WEDI UFUDDHAU I DDUW YN LLWYR WRTH FYND I WELD Y BRENIN, GAN BERYGLU EI FYWYD EI HUN.

OND NID OEDD ELIAS YN LLAWEN. FE GUDDIODD MEWN HAFN YN Y BRYNIAU, GAN DEIMLO'N ISEL EI YSBRYD.

A BETH **NAWR**, FY NUW?

Y FI YW DUW. FE WNAF I DY FWYDO, ELIAS.

DANFONODD DUW **GIGFRAIN** AT ELIAS, I OFALU AMDANO.

BOB BORE A NOS FE DDAETHANT ATO, Â BARA A CHIG I'W FWYDO.

A CHAN FOD NANT FACH WRTH YMYL, ROEDD GANDDO DDŴR I'W YFED YN OGYSTAL Â'R BWYD A GÂI GAN YR ADAR.

DYNA SUT Y BU ELIAS FYW, AR FWYD Y CIGFRAIN A'R DŴR O NANT FACH CERITH — WRTH I'R SYCHDER MAWR DDIFA'R WLAD O'I GWMPAS.

OND CYN HIR FE SYCHODD Y NANT FACH HEFYD.

FELLY DANFONODD DUW ELIAS I'R GOGLEDD, I CHWILIO AM WRAIG WEDDW A'I MAB.

DYDD DA I CHI! OES GENNYCH CHI DDARN O FARA I'W RANNU?

PAID AG OFNI. DOS ADREF I BARATOI'R PRYD BWYD, OND GWNA DORTH FACH I MI YN GYNTAF.

OS GWNEI DI HYN, MAE DUW YN ADDO NA WNAIFF Y BLAWD NA'R OLEW DDARFOD O GWBWL, NES IDDO DDANFON **GLAW** UNWAITH ETO.

GWNAETH Y WEDDW FEL Y DYWEDODD ELIAS. BOB TRO Y DEFNYDDIAI'R BLAWD, LLENWAI'R JAR UNWAITH ETO. BOB TRO Y TYWALLTAI'R OLEW, ROEDD DIGON AR ÔL.

BU'R TRI'N BYW'N HAPUS GYDA'I GILYDD YN NHŶ'R WRAIG, YN DDIOGEL O AFAEL Y NEWYN.

BARA? DOES GENNYM NI DDIM BARA ERS **WYTHNOSAU**! MAE GEN I LOND DWRN O FLAWD A DIFERYN O OLEW — OND DYNA I GYD!

ROEDDWN I AM EU DEFNYDDIO I WNEUD CACEN. DYNA'R CYFAN SYDD GENNYM — AR ÔL HYNNY BYDDWN YN LLWGU I FARWOLAETH!

UN DIWRNOD CYFARFU ELIAS AG **OBADEIA**, GORUCHWYLIWR PALAS Y BRENIN AHAB, A OEDD ALLAN YN CHWILIO AM DDŴR. YN WAHANOL I'W FEISTR ROEDD OBADEIA'N FFYDDLON I DDUW O HYD.

F'ARGLWYDD ELIAS, AI TI SYDD YMA MEWN GWIRIONEDD?

IE, FI SYDD YMA.

DOS I DDWEUD WRTH Y BRENIN FY MOD I FAN HYN.

OND ELIAS, MAE'R BRENIN YN SIŴR O DDOD DRAW I'TH LADD!

CRED FI, OBADEIA. MAE'N HEN BRYD RHOI DIWEDD AR Y CUDDIO YMA. DOS I DDWEUD WRTH Y BRENIN YR UNION FAN LLE'R YDW I.

GADAWODD OBADEIA, AC ER EI FOD YN PERYGLU BYWYD ELIAS – A'I FYWYD EF EI HUN! – AETH YN SYTH AT Y BRENIN.

AC AETH Y BRENIN YN SYTH AT ELIAS!

WYT TI'N DAL YN FYW O HYD?! – WEDI'R HOLL DRWBWL RWYT TI WEDI'I ACHOSI I MI?

OND MAE'N DDIGON RHWYDD NEWID HYNNY!

RHOWCH GLEDDYF I MI! UN HEB FIN ARNO!

NID FY MAI I YW HYN! DY FAI DI YW'R CWBWL, AHAB!

DIM OND TROI AT DDUW A DILYN EI ORCHMYNION OEDD ANGEN I TI EI WNEUD, AC NI FYDDAI DIM O HYN WEDI DIGWYDD! OND NA, FE DDILYNAIST TI DDUWIAU FFUG – DELWAU O BREN A CHARREG YN LLE'R DUW BYW, Y FFŴL I TI!

DIM OND UN DUW ALL FOD MEWN GWIRIONEDD – BETH AM I NI BROFI PA DDUW YW HWNNW?

GWEDDÏWCH CHI AR BAAL, AC FE WEDDÏA I AR DDUW. PA DDUW BYNNAG WNAIFF ATEB Â THÂN, HWNNW FYDD Y GWIR DDUW!

AC FELLY AETH Y 450 O BROFFWYDI BAAL, A'R 400 O BROFFWYDI ASTAROTH, ATI I WEDDÏO AR EU DUWIAU.

Â'U DWYLO FRY, DYMA NHW'N GWEDDÏO AC YN GWEDDÏO.

YN PLEDIO.

YN GORCHYMYN.

YN GALW.

YN BARGEINIO.

YN ERFYN.

YN YMBIL.

AM ORIAU AC ORIAU AC ORIAU ...

AC ATEBODD DUW.

YR **ARGLWYDD!** EF SYDD DDUW!

DUW BYW **ISRAEL!**

FFUG BROFFWYDI YW'R GWEDDILL I GYD, DYNION **DRWG!**

LLADDWCH BOB UN!

DOS I FWYTA'N AWR, AHAB. MAE STORM FAWR AR Y FFORDD, FELLY GWNA DY HUN YN BAROD.

NID OEDD GLAW WEDI SYRTHIO ERS **BLYNYDDOEDD**, AC AGORODD Y NEFOEDD, GAN ARLLWYS AC ARLLWYS.

YNG NGHANOL Y DRYSWCH A'R GLAW, DIHANGODD ELIAS AM EI FYWYD ...

AC AM RESWM DA.

... A DYNA'N UNION BETH DDIGWYDDODD, FY MRENHINES. GWEDDÏODD ELIAS, DAETH Y TÂN I LAWR, DECHREUODD ARLLWYS Y GLAW A LLADDODD Y BOBL Y PROFFWYDI I GYD!

A CHAIFF Y DUWIAU FY NHARO I'N FARW HEFYD OS NA LWYDDAF I LADD ELIAS — YR UN MOR **FARW Â NHW!!**

ERBYN YR AMSER YMA FORY RWYF AM WELD PEN ELIAS WEDI'I OSOD AR GATIAU'R PALAS!

FEL O'R BLAEN, DILYNWYD BUDDUGOLIAETH ELIAS GAN DEIMLADAU O **ANOBAITH** LLWYR.

GAN ADAEL PAWB O'I ÔL, CYCHWYNNODD AM YR ANIALWCH, YN DDYN UNIG IAWN.

RWYF WEDI CAEL **DIGON**, F'ARGLWYDD.

WEDI BLINO AR GUDDIO O HYD, A DIANC TRWY GYDOL FY MYWYD.

GAD I MI FARW. CYMER FY MYWYD, I ROI DIWEDD AR Y CWBWL.

...?

O BLE Y DAETH HWNNA?

DOEDD E DDIM YNA EILIAD YN ÔL.

CYMER FWYD A DIOD, ELIAS. FE FYDD PETHAU'N EDRYCH YN WELL AR ÔL I TI FWYTA.

MAE TAITH BELL O'TH FLAEN DI; FE FYDD ANGEN DY EGNI I GYD ARNAT.

GAN GYMRYD CYSUR O EIRIAU'R ANGEL, CYCHWYNNODD ELIAS AR DRAWS YR ANIALWCH I'R FAN LLE Y SIARADODD DUW Â **MOSES** GANRIFOEDD YNGHYNT.

DAETH O HYD I OGOF YNO, AC ARHOSODD I **DDUW** YMDDANGOS.

MEWN OGOF AR **FYNYDD SINAI** ARHOSODD I DDUW SIARAD.

A **SIARADODD** DUW WRTH ELIAS, GAN DDWEUD:

ELIAS, BETH WYT TI'N EI WNEUD YMA, MOR UNIG YN YR ANIALWCH?

F'ARGLWYDD DDUW, FE WNES I DY WASANAETHU DI – A **DIM OND** TI. MAE'R ISRAELIAID WEDI TROI EU CEFNAU ARNAT, WEDI DYMCHWEL D'ALLORAU, A LLADD DY BROFFWYDI –

DIM OND Y FI SYDD AR ÔL.

CWYD, ELIAS. SAF AR DY DRAED – MAE DY DDUW AR FIN MYND HEIBIO, YN SYTH O FLAEN DY LYGAID!

AC YN SYDYN, DYMA **STORM** OFNADWY A **CHORWYNT** YN CODI O UNMAN, GAN DYNNU'R COED O'U GWREIDDIAU A'R CREIGIAU O'R MYNYDDOEDD – A'R ANADL O YSGYFAINT ELIAS.

OND NID OEDD DUW YN Y GWYNT.

CRYNODD Y DDAEAR O DAN DRAED ELIAS, A GWAHANU, WRTH I **DDAEARGRYN** GRYMUS YSGWYD Y MYNYDD I'W SEILIAU. RHWYGWYD Y DDAEAR A CHWALWYD Y CREIGIAU FEL PETAENT YN DDIM OND **GWYDR**.

OND NID OEDD DUW YN Y DAEARGRYN.

AC YNA FE DDAETH **TÂN** DROS Y DDAEAR A'I LLOSGI, GAN DDUO'R CREIGIAU I GYD.

OND NID OEDD DUW YN Y TÂN.

OND **WEDI'R** TÂN, DAETH LLAIS BACH, LLONYDD – Y **SIBRYDIAD** TYNERAF ERIOED ...

ELIAS ...?

AC O'R DIWEDD GWYDDAI ELIAS MAI HWNNW OEDD DUW.

ELIAS, BETH WYT TI'N EI WNEUD FAN HYN? AR LETHRAU UNIG MYNYDD YNG NGHANOL UNMAN?

DOS YN ÔL AT Y BOBL. FE WNAIFF DY DDUW OFALU AMDANAT.

AC WEDI EI GALONOGI, AETH ELIAS I CHWILIO AM Y DYN A DDEWISWYD GAN DDUW I'W OLYNU.

EI ENW OEDD **ELISEUS**.

DAETH ELIAS O HYD IDDO'N GWEITHIO YN Y CAEAU, YN AREDIG Â'I YCHEN. TYNNODD ELIAS EI FANTELL A'I GOSOD YN OFALUS AR YSGWYDDAU ELISEUS ...

WYT TI'N DEALL BETH YW YSTYR HYN, ELISEUS? WYT TI'N GWYBOD BETH YDW I'N EI WNEUD?

WEL, RWY'N CREDU FY MOD I ... **YDW**. YDW, RWY'N DEALL.

DA IAWN. FELLY DILYNA FI.

OND ALLA I DDIM GADAEL POPETH! O LEIA GAD I MI FFARWELIO'N IAWN Â'M RHIENI!

WRTH GWRS, DOES DIM RHAID MYND YR **EILIAD HON!** OND BYDD RHAID MYND CYN HIR, MAE DIGON O WAITH I'W WNEUD.

FELLY DILYNODD ELISEUS ELIAS, GAN DDYSGU SUT BETH OEDD BYWYD PROFFWYD.

AC YN SGIL DILYN ELIAS, GWNAETH ELISEUS HEFYD EI FFORDD I LYS Y GORMESWR, Y BRENIN AHAB ...

ELIAS! BETH WYT TI'N EI **WNEUD** YMA? MAE'R BRENIN YN SIŴR O'TH LADD DI!

MAE GAN DDUW NEGES I AHAB – MAE'N RHAID I MI EI WELD.

YDY'R AFALAU YNA'N FLASUS, AHAB ... JESEBEL?

WEL, WEL, YR HEN ELYN WEDI DYCHWELYD! BETH SY'N BOD Y TRO YMA?

MAE POPETH RWYT TI'N EI WNEUD, POPETH **WNEST** TI **ERIOED**, YN **DDRYGIONI** I GYD!

MAE HYD YN OED Y FFRWYTHAU YR WYT TI'N EU BWYTA WEDI EU DWYN ODDI AR DDYN Y GWNEST TI EI **LADD!** LLADD DYN AM YCHYDIG O AFALAU!

FE GEI DI **FARW!** MAE POB GWRYW YN DY DEULU DI AM **FARW!** MAE DY WRAIG DI AM **FARW!** NID Y FI SY'N DWEUD, OND **DUW!** RWYT TI AM **FARW**, A BYDD **CŴN** YN YFED DY **WAED!!**

AM IDDO EDIFARHAU, GADAWODD DUW I AHAB FYW AM YCHYDIG, OND GOHIRIO'R GOSB YN UNIG OEDD HYNNY.

AETH AHAB I RYFEL WEDI EI WISGO FEL MILWR CYFFREDIN GAN GEISIO CUDDIO WRTH GEFN Y FRWYDR, OND FE'I TRYWANWYD Â SAETH ANGHEUOL YR UN MODD.

CAFODD FARWOLAETH ARAF A PHOENUS, YN PWYSO YN ERBYN EI GERBYD AC YN GWAEDU I FARWOLAETH.

YN HWYRACH Y NOSON HONNO, DAETH CŴN I LYFU'R GWAED O'R CERBYD, YN UNION FEL Y PROFFWYDODD ELIAS.

O'R FFORDD!

ELIAS, BETH SY'N DIGWYDD?

PAID Â 'NGADAEL I! PAID Â MYND!

CYMERWYD ELIAS I FYW GYDA'R DUW Y BU'N EI WASANAETHU TRWY GYDOL EI FYWYD.

PRIN Y MEDRAI ELISEUS GREDU'R HYN A WELAI.

TRWY'R DAGRAU YN EI LYGAID GWELODD FANTELL EI FEISTR YN CWYMPO O'R AWYR.

WRTH I'R FANTELL GWYMPO, GALWODD ELISEUS EI ENW AM Y TRO OLAF …

ELIAS – BROFFWYD MAWR ISRAEL – PAID Â 'NGADAEL I!

OND WRTH I ELISEUS GODI'R FANTELL O'R LLAWR GWYDDAI NA FYDDAI'N GWELD EI FEISTR HOFF FYTH ETO.

A GWYDDAI NAD OEDD EI WAITH YNTAU OND YN DECHRAU …

SUT Y GALLA I BARHAU Â'TH WAITH MAWR DI? RWY'N TEIMLO MOR ANSICR.

WEL, DOES OND UN FFORDD I WYBOD.

AC FELLY RHODDODD ELISEUS Y FANTELL I LAWR AR Y DŴR, AC WRTH IDDO WNEUD FE SYCHODD Y DŴR FEL Y GWNAETH I ELIAS YNGHYNT.

A GWYDDAI ELISEUS FOD DUW GYDAG EF HEFYD.

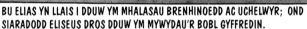

BU ELIAS YN LLAIS I DDUW YM MHALASAU BRENHINOEDD AC UCHELWYR; OND SIARADODD ELISEUS DROS DDUW YM MYWYDAU'R BOBL GYFFREDIN.

GAN WRTHOD TÂL O UNRHYW FATH AM WNEUD, FE IACHAODD ELISEUS GAPTEN BYDD SYRIA – NAAMAN – O'R GWAHANGLWYF.

GWEITHIAI DUW MOR RYMUS TRWY ELISEUS FEL Y MEDRODD ATGYFODI BACHGEN IFANC O FARWOLAETH.

UFUDDHAODD NAAMAN I ORCHYMYN ELISEUS GAN YMDROCHI AFON IORDDONEN SAITH GWAITH, A GWYDDAI FOD GEIRIAU'R PROFFWYD YN WIR:

DIM OND UN DUW SYDD TRWY'R BYD I GYD – DUW ISRAEL.

PEIDIWCH Â PHOENI DIM FE FYDD DIGONEDD O FWY YMA FORY – MAE DUW WE ADDO HYNNY.

PAN YMOSODODD BYDDIN SYRIA AR ISRAEL, ELISEUS OEDD YR UN A WEDDÏODD Y BYDDAI'R GORESGYNWYR YN CAEL EU DALLU RHAG IDDYNT ALLU BRWYDRO.

ELISEUS A'U HARWEINIODD AT YR ISRAELIAID, GAN SICRHAU BOD EU BYWYDAU'N CAEL EU HARBED.

PAN GAFODD DINAS SAMARIA EI HAMGYLCHYNU Â GWARCHAE, A'I PHOBL ANOBEITHIOL FEL CANIBALIAID YN BWYTA'R RHAI GWANAF, LLWYDDODD ELISEUS I WELD GOBAITH Y TU HWNT I'R ANOBAITH, GAN HYD YN OED BERYGLU EI FYWYD E HUN TRWY WYLLTIO'R BRENIN . . .

OND NID DYNA OEDD DIWEDD PROBLEMAU'R ISRAELIAID – O BELL FFORDD.

WRTH IDDYNT DROI YMHELLACH ODDI WRTH DDUW, CYNYDDAI EU TRAFFERTHION O HYD.

ROEDD TYWYLLWCH MAWR AR FIN DISGYN AR JERWSALEM, Y DDINAS SANCTAIDD EI HUN . . .

CWYMP ISRAEL A JWDA

MAE'R GELYN WEDI TORRI'R PORTH DEHEUOL! DAW'R DIWEDD CYN HIR. MAE'N DDIGON ANODD COFNODI HWN YN GYWIR, HEB FOD YNA **RYFEL** YN DIGWYDD HEFYD!

WRTH I GENHEDLOEDD JWDA AC ISRAEL SUDDO'N DDYFNACH I DDRYGIONI, FE'U GADAWYD GAN DDUW YN AGORED I YMOSODIAD. CAFODD JERWSALEM EI BYGWTH DRO AR ÔL TRO.

TRWY GYDOL Y CYFNODAU CYTHRYBLUS HYN FE GOFNODWYD YR HANES GAN Y RHAI OEDD YN DAL YN FFYDDLON I DDUW.

AC I BETH? BYDDAF YN LWCUS I FYW'N DDIGON HIR I ORFFEN Y GWAITH; AC YN FWY LWCUS OS BYDD POBL AR ÔL YN FYW I'W **DDARLLEN**! BLE OEDDWN I? O IE, Y BRENIN **AHAB** A'I WRAIG FFIAIDD **JESEBEL.** YN DDRYGIONI O'U CORUN I'W SAWDL.

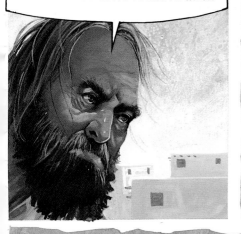

FEL Y PROFFWYDODD ELIAS, CAFODD JESEBEL FARWOLAETH OFNADWY. FE'I TAFLWYD O FFENEST CASTELL UCHEL, I GAEL EI SATHRU GAN GEFFYLAU A'I BWYTA GAN GŴN GWYLLT. NID OEDD DIGON O'I CHORFF AR ÔL I'W GLADDU.

ER FOD AHAB A JESEBEL YN DDRWG, NID OEDD EU DISGYNYDDION YN DDIM GWELL O GWBWL. AM GYFNOD FE BEIDIODD Y BOBL AG ADDOLI BAAL, OND DALIAI'R BOBL I ADDOLI'R LLOEAU AUR.

CAFODD JOAS EI GUDDIO YN Y DEML AM CHWE BLYNEDD, YN CAEL EI WARCHOD GAN YR OFFEIRIAD DUWIOL, JEHOIADA.

ROEDD DUW WEDI ADDO I DAFYDD Y BYDDAI UN O'I DDISGYNYDDION YN TEYRNASU AR DEYRNAS A FYDDAI'N **DDIDDIWEDD**, AC MAI DUW EI HUN FYDDAI'N DAD I HWNNW.

YN JWDA, MEWN YMGAIS WAEDLYD I ENNILL GRYM, FE LADDODD Y FRENHINES ATHALEIA Y TEULU BRENHINOL I GYD. BU BRON I DEULU DAFYDD DDIFLANNU'N LLWYR AM BYTH: DIM OND UN BABI BACH A OROESODD. FE ACHUBWYD Y TYWYSOG IFANC, **JOAS,** GAN WRAIG UN O'R OFFEIRIAID FFYDDLON.

OND ROEDD JEHOIADA'N HYDDYSG MEWN GWLEIDYDDIAETH YN OGYSTAL AG YN YR YSGRYTHURAU, A GWELODD EI GYFLE I ADENNILL GRYM ODDI AR Y FRENHINES FILAIN.

PAN OEDD JOAS YN SAITH MLWYDD OED, GALWODD JEHOIADA ARWEINWYR Y FYDDIN I'W DEML, GAN DDANGOS EI WESTAI ARBENNIG IDDYNT ... ER MAWR SYNDOD I BAWB!

GWRANDEWCH! ARFOGWYD CHWI HEDDIW AG ARFAU A GEDWID YN Y DEML – YR ARFAU A FU'N EIDDO I'R BRENIN DAFYDD EI HUN! HEDDIW MAE UN O'I DDISGYNYDDION EF AM DDYCHWELYD I'R ORSEDD!

AMGYLCHYNWCH Y BRENIN NEWYDD A'R DEML! GALWCH Y MILWYR SYDD YN GORFFWYS ER MWYN IDDYNT YMUNO Â NI HEFYD! RYDYM AM GORONI'R BRENIN YN AWR!

HIR OES I'R BRENIN JOAS! HIR OES I'R BRENIN JOAS!

DUW FO GYDA'R BRENIN NEWYDD!

ROEDD Y CYNLLUN YN UN **ARDDERCHOG**! DYRCHAFWYD JOAS I ORSEDD JWDA HEB I NEB GOLLI GWAED O GWBWL!

WEDI EI GORONI GAN Y PROFFWYD JEHOIADA, A'I AMGYLCHYNU Â MILWYR ARFOG – DOEDD DIM MODD I'R FRENHINES RWYSTRO'R PETH O GWBWL!

NA! **BRAD** YW PETH FEL HYN!

FILWYR! **FILWYR**! **LLADDWCH** EF – NAWR!!

OND ARHOSODD Y FYDDIN GYFAN YN FFYDDLON I'R BRENIN NEWYDD. YN Y DIWEDD FE AETH Y MILWYR AT Y FRENHINES, OND DIM OND I'W HARWAIN AT FAN EI **DIENYDDIAD**.

ROEDD JOAS YN UNIGRYW – YN FRENIN DA. FE DDINISTRIODD ALLORAU BAAL I GYD, GAN ADFER Y GENEDL I'W HEN FFYRDD, A'U TROI YN ÔL AT DDUW.

AILADEILADODD Y DEML, A RHODDODD DDIWEDD AR DDRYGIONI'R OFFEIRIAID. OND WEDI I JEHOIADA FARW FE WNAETH JOAS HEFYD DROI EI GEFN AR DDUW. AETH PETHAU CYNDDRWG NES IDDO HYD YN OED ORCHYMYN I FAB JEHOIADA, A OEDD YN BROFFWYD, GAEL EI LABYDDIO A'I LADD. A HYNNY YN YR UNION DEML Y BU JOAS YN GYFRIFOL AM EI HAILADEILADU.

NI ALLAI BRENHINOEDD ISRAEL DROI EU CEFNAU AR Y TYWYLLWCH, AC FELLY TYNNODD DUW EI OFAL YN ÔL YN LLWYR.

CAFODD POBL TEYRNAS OGLEDDOL ISRAEL EU CYMRYD YN GAETHWEISION GAN FRENIN ASYRIA, A'U CAETHGLUDO O'U CARTREFI A'U GWLAD.

Y BRENIN HOSEA OEDD BRENIN OLAF ISRAEL, YR OLAF O'R BRENHINOEDD GOGLEDDOL.

LLYWODRAETHODD FEL PYPED I'W FEISTRI YN ASYRIA, OND YN Y DIWEDD CAFODD EI DDAL YN CEISIO EU BRADYCHU I'R EIFFTIAID.

DIM OND Y DEYRNAS DDEHEUOL – **JWDA** – OEDD YN BODOLI BELLACH. O DDEUDDEG LLWYTH JACOB, DIM OND DAU A GADWAI EU RHYDDID – A'R GOBAITH I ISRAEL GYFAN FYW.

WEDI IDDYNT GONCRO ISRAEL, Y DEYRNAS FWYAF, YN LLWYDDIANNUS, DISGWYLID I'R ASYRIAID DROI EU SYLW AT JWDA YMHEN DIM O AMSER.

WYTH MLYNEDD WEDI I SAMARIA GWYMPO, A THEYRNAS ISRAEL WEDI DOD I BEN, FE DDECHREUODD Y GWARCHAE AR JERWSALEM O DDIFRI ...

GWRANDEWCH, DDYNION ASYRIA! LLWN NI DDIM MYND YMLAEN FEL HYN!

RYDYN NI'N DDIGON PAROD I WRANDO AR EICH GOFYNION, OND MAE'N RHAID I CHI SIARAD ARAMAEG Â NI. OS DALIWCH I SIARAD HEBRAEG, BYDD EIN MILWYR EIN HUNAIN YN SIŴR O'N CLYWED NI!

PAM NA DDYLSEN NHW'N CLYWED NI? WEDI'R CWBWL, Y NHW FYDD YN GORFOD YFED EU DŴR EU HUNAIN YR WYTHNOS NESAF, PAN DDINISTRIWN NI'R FFYNHONNAU I GYD!

AC NI ALLWCH DDISGWYL I DDUW EICH ACHUB CHI RHAG BYDDIN FEL HON! OS ILDIWCH CHI, YNA FE FYDDWN YN DRUGAROG.

RYDYN NI WEDI CONCRO'R HOLL GENHEDLOEDD O'CH CWMPAS, AC NI WNAETH UNRHYW DDUW EU HACHUB! MAE'CH BRENIN YN DWEUD CELWYDD! NI ALL EICH DUW EICH ACHUB O GWBWL!!

OND ROEDD Y BRENIN HESECEIA O JWDA YN YMDDIRIED YN NUW YN FWY NAG UNRHYW UN O'I RAGFLAENWYR A'I OLYNWYR. PAN ORCHMYNNODD YR ASYRIAID IDDO ILDIO IDDYNT, FE AETH YN SYTH I'R DEML, GAN GYFLWYNO'R SEFYLLFA I DDUW MEWN GWEDDI:

ARGLWYDD DDUW ISRAEL, TI YN UNIG SYDD DDUW DROS HOLL DEYRNASOEDD Y DDAEAR – TI GREODD Y DDAEAR!

A CHYN HIR DAETH ATEB; DAETH NEGESYDD ODDI WRTH Y PROFFWYD ESEIA AG ATEB ODDI WRTH DDUW.

DYWEDODD DUW WRTH ESEIA NA WNAIFF Y BRENIN YMOSOD AR JERWSALEM – NI CHAIFF SAETHU UN SAETH YN EICH ERBYN. MAE'N MYND I AMDDIFFYN Y DDINAS ER MWYN EI WAS, DAFYDD.

MAE EIN DUW AM YMLADD TROSOM, EICH MAWRHYDI.

Y NOSON HONNO FE DEITHIODD RHYWBETH OFNADWY TRWY'R AWYR UWCHBEN GWERSYLL YR ASYRIAID.

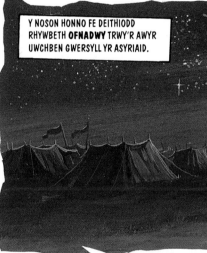

MAE'R ASYRIAID WEDI DINISTRIO'R HOLL GENHEDLOEDD O'U CWMPAS, AC WEDI TAFLU EU DUWIAU I'R TÂN; OND NID DUWIAU BYW OEDD Y RHEINY, DIM OND DELWAU O BREN A CHARREG!

GWARED NI, FY NUW. ACHUB NI FEL Y GWÊL HOLL DEYRNASOEDD Y DDAEAR MAI Y TI, A TI YN UNIG, YW'R GWIR DDUW BYW!

CREDAI'R ASYRIAID EU BOD YN BRWYDRO YN ERBYN DYNION Â CHLEDDYFAU A THARIANAU, OND NID FELLY YR OEDD HI.

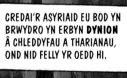

Y NOSON HONNO AETH ANGEL ANGAU AR DAITH TRWY'R GWERSYLL.

AC YNTAU'N CRYNU GAN OFN FE DORRODD BRENIN ASYRIA AR Y GWARCHAE. DYCHWELODD I NINEFE, EI BRIFDDINAS, AC ARHOSODD YNO NES I'W FEIBION EI HUN EI LOFRUDDIO.

 OND ROEDD MWY I'R CYFNOD HWNNW NA RHYFELOEDD A BRWYDRAU. EDRYCHAI RHAI POBL AT DDUW O HYD AM GYMORTH, YN HYTRACH NAG AT DRAIS Y CLEDDYF. ROEDD **ESEIA** Y PROFFWYD YN ENGHRAIFFT BERFFAITH O HYNNY.

YN Y FLWYDDYN Y BU'R BRENIN USSEIA FARW, FE WELODD ESEIA DDUW Â'I LYGAID EI HUNAN.

ROEDD DUW AR ORSEDD FAWR, A'I GLOGYN YN LLENWI'R DEML.

GORCHUDDIAI ANGYLION EU HWYNEBAU Â'U HADENYDD. GAN FOD DUW MOR **SANCTAIDD** NI FEDRAI HYD YN OED ANGYLION EDRYCH ARNO. AC ROEDDENT YN GALW AR EI GILYDD:

SANCTAIDD, SANCTAIDD, SANCTAIDD YW ARGLWYDD Y LLUOEDD; Y MAE'R HOLL DDAEAR YN LLAWN O'I OGONIANT.

YSGYDWYD Y LLE GAN SŴN EU LLEISIAU, A LLANWYD Y DEML Â MWG!

ROEDD ESEIA'N DISGWYL **MARW** UNRHYW FUNUD. WEDI'R CWBWL, SUT ALLAI EF, YN DDYN PECHADURUS, EDRYCH AR WYNEB SANCTAIDD DUW A **BYW** O HYD, PAN NA ALLAI HYD YN OED **ANGYLION** WNEUD HYNNY?

OND FE GYFFYRDDODD ANGEL EI WEFUSAU Â MARWORYN TANBAID, WEDI EI GYMRYD O'R ALLOR, GAN DDWEUD: 'AETH DY EUOGRWYDD YMAITH, A **MADDEUWYD** DY BECHODAU.'

FE FYDDAF FARW, YN SIŴR! RWY'N DDYN Â GWEFUSAU AFLAN, AC YN BYW YMHLITH POBL Â GWEFUSAU AFLAN; AC ETO RWYF WEDI GWELD YR ARGLWYDD DDUW — Y BRENIN EI HUN — Â'M LLYGAID FY HUN!!

A DYWEDODD **DUW:**

ROEDD Y NEGES A RODDODD DUW I ESEIA YN YMWNEUD Â THŶ **DAFYDD**, A'R **BRENIN** YR OEDD DUW WEDI ADDO EI ANFON. AETH ESEIA I'R LLYS BRENHINOL I ADRODD Y BROFFWYDOLIAETH RYFEDDOL …

PWY A ANFONAF? PWY WNAIFF SIARAD DROSOM?

DYMA FI, ARGLWYDD! DANFON FI!

BYDD DUW YN RHOI **ARWYDD** I NI! BYDD **GWYRYF** YN RHOI GENEDIGAETH I **FAB**. AC FE'I GELWIR YN **EMANIWEL** — 'DUW GYDA NI'!

YNG **NGALILEA** FE WÊL Y BOBL, SY'N BYW MEWN TYWYLLWCH, **OLEUNI** MAWR! CANYS BACHGEN A ANED I NI, A BYDD YR AWDURDOD AR EI YSGWYDD EF! A THEYRNASA AR ORSEDD DAFYDD AM BYTH!

MAE TRYCHINEB YN ANORFOD YN AWR. RHYBUDD AR ÔL RHYBUDD, PROFFWYD AR ÔL PROFFWYD, A'R FFYLIAID YN FYDDAR AC YN DDALL I'R GWIRIONEDD.

NID CENEDL O **RYFELWYR** OEDDEM NI I FOD, YN LLAWN BALCHDER A THRAIS; OND CENEDL SANCTAIDD! DUW YN **UNIG** OEDD I FOD I'N GWARCHOD!

OND EDRYCHWCH ARNON NI **NAWR!** YN RHEDEG RHAG Y GELYN, YN CARIO BETH BYNNAG Y MEDRWN EI ARBED – Y FI HEFYD, YN DDIM GWAHANOL I BAWB ARALL YN **HYNNY** O BETH!

FFYLIAID! Y FFYLIAID GWAN A BALCH. YN PLYGU I LAWR I ADDOLI PREN A METEL, YN TAFLU EU HUNAIN O FLAEN **UNRHYW BETH**, BRON, I'W ADDOLI – SÊR, PLANHIGION, LLOEAU … UNRHYW BETH! A'U 'HADDOLIAD' YN MYND YN FWY **AFLAN** AC **ANWEDDUS** WRTH I'R BLYNYDDOEDD FYND YN EU BLAEN.

A NAWR MAE'R CWBWL YN DOD I'R WYNEB – WRTH I NI DDERBYN EIN HAEDDIANT – AC NID OES FFORDD I NI FFOI O GWBWL.

MAE JERWSALEM YN CWYMPO …

GOBEITHIO'N WIR Y BYDD POBL AR ÔL I **DDARLLEN** HWN PAN FYDD Y CWBWL DROSODD.

MAE'R BYD YN SIŴR O NEWID, OND POBL FYDD POBL O HYD. EFALLAI Y GWNAIFF PLANT EIN PLANT DDYSGU ODDI WRTH EIN FFOLINEB NI: DIM OND **DUW** SY'N GALLU'N GWARCHOD MEWN GWIRIONEDD.

FE DDYLENT FOD WEDI ~~GWR~~ANDO AR Y PROFFWYDI. FE **DDYLENT** ~~FOD~~ WEDI GWRANDO AR **JEREMEIA**. EF ~~OEDD~~ Y RHYBUDD OLAF. HYD YN OED **WEDYN** ~~FE~~ FYDDAI AMSER AR ÔL I WNEUD YN IAWN AM Y DRWG!

ROEDD JEREMEIA'N DDYN IFANC PAN SIARADODD DUW AG EF:

HWNNA!? DIM OND CROCHAN O GAWL YW E.

DOS AT Y BOBL, JEREMEIA, I SIARAD Â'R BOBL DROSOF FI! DWED WRTHYN NHW BOPETH RWY'N EI DDWEUD WRTHYT TI!

OND WNÂN NHW DDIM GWRANDO ARNA I! MAEN NHW'N HYN AC YN DDOETHACH. MAEN NHW'N SIŴR O CHWERTHIN!

PAID Â PHOENI, FE RODDAF I EIRIAU I TI EU DWEUD. **EDRYCHA** A DWED WRTHA I BETH WELI DI.

SYLWA. YN YR UN MODD AG Y MAE'R CAWL YN ARLLWYS O'R CROCHAN, FE DDAW DINISTR I ARLLWYS DROS JERWSALEM.

DAW BYDDIN O'R GOGLEDD, A CHITHAU'N **DDIYMADFERTH**, HEB OBAITH I'CH AMDDIFFYN EICH HUNAIN!

GWRANDEWCH ARNA I! MAE'CH BYWYDAU MEWN PERYGL MAWR! GAN I CHI ADDOLI CREIGIAU A PHLANHIGION YN HYTRACH NA **DUW**, MAE EF AM EICH GADAEL HEB NEB I'CH AMDDIFFYN MWYACH!

IAWN! FE ALLWN NI NEWID EIN DUWIAU'N DDIGON RHWYDD.

OND DYDYCH CHI DDIM YN DEALL! FE FYDD HI'N RHY HWYR ERBYN HYNNY! FEDRWCH CHI DDIM NEWID EICH CÂN DROS NOS! OS OES UNRHYW BARCH GENNYCH CHI AT EICH BYWYDAU EICH HUNAN – AC AT Y DUW BYW – MAE'N BRYD I CHI EDIFARHAU **NAWR!!**

NI WRANDAWODD Y BOBL. DOEDDEN NHW **BYTH** YN GWRANDO. OND GWELODD JEREMEIA Y CWBWL YN FYW YN EI FEDDWL. MEDRAI **GLYWED** Y GWRAGEDD YN WYLOFAIN DROS EU PLANT MARW, AC **AROGLEUO**'R DDINAS YN LLOSGI ... FEL PETAI'N LLOSGI GO IAWN.

FE'I ARTEITHIWYD GAN WELEDIGAETHAU O JERWSALEM – DINAS SANCTAIDD DUW – YN CAEL EI CHWALU GAN EI DRYGIONI HI EI HUN.

YN Y MANNAU LLE Y BUONT UNWAITH YN ADDOLI DUW, GAN LENWI'R LLE Â CHANU A CHWERTHIN, FE **LOSGODD** Y BOBL EU PLANT EU HUNAIN FEL **ABERTHAU** I GERRIG A SÊR A CHOED.

AM EI DRAFFERTH, TAFLWYD JEREMEIA I WAELOD FFYNNON DDOFN, A'I ADAEL I FARW.

YSTYRIWYD BOD EI BREGETHU CYSON YN TORRI YSBRYD POBL Y DDINAS.

EICH MAWRHYDI, MAE JEREMEIA YN SIŴR O FARW YN Y FFYNNON. DOES FAWR O FWYD YN Y DDINAS, OND MAE LLAI FYTH I LAWR YN FANNA! MAE E'N DAL I FOD YN DDYN DUW, AC YN HAEDDU GWELL NA HYN.

O'R GORAU. DEWCH AG EF I'R LLYS, OND PEIDIWCH Â'I RYDDHAU AR UNRHYW GYFRI. MAE'N BWYSIG I NI BEIDIO Â CHYNHYRFU RHAGOR AR Y BOBL.

GWRANDEWCH ARNA I! OS ARHOSWN YN Y DDINAS RYDYM I GYD YN SIŴR O **FARW**!

ILDIWCH I'R BABILONIAID. BYDD DUW YN DRUGAROG! PAM NA WNEWCH CHI **WRANDO**?!

WEL, DYMA DY DDIWRNOD LWCUS DI – Y BRADWR. MAE'R BRENIN EISIAU DY GYNGOR DI, AC EISIAU CLYWED Y GWIRIONEDD.

OND OS DYWEDA I'R GWIR FE WNAIFF FY LLADD I, AC NI WNAIFF WRANDO AR FY NGHYNGOR I O GWBWL!

ER HYNNY FE GAFODD JEREMEIA FYW. OND ROEDD EI DDYFODOL A'I OBAITH O OROESI YNGHLWM O HYD WRTH Y BOBL OEDD DAN WARCHAE YN JERWSALEM ...

BETH YW'R SŴN YNA?

NA! DDIM NAWR! RWYF BRON Â GORFFEN YSGRIFENNU!

HYD YN OED PETAI MOSES A SAMUEL YN SEFYLL YMA I BLEDIO, NI FYDDAI DUW'N NEWID EI FEDDWL YN AWR.

CLYW FY NGWEDDI, O DDUW, AC ESTYN DRUGAREDD.

PAID Â GADAEL DY BOBL AM BYTH, F'ARGLWYDD DDUW.

FEISTR! MAE'R BRENIN WEDI EI PIO – OND YN FYW. FE [W]ODD, AC MAE'R CWBWL AR BEN!

NA! MADDAU I MI, O DDUW. FE DDYLWN I FOD WEDI BOD YMA GYDA THI!

AR ÔL POB DIM Y GWNAETH E EI OROESI, FE GAFODD EI LADD YN YSTOD AWR OLAF Y FRWYDR. Y DIWEDD MWYAF CREULON POSIB.

PWY SYDD AR ÔL I ORFFEN Y STORI?

MM. DYW'R HANES DDIM YN LLIFO'N IAWN FAN HYN, BRAIDD YN OR-DDRAMATIG. GORMOD O EIRIAU, EFALLAI.

O! BETH AM YR ARAITH YMA! CHLYWES I ERIOED JEREMEIA EI HUN YN SIARAD FEL HYN …!

YN YSTOD Y DEGFED MIS O'R NAWFED FLWYDDYN Y BU SEDECEIA'N FRENIN JWDA, DAETH NEBUCHADNESAR A'I FYDDIN GYFAN O **BABILON** I OSOD GWARCHAE AR DDINAS JERWSALEM.

LLOSGWYD POB TŶ YN Y DDINAS I'R LLAWR, HYD YN OED Y PALAS BRENHINOL. TYNNWYD MURIAU'R DDINAS I LAWR.

DINISTRIWYD JERWSALEM YN LLWYR.

CAFODD Y BRENIN EI DDAL YN CEISIO FFOI TRWY ERDDI'R PALAS YN Y NOS. LLADDWYD EI FEIBION O'I FLAEN, A THYNNWYD EI LYGAID ALLAN Â CHLEDDYFAU EI ELYNION.

CYMERWYD Y RHAN FWYAF O'R BOBL I FABILON FEL CAETHWEISION, MEWN CADWYNAU POENUS YR HOLL FFORDD.

ROEDD ISRAEL WEDI CWYMPO, JWDA WEDI CWYMPO, A JERWSALEM YN DDIM OND ADFEILION.

GWNAETH Y BRENIN GYNNIG I JEREMEIA – SWYDD YN EI LYS – FEL GWOBR EFALLAI AM BERSWADIO'R BRENIN I ILDIO. OND GWRTHODODD JEREMEIA, GAN DDEWIS AROS GYDA'R YCHYDIG O ISRAELIAID AR WASGAR A LWYDDODD I FFOI RHAG Y GELYN. BU'N PREGETHU TAN Y DIWEDD I BOBL OEDD YN DAL I WRTHOD GWRANDO.

FE'I CYMERWYD YN GAETHWAS I **FABILON**.

NI WNAIFF DICTER DUW BARHAU AM BYTH. DAW AMSER ETO IDDO DDEWIS **BRENIN**, DISGYNNYDD CYFIAWN O LINACH **DAFYDD**.

BYDD YN TEYRNASU Â DOETHINEB; A'I ENW'N CYHOEDDI **IACHAWDWRIAETH**. BYDD DUW'N EIN HACHUB NI **GYD** TRWYDDO EF! GWRANDEWCH ARNA I: BYDD ETIFEDD I DAFYDD YN TEYRNASU ETO!

STORI JONA

LLEFARODD DUW WRTH JONA, GŴR A OEDD YN BROFFWYD YN ISRAEL, GAN DDWEUD WRTHO AM FYND I NINEFE A DWEUD WRTH Y BOBL YNO Y DYLENT OFYN AM FADDEUANT AM EU HARFERION DRYGIONUS.

FELLY CYCHWYNNODD JONA AR UNWAITH, MOR GYFLYM AG Y MEDRAI EI GOESAU EI GARIO, I'R CYFEIRIAD **ARALL**!

ROEDD NINEFE YN **ELYN** PENNAF I ISRAEL, AC NI WELAI JONA **PAM** YR OEDD DUW AM FADDAU IDDYNT. PAM NA FUASAI'N EU **DINISTRIO**?

A DWEUD Y GWIR, DALIODD JONA I REDEG NES IDDO GYRRAEDD Y **MÔR**, MOR BELL O NINEFE AG Y MEDRAI.

A HYD YN OED **WEDYN**, NID OEDD AM AROS, AC FE AETH AR LONG HEB BOENI I BLE ROEDD HI'N MYND, CYN BELLED Â'I BOD YN MYND YN DDIGON PELL O DDINAS **NINEFE**, OEDD AR DDARFOD AMDANI.

WRTH GWRS, MAE RHEDEG ODDI WRTH **DDYNION** YN UN PETH, OND MAE RHEDEG ODDI WRTH **DDUW** YN FATER CWBL WAHANOL.

DIM OND YCHYDIG DDYDDIAU AR ÔL I'R LLONG ADAEL Y PORTHLADD, DAETH **STORM** ENBYD ARNYNT, UN WAETH NAG A WELODD NEB ERIOED.

MAE DŴR YN DOD I MEWN! TAFLWCH Y LLWYTH DROS YR YMYL, NEU FE AWN O DAN Y TONNAU!

DYW HYNNA DDIM YN DDIGON. MAE'R LLWYTH YN DAL YN RHY DRWM! FE FYDD YN RHAID INNI DYNNU GWELLTYN CWTA ER MWYN DEWIS UN OHONOM I'W DAFLU DROS YR OCHR!

FY MAI I YW HYN I GYD! DYWEDODD **DUW** WRTHYF AM FYND I DDINAS FY NGELYNION, OND RHEDAIS I FFWRDD!

OND DIM OND MYND **SBAEN** RYDYN NI. FEDR DDIM CUDDIO ODDI WR DDUW YN **SBAEN**

RWY'N MEDRU GWELD HYNNY'N **AWR**, WRTH GWRS! **GWRANDEWCH**, TAFLWCH **FI** DROS YR YMYL, YNA MI FYDD Y STORM YN PEIDIO. RWY'N SIŴR O HYNNY!

NID EICH BAI **CHI** YW HYN.

BRYSIWCH! DOES DIM AMSER I'W GOLLI!

RWYF NEWYDD GOFIO! ALLA I DDIM NOF –!

SUDDODD JONA FEL PLWM, OND CYN IDDO GYRRAEDD Y GWAELOD LLYNCWYD EF GAN **BYSGODYN** ENFAWR.

MORFIL, EFALLAI

RHYWBETH TEBYG, BETH BYNNAG. ROEDD HI'N DYWYLL YN Y MÔR, AC NI ALLAI JONA EI WELD YN GLIR.

BETH BYNNAG, ROEDD JONA'N GAETH YM MOL Y CREADUR AM DRI DIWRNOD A THAIR NOSON.

AR Y TRYDYDD DIWRNOD, CHWYDODD Y PYSGODYN JONA AR DRAETH MEWN FFORDD GWBL **ANURDDASOL**.

FELLY, YN DREWI O BYSGOD PWDR A GWYMON, CYCHWYNNODD JONA AR EI DAITH I GYHOEDDI'R NEGES YR OEDD DUW WEDI EI RHOI IDDO AR GYFER POBL NINEFE...

A SYRTHIODD PAWB AR EU GLINIAU **AR UNWAITH**, GAN **ERFYN** AM FADDEUANT DUW OHERWYDD EU HARFERION DRYGIONUS, GAN DROI EU CEFNAU AR DDRYGIONI AM WEDDILL EU BYWYDAU.

DYDW I DDIM YN **DEALL**! A DWEUD Y GWIR, DYDW I DDIM YN DEALL O GWBL! MAE POBL NINEFE GYDA'R RHAI MWYAF DRYGIONUS AR WYNEB Y DDAEAR, AC RWYT TI'N MADDAU IDDYN NHW, FEL PETAI'N DDIM!

EDRYCHA ARNYN NHW! ER WAETHA'R HOLL ERCHYLLTERAU, AR GYFRIF UN GAIR ODDI WRTH YR ARGLWYDD, MAENT YN RHYDD O'U HEUOGRWYDD!

RWY'N RHOI I FYNY. WYT TI YN FY **NGHLYWED** I, DDUW? **RWY'N RHOI'R FFIDIL YN Y TO!** DYDW I DDIM AM FYW RHAGOR!

FELLY EISTEDDODD JONA I DDISGWYL EI FARWOLAETH, GAN ORFFWYS RHAG GWRES Y DYDD O DAN GOEDEN FECHAN.

WEDI YCHYDIG DDIWRNODAU, FE WNAETH DUW I'R **GOEDEN** GRINO A MARW.

O! **DIOLCH YN FAWR**, DDUW! CAEL FY NANFON AR WAITH GWALLGOF, CAEL FY LLYNCU GAN ANGENFILOD YN Y MÔR... NAWR, DOES GEN I DDIM **COEDEN** HYD YN OED!

A DOEDD HI'N GWNEUD DIM **NIWED** I NEB!

JONA, PAM WYT TI'N FLIN EFO FI?

AI **TI** BLANNODD Y GOEDEN NEU EI DYFRIO? AI TI WNAETH IDDI DYFU? DAETH O DDIM MEWN DIWRNOD, AC FE AETH Y DIWRNOD WEDYN, AC ETO MAE'N FLIN GENNYT DROSTI?

MAE YNA FILOEDD AR FILOEDD O BOBL **DDIEUOG** YN NINEFE, YNGHYD Â'R EUOG, AC ETO RWYT TI WEDI GWYLLTIO EFO FI AM ARBED EU BYWYDAU, TRA DY FOD YN GALARU AM GOLLI UN PLANHIGYN!

OND... DOEDDEN NHW DDIM HYD YN OED YN **IDDEWON!!**

DOEDD Y GOEDEN DDIM CHWAITH!

STORI ESECIEL

ROEDD ESECIEL WEDI EI HYFFORDDI FEL OFFEIRIAD I WASANAETHU DUW YN Y DEML. AR EI BEN-BLWYDD YN DDEG AR HUGAIN, ROEDD I YMGYMRYD Â'I SWYDD, FEL EI DADAU O'I FLAEN. YN HYTRACH NA HYNNY, CYN Y GWARCHAE OLAF AR JERWSALEM, CYMERWYD EF, GYDA GWEDDILL Y CAETHGLUDION I FABILON, YMHELL O'I GARTREF, MEWN GWLAD DDIEITHR, YMHLITH POBL DDIEITHR.

AC AM Y 430 DIWRNOD DIWETHAF, ROEDD WEDI BOD YN GORWEDD YN Y BAW, YNG NGHANOL SGWÂR Y FARCHNAD...

DUW DDYWEDODD WRTHYF AM ORWEDD FAN HYN. MAE'R DYDDIAU... >AW, RWY'N BOENUS< ... Y DYDDIAU'N CYNRYCHIOLI'R **BLYNYDDOEDD** Y BU ISRAEL A JIWDA YN PECHU YN ERBYN YR ARGLWYDD.

ROEDDWN YN MEDDWL EI FOD AM AROS YNO **AM BYTH!**

MAE ESECIEL WEDI CODI! DYWEDWCH WRTH **BAWB!** MAE ESECIEL WEDI CODI!

PWY A ŴYR **BETH** MAE HYN YN EI OLYGU? BRYSIWCH I SGWÂR Y FARCHNAD!

YDYN NI'N MYND ADREF? YDY'R GAETHGLUD AR BEN?

MAE ESECIEL YN SEFYLL! RHAID FOD **DUW** WEDI DWEUD RHYWBETH WRTHO! EFALLAI EIN BOD AM GAEL MYND ADREF!

NEU OES YNA RYWBETH **OFNADWY** WEDI DIGWYDD? EFALLAI EIN BOD I GYD YN MYND I FARW!

FE FYDD JERWSALEM YN SYRTHIO I DDWYLO EIN GELYNION GYDA HYN, A CHAEL EI DINISTRIO. RYDYM WEDI GWNEUD PETHAU OFNADWY! YN EIN **GWIRIONDEB** A'N **GWANC** RYDYM WEDI YMDDWYN YN WAETH NA'R BOBL OEDD O'N CWMPAS!

NID YW'N DDIGON EIN BOD WEDI ANUFUDDHAU I DDUW; FE GODWYD ALLORAU I **DDIAFOL** YN Y DEML, GAN LOSGI EIN **PLANT** YN FYW, FEL ABERTHAU IDDO.

MAE BARN DUW ARNOM!

GWYLIWCH FI, A GWRANDEWCH!

EDRYCHWCH ARNAF. TRWY DORRI FY NGWALLT, RWYF YN **DIRADDIO** FY HUN O'CH BLAEN!

RWYF WEDI FY NGWNEUD FY HUN YN DESTUN ARSWYD A DINISTR, FEL JERWSALEM!

YDY E 'N GALL, DYWED?

MAE 'N EDRYCH YN DDIGON CALL I MI, ER EI FOD BRAIDD YN FOEL … WAETH INNI WRANDO ARNO.

EDRYCHWCH ARNAF YN PWYSO FY NGWALLT. YN YR UN MODD MAE DUW WEDI PWYSO EIN PECHODAU, A'N CAEL YN EUOG! MAE'R GWALLT YN EIN CYNRYCHIOLI NI, BOBL ISRAEL.

FE FYDD TRAEAN O'R BOBL YN CAEL EU LLOSGI, PAN FYDD JERWSALEM YN SYRTHIO. CYN WIRED Â BOD Y GWALLT YMA'N LLOSGI, FE FYDD JERWSALEM YN LLOSGI. A THRAEAN O'R GENEDL GYDA HI!

FE FYDD TRAEAN YN SYRTHIO WRTH Y CLEDDYF! CYN WIRED Â 'MOD I'N TORRI'R GWALLT YMA O'CH BLAEN, FE FYDD TRAEAN YN MARW DAN LAW EIN GELYNION.

FE WASGERIR Y TRAEAN SYDD YN WEDDILL I BELLAFOEDD Y BYD! FEL AG Y MAE'R GWYNT YN CARIO'R GWALLT YMA, FELLY Y BYDD GWEDDILL Y BOBL YN CAEL EU GWASGARU DROS Y BYD!

OND EDRYCHWCH, YMA YM MHLETHIADAU FY NGHLOGYN, MAE YNA YCHYDIG O WALLT AR ÔL!

DIM OND Y RHAI A GAETHGLUDWYD, Y RHAI A GUDDIWYD, FYDD YN GOROESI. ER MAI EIN PECHOD NI A BARODD EIN BOD WEDI EIN CLUDO I FABILON, FE FYDD DUW YN EIN HACHUB!

OND BETH SYDD AR ÔL I DDYCHWELYD IDDO? MAE DUW WEDI GADAEL Y DEML: MAE'R LLE'R OEDD EIN DUW YN BYW GYDA NI YN AWR YN WAG, HEBLAW AM Y DELWAU A'R FFYLIAID.

AR UN CYFNOD, HWN OEDD Y CYSEGR SANCTEIDDIOLAF. NAWR NID YW'N DDIM OND UN ADEILAD ARALL.

YN NEUDDEGFED FLWYDDYN Y GAETHGLUD, DAETH Y NEWYDDION FOD JERWSALEM, O'R DIWEDD, WEDI SYRTHIO I DDWYLO'I GELYNION.

NID OEDD ISRAEL FEL GWLAD YN BODOLI MWYACH. NID OEDD TEYRNAS Y DE, JIWDA, YN BODOLI CHWAITH, GYDA'R BOBL WEDI EU CHWALU AR DRAWS Y DDAEAR.

OND ROEDD ESECIEL YN DAL YN OBEITHIOL. FEL GWYLIEDYDD YN YR AWR DYWYLLAF CYN Y WAWR, DISGWYLIAI ESECIEL AM ADFERIAD POBL DDUW.

AC WRTH IDDO AROS, SIARADODD DUW AG EF ETO, GAN ROI IDDO WELEDIGAETH RYFEDD O DDYFFRYN, LLE'R OEDD YR AWYR YN LLONYDD A THAWEL, AC NI SYMUDAI HYD YN OED Y GWYNT DRWY ESGYRN Y RHAI MARW OEDD WEDI EU PENTYRRU YNO...

ESECIEL, BETH AM YR ESGYRN A WELI YMA? A ALLANT **FYW**? A ALL ESGYRN MARW GODI A SIARAD A CHANU FEL Y RHAI BYW?

F'ARGLWYDD, DIM OND TI SY'N GWYBOD YR ATEB I HYN!

GWYLIA'R HYN YR WYF AR FIN EI WNEUD, ESECIEL. RWYF AM ANADLU BYWYD YN ÔL I'R ESGYRN SYCHION SYDD O'TH FLAEN.

A THRA GWYLIAI ESECIEL, DAETH YR ESGYRN AT EI GILYDD, GAN FFURFIO SGERBYDAU CYFLAWN.

YNA, TYFODD CYHYRAU A GEWYNNAU, NERFAU A GWYTHIENNAU DROS YR ESGYRN, GAN YMLEDU FEL GWREIDDIAU COED.

AC YNA, LLEDODD CROEN DROS Y CYRFF. GORWEDDENT AR Y LLAWR, GAN YMDDANGOS YN FYW, OND YN GWBL LONYDD, OHERWYDD NID OEDD BYWYD YNDDYNT.

YNA, ANADLODD DUW EI YSBRYD YNDDYNT, A CHODASANT O FLAEN LLYGAID ESECIEL.

ESECIEL, YR ESGYRN HYN YW TŶ **ISRAEL**. MAENT YN YMDDANGOS YN FARW, EU BYWYD A'U GOBAITH WEDI DIFLANNU, OND RWYF I'N DDUW IDDYNT!

RWYF AM EU HADFER, AM EU CARIO'N ÔL I ISRAEL, AC ANADLU FY YSBRYD ARNYNT, YNA FE WYDDANT MAI MYFI YW YR **ARGLWYDD**!

BYDDAF YN DOD I GYFAMOD TRAGWYDDOL Â HWY. BYDDAF YN BYW GYDA HWY AM BYTH. BYDDAF YN DDUW IDDYNT, A HWY FYDD FY MHOBL I.

FE WNAF FY NHEML NEWYDD YN EU PLITH, AC NI CHAIFF EI DINISTRIO BYTH – AC YNA FE FYDD POB CENEDL YN GWYBOD FY MOD WEDI GWNEUD ISRAEL YN **SANCTAIDD**, A'U DEWIS O FLAEN PAWB ARALL I FOD YN EIDDO I MI AM BYTH.

NID FEL DWY DEYRNAS WEDI EU GWAHANU, OND FEL **UN** GENEDL. FE LYWODRAETHIR ARNYNT GAN FRENIN FEL **DAFYDD**, AC NI FYDDANT BYTH ETO YN CEFNU ARNAF, NA SYRTHIO I DDRYGIONI!

STORI DANIEL

FE GYMERODD NEBUCHADNESAR, BRENIN BABILON, LAWER O'R ISRAELIAID – NEU IDDEWON FEL Y'U GELWID – YN GARCHARORION, GAN EU LLUSGO MEWN CADWYNAU I'W BALAS YM MABILON.

HWN OEDD BRENIN Y GENEDL FWYAF AR Y DDAEAR, AC NI ALLAI NEB EI DRECHU.

FE YSBEILIODD Y DEML, GAN FYND Â'R TRYSORAU O AUR AC ARIAN FEL YSBAIL RHYFEL.

ROEDD PEDWAR GŴR IFANC YMHLITH Y CAETHGLUDION YM MABILON – SADRACH, MESACH AC ABEDNEGO, YNGHYD Â'U FFRIND **DANIEL** – AC FE DDEWISWYD Y PEDWAR I GAEL EU HYFFORDDI FEL CYNGHORWYR ARBENNIG YN Y LLYS BRENHINOL. FE WRTHODODD Y PEDWAR ISRAELIAD FANTEISION BYWYD Y LLYS, GAN GADW AT GYFREITHIAU'R GWIR DDUW.

TI YW'R MWYAF GALLUOG O'R CYFAN, DANIEL. RWYT TI'N MEDRU DEHONGLI FY MREUDDWYDION YN WELL NA'M HOLL DDOETHION. TI FYDD FY MHRIF GYNGHORWR – RHAID FOD DY DDUW DI YN RYMUS IAWN.

NI ALLAF OND ADRODD YR HYN Y MAE DUW WEDI EI DDWEUD WRTHYF FI.

OND ANGHOFIODD NEBUCHADNESAR AM DDUW DANIEL YN FUAN IAWN, AC FE ADEILADODD **DDELW** AUR ANFERTH, GAN OBEITHIO Y BYDDAI'R BOBL YN EI HADDOLI. GALWODD HOLL SWYDDOGION Y DEYRNAS YNGHYD I GYFARFOD I GYSEGRU'R DDELW.

DAETH POB BARNWR, CYFREITHIWR A CHOMISIYNWR AT Y DDELW, AC YMGRYMU O'I BLAEN. DAETH PAWB, HEBLAW'R **ISRAELIAID** –

PAM NAD YDYCH YN **PENLINIO**?! RHODDAIS **ORCHYMYN** I CHI!

EICH MAWRHYDI, **ISRAELIAID** YDYM NI. NID OES GENNYM HAWL ADDOLI DELWAU. CHAWN NI DDIM ADDOLI DIM HEBLAW YR UN GWIR DDUW.

YNA, GADEWCH IDDO **EF** EICH ACHUB, OS GALL WNEUD HYNNY!

WARCHODWYR! CYMERWCH Y BRADWYR HYN A'U TAFLU I'R FFWRN! LLOSGWCH NHW'N FYW!

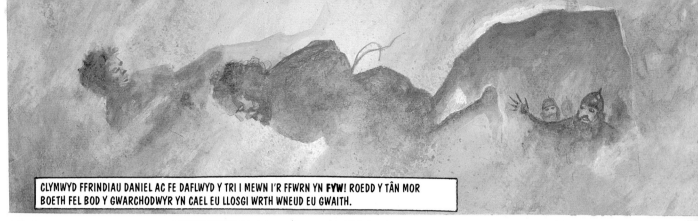

CLYMWYD FFRINDIAU DANIEL AC FE DAFLWYD Y TRI I MEWN I'R FFWRN YN **FYW**! ROEDD Y TÂN MOR BOETH FEL BOD Y GWARCHODWYR YN CAEL EU LLOSGI WRTH WNEUD EU GWAITH.

DYNA NI! NID OES YR UN DUW ALL EICH **ACHUB** YN AWR!

CAWSOCH EICH RHYBUDDIO, OND NID OEDDECH AM **WRANDO**! DOES DIM . . .

. . .! BETH YW HYN? PAM FOD **PEDWAR** O DYNION YN Y FFWRN?!

EICH MAWRHYDI, DIM OND **TRI** GAFODD EU TAFLU I MEWN I'R FFWRN; **AR FY LLW**!

MAE'R PEDWERYDD YN WAHANOL – MAE'N EDRYCH FEL ANGEL DUW!

MOLER DUW EICH POBL! FE FENTROCH CHI EICH BYWYDAU DRWY BEIDIO AG ADDOLI UNRHYW DDUW HEBLAW EICH DUW CHI! AC EDRYCHWCH! MAE'R RHAFFAU WEDI EU LLOSGI I FFWRDD, OND DOES DIM NIWED ARNOCH CHI! MAE EICH DUW WEDI EICH **ACHUB**!

O HYN YMLAEN, OS BYDD **UNRHYW** DDYN YN DWEUD YN OFER AM EICH DUW, YNA FE FYDDAF I, Y **BRENIN**, YN GORCHYMYN IDDO GAEL EI RWYGO'N DDARNAU!

EF YN UNIG SYDD DDUW!

FE FU FARW'R BRENIN NEBUCHADNESAR TRA OEDD YN CREDU YN NUW ISRAEL, OND NID OEDD EI FAB, BELSASSAR, YN CREDU NAC YN POENI.

UN NOSON, CYNHALIODD BELSASSAR BARTI I HOLL ARGLWYDDI A PHENDEFIGION BABILON.

FE YFWYD O'R CWPANAU HYNNY OEDD UNWAITH WEDI CAEL EU DEFNYDDIO YN Y DEML YN **JERWSALEM**, OEDD ERBYN HYN WEDI'I DINISTRIO. TREF FARW, OEDD WEDI EI HANGHOFIO GAN BAWB, MEWN GWLAD BELL I FFWRDD.

LLWNCDESTUN! LLWNCDESTUN I FABILON, YR YMERODRAETH FWYAF A WELODD Y BYD ERIOED! RYDYM WEDI CONCRO POPETH A WELODD EIN LLYGAID! RYDYM WEDI CYMRYD POPETH YR OEDDEM EI EISIAU! NI ALL **DIM** DDOD YN EIN HERBYN! **DIM**!

WRTH I BELSASSAR ORFFEN SIARAD, YMDDANGOSODD **LLAW** RYFEDD O UNMAN, A DECHRAU **YSGRIFENNU** AR WAL Y PALAS!

WARCHODWYR! ACHUBWCH FI!

DANFONWCH AM FY NOETHION AR UNWAITH! RWYF AM WELD Y SWYNWYR, Y SÊR-DDEWINIAID A DOETHION BABILON YMA YMHEN YR **AWR**! NI DDIGWYDDODD **DIM** FEL HYN YN EIN HANES! PEIDIWCH Â LOETRAN! **EWCH**!

FEL HYN Y BU I **DANIEL** DDOD WYNEB YN WYNEB Â'R BRENIN...

EICH MAWRHYDI?

MAE'R **HEN** FRENHINES, GWEDDW NEBUCHADNESAR, YN SIARAD YN **DDA** AMDANAT TI, DANIEL. **ESBONIA** YR YSGRIFEN, AC FE GEI BETH BYNNAG Y DYMUNI.

CADW DY RODDION! NI ALLAF OND DWEUD WRTHYT YR HYN MAE FY NUW YN EI DDWEUD WRTHYF. MAE'N DWEUD: 'RHIFAU, PWYSAU, RHANIADAU', A DYMA PAM: 'RHIFAU', OHERWYDD BOD DUW WEDI RHIFO DYDDIAU DY YMERODRAETH A'I DWYN I BEN. 'PWYSAU' OHERWYDD DY FOD WEDI DY BWYSO YNG NGHLORIAN DUW A'TH GAEL YN BRIN, A 'RHANIADAU', OHERWYDD FE RENNIR DY YMERODRAETH.

DY DAD, NEBUCHADNESAR, OEDD Y DYN CRYFAF AR WYNEB Y DDAEAR, AC ETO, YN Y DIWEDD, DAROSTYNGODD EI HUN GERBRON DUW. NI **WNAETHOST** TI. YFAIST O'R CWPANAU OEDD WEDI EU DWYN O'R **DEML**, GAN ADDOLI DUWIAU O BREN A METEL YN HYTRACH NA'R **DUW BYW**. MAE'R GEIRIAU'N SILLAFU **DIWEDD** Y FABILON YR WYT **TI'N** EI HADNABOD.

WRTH IDDO GLYWED GEIRIAU DANIEL, **GWYDDAI** BELSASSAR EU BOD YN WIR. YN HWYRACH YMLAEN Y NOSON HONNO, CIPIODD **DAREIUS**, BRENIN Y MEDIAID, RYM YN Y BRIFDDINAS. BU FARW BELSASSAR CYN Y WAWR.

NID OEDD DAREIUS YN FFŴL, A BU'N BRYSUR O'R CYCHWYN YN SICRHAU FOD LLYWODRAETH BELSASSAR YN DEYRNGAR IDDO.

CLYWAIS AIR DA AMDANAT, **DANIEL**. RWYF AM DY WNEUD YN UN O'M PRIF ORUCHWYLWYR.

MAE HYN YN ANOBEITHIOL! MAE'R BRENIN NEWYDD YN GWENIEITHIO DANIEL GYMAINT Â'R HEN UN! OS YDYM AM **UNRHYW** OBAITH O DDYRCHAFIAD, RHAID CAEL GWARED AR DANIEL UNWAITH AC AM BYTH!

EI **GREFYDD** YW EI UNIG WENDID! EFALLAI Y GALLWN DDEFNYDDIO HYNNY I'W FAGLU.

FE GYNIGIAF FOD Y BRENIN YN CYHOEDDI **GORCHYMYN** – NA CHAIFF NEB OFYN I **UNRHYW** DDUW AM UNRHYW BETH AM FIS! YN HYTRACH RHAID IDDYNT DDOD I OFYN I'R **BRENIN**!

FELLY, DERBYNIWYD Y GORCHYMYN. CYN GYNTED AG Y CLYWODD DANIEL Y NEWYDDION, AETH YN SYTH I'W YSTAFELL, SEFYLL O FLAEN EI FFENESTR AGORED –

A GWEDDÏO.

YN UCHEL.

FE DDAETH YR YMATEB AR UNWAITH. ROEDD Y BRENIN WEDI RHOI GORCHYMYN NA ELLID EI DDIDDYMU. ROEDD DANIEL I'W DAFLU I FFAU'R LLEWOD.

DANIEL! BETH YN Y BYD OEDD YN DY FEDDWL DI? AI **ANGHOFUS** OEDDET TI?

EICH MAWRHYDI, GWEDDÏAIS YN FWRIADOL, FEL Y BYDDAF BOB AMSER YN EI WNEUD.

YNA, BYDDED I DY DDUW DRUGARHAU WRTHYT.

FELLY, FE RODDWYD DANIEL MEWN FFAU GYDA'R LLEWOD, A RHODDWYD CARREG FAWR DROS Y FYNEDFA.

Y NOSON HONNO, NI ALLAI'R BRENIN GYSGU. DANFONODD EI WEISION I FFWRDD PAN DDAETHANT Â BWYD A DIDDANWCH IDDO.

BYDDAI LLYWODRAETHU'R DEYRNAS YN WAITH LLAWER MWY ANODD HEB DDOETHINEB A DEWRDER DANIEL.

AR DORIAD Y DYDD, **RHEDODD** Y BRENIN AT Y FFAU, GAN ORCHYMYN Y GWARCHODWYR –

SYMUDWCH Y GARREG, A THORRWCH Y SÊL AR Y CAETS! RHAID IMI WELD DROSOF FY HUN!

DANIEL, A LWYDDODD Y DUW YR WYT YN EI WASANAETHU I'TH **ACHUB**?

STORI ESTHER

AR HYD CYFNOD Y GAETHGLUD, DALIAI'R IDDEWON YN DYNN AT YR ADDEWID Y CAENT RYW DDYDD DDYCHWELYD I ISRAEL.

YNG NGWLAD **PERSIA**, WYNEBAI'R CAETHGLUDION BERYGLON OFNADWY, OND FE ACHUBWYD Y GENEDL RHAG DIFODIANT GAN DDEWRDER UN WRAIG.

ESTHER OEDD Y WRAIG DLYSAF YN NHEYRNAS PERSIA. ER MAI GWRAIG O ISRAEL OEDD HI, FE'I GWNAED YN **FRENHINES** PERSIA GAN Y BRENIN AHASFERUS.

ROEDD GAN ESTHER GEFNDER O'R ENW MORDECAI, AC UN TRO ROEDD YN DADLAU GYDA LLYWODRAETHWR Y BRENIN.

MORDECAI, PAM WYT TI'N GWRTHOD PENLINIO O'M BLAEN? PAM NAD WYT YN DIOLCH I'N DUWIAU EU BOD WEDI FY NGOSOD FEL LLYWODRAETHWR I'R BRENIN?

RWY'N **IDDEW**, HAMAN. DIM OND O FLAEN **DUW** Y MAE FY MHOBL YN PENLINIO.

YNA FE WNAF YN SIŴR DY FOD YN EDIFAR AM DY FFOLINEB! BYDD Y SARHAD YMA'N SIŴR O DDOD Â DIALEDD!

AR WAETHAF HYNNY, RHAID IMI GADW AT FY NGAIR.

O, FAWRHYDI YMERODRAETHOL, MAE RHAI O'R ESTRONIAID YMA YN ANUFUDD I'TH EWYLLYS, O ARGLWYDD A MEISTR DYRCHAFEDIG.

A BETH WYT TI'N AWGRYMU Y DYLWN EI WNEUD?

EU **DINISTRIO**. YN GYFAN GWBL. POB UN OHONYNT, GAN GYNNWYS Y GWRAGEDD A'R PLANT – RHAID CAEL GWARED Â'R TERFYSGWYR YMA UNWAITH AC AM BYTH!

NI WYDDAI'R BRENIN FOD ESTHER YN **IDDEWES**. GORCHMYNNODD FOD PAWB O'I HIL I'W LLADD YMHEN Y MIS.

ESTHER, O HOLL BOBL PERSIA, DIM OND **TI** ALL EIN HACHUB!

OND ALLA I DDIM MYND AT Y BRENIN. MAE UNRHYW UN SY'N MYND ATO HEB IDDO EI ALW YN CAEL EI LADD.

DWYT TI DDIM YN GWELD? OS BYDDWN NI FARW, DYNA DDIWEDD AR GYNLLUN DUW. EFALLAI MAI DYMA'R RHESWM PAM Y CEST **TI** DY WNEUD YN FRENHINES, ER MAI IDDEWES WYT TI!

FELLY, GAN WYNEBU'R PERYGL I'W BYWYD, NESAODD ESTHER AT Y BRENIN, GAN EI WAHODD, YNGHYD Â HAMAN Y LLYWODRAETHWR, I WLEDD.

ER Y GALLAI'R FATH SYNIADAU ANNIBYNNOL ARWAIN AT EI MARWOLAETH, ROEDD ESTHER MOR BRYDFERTH FEL NA ALLAI'R BRENIN WRTHOD DIM IDDI!

Y NOSON HONNO, YN Y WLEDD, ESTYNNODD ESTHER WAHODDIAD ARALL IDDYNT I WLEDD Y NOSON GANLYNOL. BYDDAI'N GWNEUD EI CHAIS BRYD HYNNY.

ROEDD HAMAN WRTH EI FODD GYDA'R SYLW A'R WENIAITH.

NOSON HYFRYD, HAMAN.

Y CI IDDEWIG! ROEDDWN **YN** CAEL NOSWAITH HYFRYD NES IMI WELD DY WYNEB ATGAS DI! O LEIAF NI FYDD RAID IMI EDRYCH ARNAT AM LAWER O AMSER ETO!

CYCHWYNNODD HAMAN AR UNWAITH AR Y GWAITH O ADEILADU'R CROCBREN LLE Y BYDDAI MORDECAI YN CAEL EI GROGI.

YDY HYN YN DDIGON UCHEL, F'ARGLWYDD?

YN UWCH. RWYF AM I BAWB WELD BETH SY'N DIGWYDD I FY – HYNNY YW, I ELYNION Y BRENIN.

Y NOSON HONNO, NI ALLAI'R BRENIN GYSGU, FELLY DANFONODD AM Y COFNODION BRENHINOL – BYDDAI EU DARLLEN YN SIŴR O'I HELPU I GYSGU!

OND WRTH IDDO DDARLLEN Y RHAI DIWEDDARAF, DAETH AR DRAWS DIGWYDDIAD DIDDOROL.

'MORDECAI'. CHLYWAIS I ERIOED AMDANO, OND MAE SÔN YN Y FAN YMA EI FOD WEDI DATGELU CYNLLWYN GAN WARCHODWYR Y PALAS.

FE ACHUBODD Y DYN YMA FY MYWYD. OND DOES NEB HYD YN OED WEDI EI GYDNABOD AM EI DDEWRDER! MAE HYN YN OFNADWY!

A, HAMAN! GWRANDA, RWYF AM ITI ANRHYDEDDU DYN O'R ENW MORDECAI! FE ACHUBODD Y DYN FY MYWYD, AC ETO DOES NEB WEDI CLYWED AMDANO! WYT TI'N EI ADNABOD?

YY... MAE'R ENW'N CANU RHYW FATH O GLOCH, EICH MAWRHYDI.

GWNA IDDO ORYMDEITHIO DRWY'R STRYDOEDD AR GEFN FY NGHEFFYL, A RHO GANIATÂD IDDO WISGO FY NGHLOGYN, A DYWED WRTH Y BOBL AM EI GLODFORI.

NAWR, FY MRENHINES BRYDFERTH, RYDYM YN BWYTA GYDA'N GILYDD ETO. SUT Y MEDRAF DALU'N ÔL ITI AM DY LETYGARWCH?

EICH MAWRHYDI, GOFYNNAF I CHI ARBED FY MYWYD!

...DY FYWYD? BETH WYT TI'N FEDDWL?

RWYT TI WEDI CYHOEDDI GORCHYMYN I LADD POB UN O'M POBL. MAE HYNNY NID YN UNIG YN FY NGHYNNWYS I, OND MORDECAI HEFYD, YR UN RWYT TI AM EI ANRHYDEDDU! RYDYM ILL DAU YN IDDEWON.

GWAITH HAMAN YW HYN! MAE AM EIN DINISTRIO AM FOD MORDECAI WEDI GWRTHOD EI DRIN FEL BRENIN!

YDY HYN YN WIR, HAMAN? OEDDET TI'N CYNLLWYNIO DIAL AM NAD OEDD Y DYN YMA YN DY WENIEITHIO?

FY ARGLWYDD, RWYF – RWYF– HYNNY YW . . .

RWY'N CREDU EIN BOD WEDI DARGANFOD DEFNYDD GWELL I'R CROCBREN!

FE GROGWYD HAMAN, AC FE WNAED MORDECAI YN LLYWODRAETHWR YN EI LE. ROEDD YN ŴR DOETH A THEG, AC ROEDD Y BOBL OEDD O DAN EI LYWODRAETH YN MEDDWL Y BYD OHONO.

LLWYDDODD YR IDDEWON I OSGOI CAEL EU DIFA, AC FE FEDDALWYD CALONNAU'R PERSIAID TUAG ATYNT. NID YN UNIG FE FYDDAI HIL TŶ DAFYDD YN GOROESI, OND YN FUAN BYDDENT YN CAEL MYND ADREF...

STORI ESRA A NEHEMEIA

DAETH BLYNYDDOEDD HIR Y GAETHGLUD I BEN.

SYRTHIODD TEYRNAS FAWR BABILON I CYRUS, BRENIN PERSIA, A PHENDERFYNODD EF RYDDHAU'R IDDEWON O'U CAETHGLUD.

O'R DIWEDD, GALLENT DDYCHWELYD I'R WLAD Y SONIAI EU TEIDIAU A'U NEINIAU AMDANI. AM YR **AIL** WAITH YN EU HANES, GWELWYD YR ISRAELIAID YN CYCHWYN YN ÔL I WLAD YR ADDEWID.

O'R DIWEDD, MAENT YN CYRRAEDD **JERWSALEM**.

ROEDD Y DDINAS YN ADFAIL, YN DAWEL, AR WAHÂN I SŴN YR ANIFEILIAID GWYLLT OEDD YN CRWYDRO AR HYD Y STRYDOEDD A FU UNWAITH YN LLAWN POBL. MAE'R WALIAU A CHWALWYD YN GORWEDD FEL ESGYRN MARW YN YR HAUL POETH ...

RYDYN NI'N CYTUNO, FELLY? GYDA'R WAWR, FE DDECHREUWN AR Y GWAITH AILADEILADU. OND **RHAID** I'R DEML FOD AR FRIG Y RHESTR.

CYN GYNTED AG Y BYDDWN WEDI GOSOD Y **SYLFEINI**, GALLWN DDECHRAU OFFRYMU ABERTHAU ETO. GALLWN ADEILADU'R TO A'R WALIAU O **AMGYLCH** YR ALLOR OS BYDD ANGEN.

FELLY, FE DDECHREUWYD AR Y GWAITH – GAN AILDDEFNYDDIO DEUNYDDIAU'R HEN DEML I ADEILADU'R DEML NEWYDD.

OND, ER BOD Y RHAI IFANC YN GWEIDDI MEWN **LLAWENYDD** WRTH I BOB CARREG GODI'R MUR YN UWCH AC YN UWCH, ROEDD YR HENOED, OEDD YN COFIO'R HEN JERWSALEM, YN CUDDIO EU PENNAU AC YN CRIO MEWN **CYWILYDD**.

CYN GYNTED AG Y CYCHWYNNWYD AR Y GWAITH O AILADEILADU, CYCHWYNNODD Y PROBLEMAU A OEDD I'W PLAGIO AR HYD Y CYFNOD ADEILADU.

MAE EIN CYMDOGION WEDI BOD YN EIN GWYLIO'N OFALUS AR HYD Y MISOEDD. MAENT AM YMUNO Â NI YN Y GWAITH O ADEILADU'R DEML. BETH BYNNAG SY'N DIGWYDD, WNAWN NI **BYTH** GANIATÁU HYN!

OND MAE ARNOM ANGEN HELP!

TRA OEDDEM NI MEWN GWLAD DDIEITHR, BU'R BOBL HYN YN ADDOLI DUWIAU ERAILL. MAENT AM YCHWANEGU EU DUWIAU HWY AT EIN DUW NI YN Y DEML, A **DYNA** ACHOSODD EIN TRANC Y TRO DIWETHAF!

AR WAETHA'R HOLL ANAWSTERAU, FE ADEILADWYD Y DEML MEWN 20 MLYNEDD, OND ROEDD YN RHAID I'R MURIAU AROS ...

NID OEDD Y BOBL LEOL YN HOFFI CAEL EU GWRTHOD, AC YN FUAN ROEDD YR ADEILADWYR EU HUNAIN YN DARGED CYNLLWYNION GWLEIDYDDOL, ENLLIB AC – YN Y DIWEDD – TRAIS.

DAETH Y NEWYDD AM Y CWERYLA YN JERWSALEM I GLYW ISRAELIAID OEDD YN BYW MEWN RHANNAU ERAILL O'R YMERODRAETH.

DAETH Y GAIR YN ÔL I FABILON AM YMOSODIADAU O DU LLWYTHAU CYFAGOS, A CHWERYLON MEWNOL, AC AM JERWSALEM, A'I MURIAU'N DDIM MWY NAG ADFAIL.

UN O'R RHAI A GLYWODD OEDD PEN DRULLIAD Y BRENIN ...

NEHEMEIA, RWYT TI'N EDRYCH MOR ... MOR **DRIST**.

YCHYDIG IAWN O BOBL SYDD **Â'R WYNEB** I YMDDANGOS O'M BLAEN HEB FOD YN DDIM LLAI NAG **ECSTATIG**! WYT TI'N **SÂL**?

EICH MAWRHYDI, MADDEUWCH IMI! RWYF WEDI EICH GWASANAETHU'N FFYDDLON DRWY GYDOL FY MYWYD. OND MAE'R NEWYDDION AM FY NGHYD-WLADWYR YN JERWSALEM WEDI CYRRAEDD, AC RWY'N METHU CYSGU OHERWYDD FY NGOFID.

YNA RWYT TI'N **RHYDD**, NEHEMEIA. CEI FYND I CHWILIO AM DY BOBL DY HUN. CEI DDYCHWELYD PAN FYDD DY WAITH GYDA HWY WEDI GORFFEN.

FELLY FE DDILYNODD NEHEMEIA DDYMUNIAD EI GALON. GYDA CHEFNOGAETH Y BRENIN, CYCHWYNNODD AR EI DAITH AM JERWSALEM AR EI BEN EI HUN.

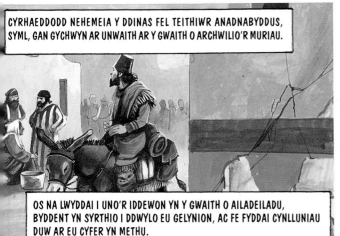

CYRHAEDDODD NEHEMEIA Y DDINAS FEL TEITHIWR ANADNABYDDUS, SYML, GAN GYCHWYN AR UNWAITH AR Y GWAITH O ARCHWILIO'R MURIAU.

OS NA LWYDDAI I UNO'R IDDEWON YN Y GWAITH O AILADEILADU, BYDDENT YN SYRTHIO I DDWYLO EU GELYNION, AC FE FYDDAI CYNLLUNIAU DUW AR EU CYFER YN METHU.

WYLIWR, OES YNA UNRHYW FFORDD Y MEDRAF FYND YMHELLACH NA HYN?

DIM OND AR DROED. MAE CYMAINT O RWBEL WEDI PENTYRRU WRTH Y PORTH YMA FEL Y BYDD YN RHAID ITI STRYFFAGLIO AR DY LINIAU. MAE WEDI BOD FEL HYN ERS CYN COF.

YNA MAE'N BRYD GWNEUD RHYWBETH! DOS Â NEGES DROSOF AT HENURIAID Y DDINAS —

DYWED WRTHYNT FOD **NEHEMEIA**, PEN DRULLIAD Y **BRENIN** YM MABILON, AM EU GWELD. MAE'R GWAITH O AILADEILADU'R MUR YN CYCHWYN **YFORY**!

DAN ARWEINIAD NEHEMEIA, CYCHWYNNWYD AR Y GWAITH AR UNWAITH — OND ROEDD DIGON O ANAWSTERAU'N CODI.

WYT TI WEDI GWELD MAINT Y DYRFA LAWR FAN YNA? MAEN NHW'N MYND YN FWY BLIN GYDA PHOB CARREG SY'N CAEL EI GOSOD!

WEL, PAID Â RHYTHU ARNYN NHW, A THRYD I ROI HELP I MI. RHAID INNI ORFFEN CYN GYNTED AG SY'N BOSIB. BETH BYNNAG, WYDDON NI DDIM A YDYN NHW O DDIFRI AI PEIDIO, NA PHA MOR DDA MAEN NHW'N MEDRU **ANELU**!

AAA!!!

WEL, FE GEFAIST DY ATEB!

TUA THRIGAIN MLYNEDD WEDI I'R DON GYNTAF O GAETHGLUDION DDYCHWELYD, CYCHWYNNODD GRŴP ARALL AR Y DAITH BELL A PHERYGLUS YN ÔL I JERWSALEM, O DAN ARWEINIAD ESRA.

TRWY RAS DUW, RWYF WEDI ENNILL FFAFR YR YMERAWDR A'I LYS; MAE'R ARGLWYDD DDUW WEDI RHOI HYDER IMI, AC YN AWR . . . YN AWR GALLWN FYND ADREF.

OND WEDI CYRRAEDD JERWSALEM, DAETH YN AMLWG NAD OEDD PETHAU'N RHY DDA, ER BOD Y GWAITH AR Y DEML WEDI'I GWBLHAU.

ARGLWYDD DDUW ISRAEL, RWYT TI'N GYFIAWN, AC ETO RWYT WEDI CANIATÁU INNI OROESI. RYDYM YN CYFFESU EIN HEUOGRWYDD O'TH FLAEN; NID OES GENNYM HAWL I DDOD I'TH BRESENOLDEB.

ONID FEL HYN Y DECHREUODD EIN TRAFFERTHION?

WEDI EI LETHU GAN ALAR AC ANOBAITH, RHWYGODD ESRA EI DDILLAD A THORRI EI WALLT.

ALLA I DDIM CREDU FY NGHLUSTIAU! SUT FOD GAN Y BOBL GOF MOR FYR?! RHAID INNI DDILYN CYFRAITH DUW, AC MAE HYNNY'N GOLYGU DIM PRIODI Y TU ALLAN I'N CYMUNED NI.

DOES DIM FFORDD RWYDD O DDWEUD HYN! AC NID YW HYN YN BETH RHWYDD I'W WNEUD CHWAITH. OND MAE'N RHAID I'R RHAI HYNNY OHONOCH SYDD WEDI PRIODI Y TU ALLAN I'N CYMUNED YMWAHANU ODDI WRTH EICH GWRAGEDD AR UNWAITH.

MAE DUW WEDI RHOI CYFLE ARALL I NI I AILADEILADU EIN CENEDL, OND OS BYDDWN NI'N ANUFUDD, FE GOLLWN Y CYFLE! RYDYM NAILL AI YN DERBYN HYN NEU YN TRENGI.

TRA ROEDD ESRA'N WYLO A GWEDDÏO, DAETH TYRFA O ISRAELIAID YNGHYD. DAETH DAU YMLAEN. SIARADODD UN AR RAN Y DYRFA.

RYDYM WEDI TORRI EIN HADDEWID I DDUW. DANGOS INNI SUT MAE PURO EIN HUNAIN. ARWAIN NI, ESRA. DYSGA NI AC FE WNAWN YR HYN Y MAE DUW YN EI ORCHYMYN.

FELLY, FE DDECHREUODD ESRA AR EI WAITH. DANFONWYD NEGES DRWY JERWSALEM A HOLL WLAD JIWDEA, GAN ALW AR BAWB OEDD WEDI DYCHWELYD O'R GAETHGLUD I GYFARFOD YN SGWÂR Y DEML YMHEN TRIDIAU.

ROEDD Y DYRFA'N GWYBOD FOD ESRA YN DWEUD Y GWIR: RHAID DILYN CYFRAITH DUW, NEU WYNEBU'R CANLYNIADAU.

A **DYNA'R** ATEB? RYDYM I FYND I'R DEML, DYDD AR ÔL DYDD, BLWYDDYN AR ÔL BLWYDDYN, AC I **BETH**?

MAE DUW YN EIN **CLYWED**, RWY'N GWYBOD HYNNY, OND PAM NAD YDYM BYTH YN EI GLYWED **EF** FEL Y GWNAETH EIN TADAU?

YN YR HEN DDYDDIAU BYDDAI DUW YN DOD ATOM MEWN **TÂN** FEL **STORM** NEU DDAEARGRYN, OND NAWR...HY!

'SGWN I **PAM** RYDYN NI'N CADW'R HOLL **DDEFODAU** HYN? OS YW DUW AM GADW'N DAWEL AM BYTH, BETH YW'R PWYNT?

OHERWYDD BOD DUW YN EICH **CARU**.

OHERWYDD BOD EICH DUW YN CREDU EICH BOD YN **WERTH Y DRAFFERTH**. RYDYCH YN SWNIAN FEL PLANT, GAN FWMIAN EICH GWEDDÏAU FEL PE BAECH YN HANNER CYSGU.

OND **MALACHI**, RWYT YN GWYBOD CYSTAL Â NEB NAD YW DUW WEDI GWNEUD DIM ERS **CANRIFOEDD**!

FE FYDD DUW YN DIDOLI'R DA A'R **DRWG**. FE FYDD YN ACHUB Y RHAI UFUDD, GAN DDANFON EI DRUGAREDD FEL YR **HAUL**, A'I IECHYD FEL **PELYDRAU**'R HAUL.

FEL YR **HAUL** ...

FE **FYDD** DUW YN CERDDED YN Y DEML HON ETO.

OND YN **GYNTAF**, FE FYDD YN DANFON EI NEGESYDD O'I FLAEN. PAN WELWCH EF, YNA FE FYDDWCH YN **GWYBOD** FOD DUW AR EI FFORDD!

BU GEIRIAU MALACHI YN AROS AM **400 MLYNEDD**. PEDAIR CANRIF O ORESGYN, RHYFELOEDD A GWRTHDARO. OND LLEFARODD MALACHI Y GWIRIONEDD. FE **FYDDAI** DUW YN CERDDED YN Y DEML ETO . . .

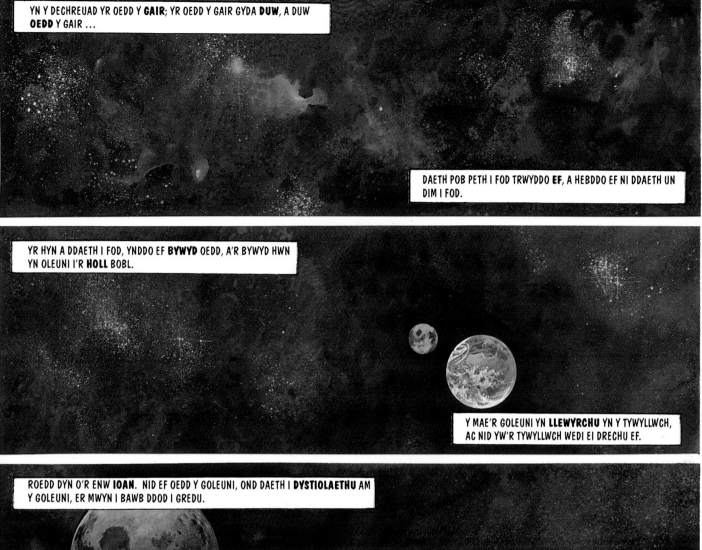

YN Y DECHREUAD YR OEDD Y **GAIR**; YR OEDD Y GAIR GYDA **DUW**, A DUW **OEDD** Y GAIR ...

DAETH POB PETH I FOD TRWYDDO **EF**, A HEBDDO EF NI DDAETH UN DIM I FOD.

YR HYN A DDAETH I FOD, YNDDO EF **BYWYD** OEDD, A'R BYWYD HWN YN OLEUNI I'R **HOLL** BOBL.

Y MAE'R GOLEUNI YN **LLEWYRCHU** YN Y TYWYLLWCH, AC NID YW'R TYWYLLWCH WEDI EI DRECHU EF.

ROEDD DYN O'R ENW **IOAN**. NID EF OEDD Y GOLEUNI, OND DAETH I **DYSTIOLAETHU** AM Y GOLEUNI, ER MWYN I BAWB DDOD I GREDU.

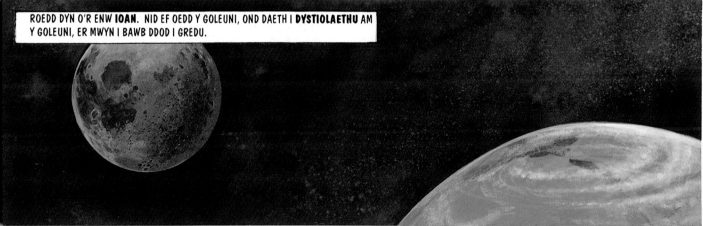

YR OEDD Y **GWIR** OLEUNI, SY'N GOLEUO PAWB, EISOES YN DOD I'R **BYD**!

ROEDD DUW YN DATGELU'R RHAN NESAF O'I GYNLLUN MAWR, YN GWEITHREDU AR YR HYN A DREFNWYD GANRIFOEDD YN ÔL, CYN GENI AMSER.

AC YN ÔL EI ARFER NID OEDD DUW AM GYCHWYN Â BRENHINOEDD A BRENINESAU, OND Â DYNION A GWRAGEDD CYFFREDIN IAWN ...

PALESTEINA YNG NGHYFNOD Y TESTAMENT NEWYDD

CESAREA PHILIPI

GALILEA

CAPERNAUM

BETHSAIDA

MAGDALA

MÔR GALILEA

Y MÔR CANOLDIR

NASARETH

AFON IORDDONEN

SAMARIA

JWDEA

JERICHO

JERWSALEM

BETHANIA

BETHLEHEM

Y MÔR MARW

HEBRON

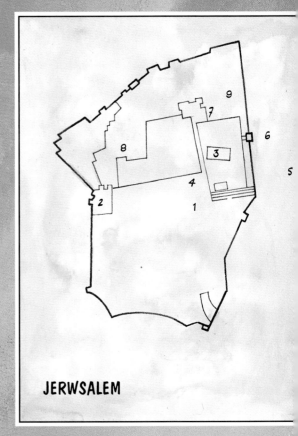

JERWSALEM

MYNEGAI

1. Y PALAS HASMONAIDD
2. Y PALAS BRENHINOL
3. Y DEML
4. Y SANHEDRIN
5. MYNYDD YR OLEWYDD
6. GETHSEMANE
7. Y GWARCHODLU RHUFEINIG
8. GOLGOTHA
9. PWLL BETHESDA

MAE'R HANES YN CYCHWYN AG **OFFEIRIAD**, HEN ŴR O'R ENW SACHAREIAS, YN Y DEML YN JERWSALEM, AR DDIWRNOD PWYSICAF EI FYWYD...

O DDUW SANCTAIDD, DISGWYLIAIS TRWY GYDOL FY MYWYD I'R DIWRNOD HWN GYRRAEDD. I GAEL FY NEWIS YN OFFEIRIAD I DROEDIO YN Y LLE MWYAF SANCTAIDD YN Y DEML I GYD.

ARGLWYDD DDUW, MAE ISRAEL GYFAN YN DISGWYL I TI EIN HACHUB. RWYF FINNAU A'M GWRAIG WEDI DISGWYL AM OES AM EIN **PLENTYN** EIN HUNAIN – OND MAE'N RHY HWYR BELLACH.

OND NID YW'N RHY HWYR I ISRAEL. F'ARGLWYDD DDUW – DANFON YR UN A ADDEWAIST, Y GWAREDWR, Y MESEIA. MOLAF DY ENW'N DRAGWYDDOL.

PAID AG OFNI, SACHAREIAS! FE GLYWODD DUW DY WEDDI! FE **FYDD** DY WRAIG YN CAEL PLENTYN, A'I ENW FYDD IOAN.

FE FYDD YSBRYD YR ARGLWYDD YN NERTHOL YNDDO, FEL ELIAS EI HUN YN Y DYDDIAU A FU!

PWY – PWY **WYT** TI, SYR?!

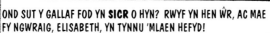

OND SUT Y GALLAF FOD YN **SICR** O HYN? RWYF YN HEN ŴR, AC MAE FY NGWRAIG, ELISABETH, YN TYNNU 'MLAEN HEFYD!

YR ANGEL GABRIEL WYF FI, SY'N SEFYLL YM MHRESENOLDEB **DUW**, AC O'TH FLAEN DI! FE GAIFF DY FAB EI LENWI Â'R YSBRYD GLÂN. BYDD YN TROI LLAWER O BOBL YN ÔL AT DDUW AC YN PARATOI'R FFORDD I'R BRENIN MAWR A FYDD YN EI DDILYN – Y **MESEIA**!

FE **FYDD** YN DIGWYDD, YN **UNION** FEL Y SONIAIS. OND AM I TI AMAU, FE ROF I ARWYDD **ARALL** I TI: FE FYDDI'N FUD, HEB SIARAD **GAIR**, NES I'R BACHGEN GAEL EI ENI!

A CHYDA HYNNY O EIRIAU DIFLANNODD YR ANGEL. AGORODD SACHAREIAS EI GEG I ALW AR EI ÔL –

OND NI DDAETH YR UN GAIR OHONI!

BETH SY'N BOD AR SACHAREIAS? PAN NA ALL E SIARAD?

MAE'N RHAID BOD **RHYWBETH** WEDI DIGWYDD IDDO YN Y DEML! MAE'N RHAID BOD DUW WEDI **SIARAD** AG EF!

HELÔ, CARIAD. RWYT TI'N HWYR YN DOD O'R DEML – AETH POPETH YN IAWN?

YSGRIFENNU!? PAM WYT TI'N **YSGRIFENNU**? PAM NA WNEI DI **SIARAD** Â MI?

OND PAN DDARLLENODD ELISABETH EIRIAU EI GŴR, FE LANWODD EI CHALON Â **DIOLCH**, A'I LLYGAID Â DAGRAU LLAWEN!

ATEBWYD EU GWEDDÏAU – ROEDD DUW AR WAITH YN ISRAEL UNWAITH ETO.

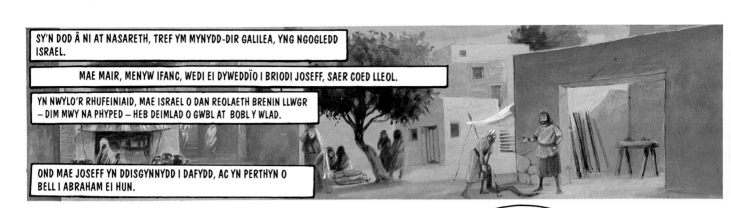

SY'N DOD Â NI AT NASARETH, TREF YM MYNYDD-DIR GALILEA, YNG NGOGLEDD ISRAEL.

MAE MAIR, MENYW IFANC, WEDI EI DYWEDDÏO I BRIODI JOSEFF, SAER COED LLEOL.

YN NWYLO'R RHUFEINIAID, MAE ISRAEL O DAN REOLAETH BRENIN LLWGR – DIM MWY NA PHYPED – HEB DEIMLAD O GWBL AT BOBL Y WLAD.

OND MAE JOSEFF YN DDISGYNNYDD I DAFYDD, AC YN PERTHYN O BELL I ABRAHAM EI HUN.

AC ROEDD DUW YN BAROD – TRWY BOBL GYFFREDIN FEL HYN – I GYFLAWNI EI FWRIAD A'I GYNLLUN RHYFEDDAF ERIOED.

ROEDD RHYWBETH **BENDIGEDIG** AR FIN DIGWYDD ...

LLAWENHÂ, MAIR – MAE DUW GYDA THI! TI, YR UN Y RHODDODD DUW EI FFAFR IDDI! O HOLL WRAGEDD Y BYD, FE GEFAIST TI FFAFR GAN DDUW!

HEDDWCH I TI, A PHAID AG OFNI!

FI? OND DYDW I DDIM YN DEALL . . . HYNNY YW, PAM FI? WNES I DDIM BYD ARBENNIG ERIOED!

BYDDI'N BEICHIOGI AC YN GENI MAB. A'I ENW FYDD IESU!

FE'I GELWIR YN FAB Y GORUCHAF. BYDD YR ARGLWYDD DDUW YN RHOI GORSEDD DAFYDD IDDO, AC FE DEYRNASA AR DEULU JACOB AM BYTH!

AC AR EI DEYRNAS NI BYDD DIWEDD!

OND SUT? DYDW I DDIM YN DISGWYL BABI NAC YN BRIOD, A HEB GYSGU Â DYN O GWBWL!

DAW'R YSBRYD GLÂN ARNAT, A BYDD NERTH Y GORUCHAF YN DY GYSGODI. AM HYNNY, GELWIR Y PLENTYN YN SANCTAIDD, MAB DUW.

NID OES DIM YN AMHOSIBL I DDUW! AC Y MAE ELISABETH, DY BERTHYNAS, HEFYD WEDI BEICHIOGI YN EI HENAINT – YN DISGWYL BABI ERS CHWE MIS BELLACH! NID OES **DIM** YN AMHOSIBL, MAIR! DIM!

Â GEIRIAU'R ANGEL YN CYFFROI TRWYDDI, BRYSIODD MAIR I'R MYNYDD-DIR YN Y DE – I JWDA – I YMWELD Â'I CHYFNITHER, ELISABETH. ROEDD GAN Y DDWY OHONYNT LAWER O BETHAU I'W TRAFOD.

OND NID OEDD MAIR YN BAROD AM Y CYFARCHIAD RHYFEDD A GAFODD...

MAIR! Y MAE BENDITH DUW ARNAT TI'N FWY NA HOLL WRAGEDD Y BYD, A BENDIGEDIG YW'R PLENTYN SYDD YN DY GROTH!

PAN GLYWAIS DY LAIS WRTH Y DRWS FE NEIDIODD Y PLENTYN SYDD YN FY NGHROTH I MEWN LLAWENYDD!!

MAE F'YSBRYD A'M HENAID YN DIOLCH I DDUW. O'R DIWRNOD HWN HYD BYTH FE FYDDAF YN HAPUS AC YN LLAWEN, O ACHOS YR HYN A WNAETH DUW. FE GADWODD EI ADDEWID, GAN DDOD I ACHUB EI BOBL.

ARHOSODD MAIR AM DRI MIS GYDA'I CHYFNITHER, CYN DYCHWELYD ADREF.

YN ÔL Y GYFRAITH IDDEWIG ROEDD DYWEDDÏAD YR UN MOR SANCTAIDD Â PHRIODAS. AC FELLY, ROEDD RHAI'N DISGWYL I JOSEFF DDWYN CYWILYDD AR MAIR YN GYHOEDDUS, NEU HYD YN OED EI CHYHUDDO O ODINEB.

 OND ROEDD JOSEFF YN DDYN DA. PENDERFYNODD DORRI'R CYTUNDEB YN BREIFAT, AC YSGARU MAIR YN DAWEL – DYNA FYDDAI ORAU.

AC YNA, AR ÔL I JOSEFF DDANGOS EI GARIAD AT MAIR, DANFONODD DUW ANGEL ATO I EGLURO'R CYNLLUN YN LLAWN. TRA OEDD YN CYSGU, SIARADODD YR ANGEL ...

CYFARCHION, JOSEFF FAB DAFYDD. NID OES ANGEN I TI OFNI CYMRYD MAIR YN WRAIG.

OND MAE HI'N FEICHIOG YN BAROD!

– AC YN MYND I ENI MAB. A GELWI EF **IESU**, GAN EI FOD AM ACHUB EI BOBL O'U PECHODAU. PAID Â PHOENI! TRWY'R YSBRYD GLÂN Y CENHEDLODD MAIR.

PAID AG OFNI EI CHYMRYD HI'N WRAIG, JOSEFF FAB DAFYDD.

GANRIFOEDD YN ÔL FE DDYWEDODD Y PROFFWYD ESEIA Y BYDDAI GWYRYF YN GENI MAB, A'I ENW FYDDAI **EMANIWEL**. 'DUW GYDA NI'.

AC WRTH I'R ANGEL YMADAEL, GWYDDAI JOSEFF FOD EI EIRIAU'N WIR.

AC FE BRIODWYD JOSEFF A MAIR.

NID HONNO OEDD Y BRIODAS GYNTAF – NA'R OLAF – GYDA'R BRIODFERCH YN AMLWG YN DISGWYL. OND CREDODD JOSEFF YR ANGEL, HEB BOENI DIM AM SIARAD GWAG RHAI POBL.

AETH JOSEFF Â MAIR ADREF, OND NI WNAETH GYSGU Â HI NES I'R PLENTYN GAEL EI ENI.

GWYDDAI'R DDAU FOD Y PLENTYN HWN YN ARBENNIG IAWN ...

YN Y DYDDIAU HYNNY AETH GORCHYMYN ALLAN ODDI WRTH CESAR AWGWSTUS: ROEDD YN RHAID I BAWB TRWY'R YMERODRAETH GAEL EU COFRESTRU, A HYNNY YN EU TREF ENEDIGOL.

AC FELLY AETH JOSEFF A'I WRAIG IFANC AR DAITH I'R DE, I'R DREF LLE'R OEDD JOSEFF I GOFRESTRU; Y DREF LLE Y PRIODWYD RUTH A BOAS, A THREF ENEDIGOL Y BRENIN DAFYDD...

TREF **BETHLEHEM**.

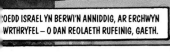

OEDD ISRAEL YN BERWI'N ANNIDDIG, AR ERCHWYN WRTHRYFEL – O DAN REOLAETH RUFEINIG, GAETH.

DISGWYLIAI LLAWER AM Y MESEIA A OEDD DDOD I'W HACHUB, I ADFER EU CYFOETH, A GYRRU'R RHUFEINIAID O'U GWLAD.

YNA OEDD Y SEFYLLFA PAN GYRHAEDDODD MAIR A JOSEFF Y DREF.

OND MAE'N RHAID BOD **UN** YSTAFELL AR GAEL? PLÎS? RHYWLE I ORFFWYS ..?

SORI SYR, MAE'R LLETY'N LLAWN, YSTAFELLOEDD WEDI EU HARCHEBU ERS WYTHNOSAU. YMA AR GYFER Y CYFRIFIAD? PEIDIWCH Â 'MEIO I! AR Y RHUFEINIAID MAE'R BAI.

PLÎS – FY NGWRAIG ... MAE'R BABI I FOD I GYRRAEDD UNRHYW DDIWRNOD. MAE'N **RHAID** I NI GAEL TO UWCH EIN PENNAU!

DYW E'N FAWR O LE, RWY'N GWYBOD, OND MAE'N DWYM AC YN SYCH ... AC YN WELL NA DIM.

FE FYDD E'N IAWN.

FE FYDD E'N IAWN, JOSEFF! ALLA I DDIM AROS DDIM MWY! MAE'R BABI AR Y FFORDD!

OND MAE'N RHAID BOD –

IAWN. FE GYMERWN NI E!

O FLYNYDDOEDD YNGHYNT FE YSGRIFENNODD Y PROFFWYD MICHA Y GEIRIAU HYN: 'HONOT TI, FETHLEHEM – ER DY FOD YN FACH – Y DAW LLYWODRAETHWR ISRAEL, A'I EULU'N TARDDU O'R GORFFENNOL PELL. FE LYWODRAETHA YN NERTH YR ARGLWYDD ... FE DDAW Â HEDDWCH.'

NO, ROEDD Y GEIRIAU HYN I'W GWIREDDU. ROEDD Y ENIN MWYAF A WELAI'R BYD ERIOED YN MYND I GAEL EI I, I'R BOBL A FU'N DISGWYL AMDANO ERS CANRIFOEDD.

ND NID FEL ARWEINYDD BUDDUGOL YN ARWAIN BYDDIN, BANERI'N CYHWFAN A'R TARIANAU'N UCHEL.

GWIR FAB DUW. YR ADDA NEWYDD. BRENIN Y BRENHINOEDD AC ARGLWYDD YR ARGLWYDDI.

DAETH I'R BYD YN FABI BACH, I BRESEB ANIFEILIAID.

YN Y BRYNIAU UWCHBEN Y DREF, ROEDD BUGEILIAID YN GWYLIO EU PRAIDD YN Y NOS, FEL Y GWNAETH EU TADAU ERS CENEDLAETHAU.

WRTH IDDYNT EISTEDD O GWMPAS Y TÂN FEL ARFER, DIGWYDDODD RHYWBETH RHYFEDDOL IAWN ...

YMDDANGOSODD ANGEL YR ARGLWYDD, A DISGLEIRIODD GOGONIANT DUW O'U HAMGYLCH. CAFODD Y BUGEILIAID FRAW! OND DYWEDODD YR ANGEL –

PEIDIWCH AG OFNI! NEWYDD DA SYDD GEN I I'W GYHOEDDI! YN NINAS DAFYDD, HEDDIW, FE ANWYD EICH CEIDWAD – CRIST Y MESEIA! DEWCH O HYD I'R UN BACH WEDI EI RWYMO MEWN CADACHAU AC YN GORWEDD MEWN PRESEB. CEWCH WELD A CHREDU!

AC YN SYDYN YMDDANGOSODD TYRFA O ANGYLION Y NEFOEDD, YN CANU MAWL I DDUW:

GOGONIANT YN Y GORUCHAF I DDUW! A THANGNEFEDD I DDYNION Y DDAEAR SYDD WRTH EI FODD.

OND ROEDD Y DIGWYDDIADAU RHYFEDDOL AC ANHYGOEL I BARHAU. AETH JOSEFF A MAIR Â'R BABI I'R DEML, YN ÔL Y TRADDODIAD IDDEWIG ...

ROEDD DYN DUWIOL A CHYFIAWN, O'R ENW SIMEON, YN DISGWYL AMDANYNT. ROEDD DUW WEDI DWEUD WRTHO NA FYDDAI'N MARW NES CAEL GWELD Y MESEIA. PAN WELODD YR IESU, FE WAEDDODD YN UCHEL —

N DIWRNOD, A HITHAU'N NOSI, CYRHAEDDODD GRŴP O DEITHWYR PWYSIG AWN AT BALAS Y BRENIN HEROD.

R EU BOD YN FLINEDIG O'U TAITH HIR, ROEDD EU LYGAID WEDI EU HOELIO AR YR AWYR UWCHBEN, LLE OEDD SÊR CYNTAF Y NOS I'W GWELD.

EIN CYFARCHION I CHI. RYDYM AR DAITH O'R DWYRAIN PELL, YN CHWILIO AM FRENIN YR IDDEWON.

 OND MAE'N RHAID EIN BOD WEDI CAMGYMRYD, FELLY. SERYDDWYR YDYM NI, YN ARBENIGO AR Y SÊR SYDD YN YR AWYR.

FE WELSOM SEREN NEWYDD SBON, UN NA WELODD NEB ERIOED O'R BLAEN. MAE HI WEDI EIN HARWAIN I'R FAN YMA, I'R FAN LLE Y MAE BRENIN NEWYDD YR IDDEWON I'W ENI.

... EFALLAI MAI EICH MAB FYDD HWNNW? YDY EICH GWRAIG YN DISGWYL BABI?

GWYDDAI HEROD YN IAWN FOD Y PROFFWYDI WEDI SÔN AM FETHLEHEM FEL TREF ENEDIGOL Y MESEIA, AC ANFONODD Y DYNION DOETH YNO.

CHWILIWCH YN OFALUS AM Y PLENTYN. AC WEDI I CHI EI WELD, COFIWCH DDOD I DDWEUD WRTHYF FEL Y GALLAF I EI ADDOLI HEFYD!

WEL, GYFARCHIADAU! A FI! HEROD, 'NIN ISRAEL.

ROEDD HEROD, TRWY DWYLL A BRAD, WEDI LLWYDDO I GADW EI ORSEDD RHAG Y RHUFEINIAID; OND ROEDD YN BYW AR EI NERFAU O HYD.

CYNLLWYNIODD I LADD Y PLENTYN, I SICRHAU NAD OEDD GOBAITH IDDO EI DDIORSEDDU.

ROEDD DUW WEDI SIARAD Â PHOBL GYFFREDIN – TRWY FREUDDWYDION, ANGYLION A THRWY'R YSGRYTHURAU – I GYHOEDDI'R NEWYDDION DA.

OND YN AWR, A'R DYNION DOETH YN DILYN Y SEREN I FETHLEHEM, ROEDD BYD NATUR EI HUN YN SÔN AM ENI'R BABI!

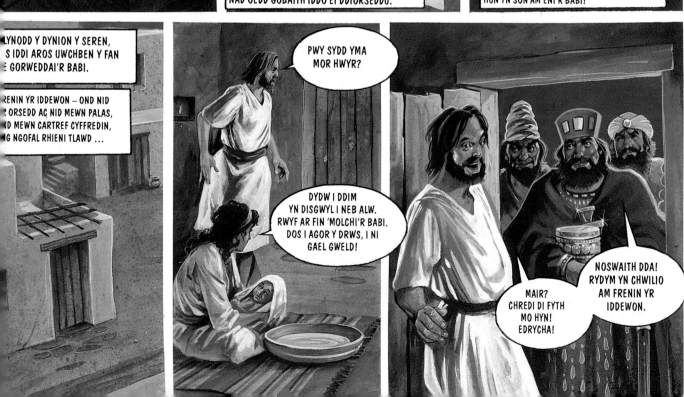

YNODD Y DYNION Y SEREN, S IDDI AROS UWCHBEN Y FAN E GORWEDDAI'R BABI.

RENIN YR IDDEWON – OND NID ORSEDD AC NID MEWN PALAS, D MEWN CARTREF CYFFREDIN, G NGOFAL RHIENI TLAWD ...

PWY SYDD YMA MOR HWYR?

DYDW I DDIM YN DISGWYL I NEB ALW. RWYF AR FIN 'MOLCHI'R BABI. DOS I AGOR Y DRWS, I NI GAEL GWELD!

MAIR? CHREDI DI FYTH MO HYN! EDRYCHA!

NOSWAITH DDA! RYDYM YN CHWILIO AM FRENIN YR IDDEWON.

PRYSURODD Y DYNION DOETH I MEWN I'R TŶ, AG ANRHEGION I'R BABI YN EU BREICHIAU – AUR, THUS A MYRR.

GWELSANT Y BABI Y BUONT YN CHWILIO AMDANO.

PLYGODD Y TRI I'W **ADDOLI**.

DYMA RYBUDD, JOSEFF. CAWSOM FREUDDWYD AM HEROD, GAN WELD EI FOD YN DDYN DRWG. MAE'N DISGWYL I NI DDYCHWELYD ATO, I SÔN AM EIN LLWYDDIANT ... AC AM EICH MAB ARBENNIG.

OND EIN BWRIAD YW DYCHWELYD ADREF AR HYD FFORDD ARALL, ER MWYN EI OSGOI AR BOB CYFRI. CYMER OFAL, JOSEFF!

Y NOSON HONNO CAFODD JOSEFF FREUDDWYD HEFYD, YN DWEUD WRTHO AM FYND Â MAIR A'R IESU YN SYTH I'R AIFFT. GWYDDAI JOSEFF NAD BREUDDWYD CYFFREDIN OEDD HWN – ROEDD YN **RHAID** MYND.

DAETHANT GYDA'R WAWR.

FFORDD HYN! SŴN CRIO! FFORDD HYN!

BACHGEN YW HWN! LLADDWCH E!

NA, NA! DIM OND HWN SY GEN I! SUT ALLWCH CHI?

OS WYT TI EISIAU BYW – CA' DY GEG!

POB BACHGEN O DAN DDWY FLWYDD OED.

GALARODD AC WYLODD Y MAMAU GAN WRTHOD POB CYSUR; NID OEDD MODD I NEB DAWELU EU SGRECHIAN.

YN EI EIDDIGEDD LLOFRUDDIODD HEROD Y DINIWED, WRTH GEISIO DIOGELU EI ORSEDD. OND YMHEN BLWYDDYN ROEDD EF EI HUN WEDI MARW.

WEDI IDDO FARW, DYMA ANGEL YN SIARAD Â JOSEFF MEWN BREUDDWYD – ROEDD HI'N DDIOGEL I DDYCHWELYD.

AETH Y TEULU BACH ADREF YN ÔL. NID I FETHLEHEM, OND I GALILEA, AC I DREF **NASARETH**.

BOD BLWYDDYN, FE ÂI MAIR A JOSEFF AM Y DE I JERWSALEM I DDATHLU GŴYL Y PASG. ROEDD Y FFYRDD YN FERW GAN BOBL, A CHYMUNEDAU CYFAN YN TEITHIO GYDA'I GILYDD I ADDOLI DUW YN Y DDINAS SANCTAIDD.

JOSEFF – WYT TI WEDI GWELD IESU? DYW E DDIM GYDA THEULU **BOAS** FEL YR O'N I'N MEDDWL. DOES NEB WEDI'I WELD E!

BOAS?! RO'N I'N MEDDWL EI FOD E GYDA THEULU **SIMEON**! O NA … DYW HYN DDIM DIGWYDD! MAE'N RHAID EI FOD E YN **JERWSALEM** O HYD!

ROEDD IESU'N DDEUDDEG OED ERBYN HYN.

RO'N I'N **GWYBOD** NA DDYLEN NI FOD WEDI'I ADAEL E!

BUONT YN CHWILIO AM **DRI DIWRNOD**. Â GOFID BRON Â'U DRYSU AETHANT I CHWILIO YN Y **DEML** EI HUN. AC YNO, YNG NGHANOL DYNION DOETHAF ISRAEL, DAETHANT O HYD IDDO O'R DIWEDD …

FELLY, BETH WYT TI'N CREDU YW YSTYR HYNNY?

…!?

WEL, YSTYR …

IESU, BETH WYT TI'N WNEUD YN FAN **HYN**? YN Y **DEML**! MAE DY FAM A FI WEDI BOD YN POENI'N HENEIDIAU AMDANAT ERS **TRIDIAU**!

FE ADAWODD PAWB, A 'NGADAEL I AR ÔL. FE ARHOSES I YN Y LLE SAFFAF POSIB. ROEDDECH CHI'N SIŴR O DDOD YN ÔL, YN HWYR NEU'N HWYRACH.

WEDI'R CWBWL, FE DDYLECH CHI WYBOD MAI YN NHŶ FY **NHAD** Y BYDDWN I.

ER NAD OEDDYNT YN GWNEUD SYNNWYR I NEB AR Y PRYD, FE GADWODD MAIR YR HANESION HYN YN DDWFN YN EI CHALON.

YN Y MODD YMA, FE DYFODD IESU MEWN CORFF, YSBRYD A DOETHINEB. ROEDD DUW, FEL PAWB ARALL, YN EI GARU A'R BLYNYDDOEDD YN MYND HEIBIO'N RHWYDD …

'LLAIS UN YN GALW YN YR ANIALWCH, PARATOWCH FFORDD YR ARGLWYDD ... CAIFF YR HOLL GREADIGAETH WELD IACHAWDWRIAETH YR ARGLWYDD.'

YN Y BYMTHEGFED FLWYDDYN O DEYRNASIAD TIBERIUS CESAR – PAN OEDD PONTIUS PILAT YN LLYWODRAETHU JWDA – DAETH GAIR YR ARGLWYDD AT IOAN, MAB ELISABETH A SACHAREIAS.

DAETH YR HOLL WLAD YN **FYW** TRWY EI EIRIAU, A DAETH POBL O BELL AC AGOS I WRANDO ARNO'N SIARAD.

GANRIFOEDD YNGHYNT ROEDD Y PROFFWYD ESEIA WEDI SÔN AM YR HYN OEDD I DDOD.

CHI, BLANT **NADROEDD!**

MAE DINISTR AR Y FFORDD! WAETH I CHI HEB Â DWEUD 'RYDYM YN **IDDEWON!** MAE **ABRAHAM** YN DAD I NI!' NI WNAIFF HYNNY EICH ACHUB! SYRTHIWCH AR EICH GLINIAU I **EDIFARHAU!**

OS Y GWNEWCH CHI HYNNY FE FYDD FFRWYTHAU EDIFEIRWCH YN AMLWG I'W GWELD! CARIAD! GONESTRWYDD! **CAREDIGRWYDD!**

DEWCH I GAEL EICH BEDYDDIO GENNYF YN YR AFON, I NEWID EICH BYWYDAU TRA BOD AMSER I WNEUD HYNNY!

OND RWY'N **GASGLWR TRETHI!** MAE'R IDDEWON YN EIN CASÁU NI AM WEITHIO I'R RHUFEINIAID, A'R RHUFEINIAID YN EIN CASÁU AM FRADYCHU EIN POBL EIN HUNAIN! SUT ALLA I FYW BYWYD DA?

YN RHWYDD – PAID Â CHASGLU MWY O ARIAN NAG SYDD EI EISIAU. BYDD YN ONEST.

CHI FILWYR – DIM MWY O ARTEITHIO NA LLWGRWOBRWYO. PEIDIWCH Â DWEUD **CELWYDD** AM NEB!

MAE'N RHAID I NI OFYN SYR: AI CHI YW'R **MESEIA?**

AI CHI YW'R UN Y BUOM YN DISGWYL AMDANO?

YR WYF FI'N EICH BEDYDDIO Â **DŴR** YN UNIG. OND Y MAE UN LLAWER CRYFACH NA MI YN DOD! NID WYF FI'N DEILWNG HYD YN OED I DDATOD CARRAI EI SANDALAU EF!

BYDD EF YN EICH BEDYDDIO Â'R **YSBRYD GLÂN!** AC Â **THÂN!**

AC FELLY LLEDODD Y NEWYDDION AM IOAN TRWY'R WLAD, A DAETH LLAWER I'W BEDYDDIO GANDDO.

IESU. Y MESEIA.

WYT TI YMA O HYD? AETH Y GWEDDILL ADREF DROS AWR YN ÔL! MAE'R RHAN FWYAF YN GADAEL YN **GYNNAR** AR EU DIWRNOD GWAITH OLAF!

RO'N I EISIAU GORFFEN Y TRAWSTIAU CYN GADAEL. ALLA I DDIM GADAEL GWAITH AR EI HANNER, HEB EI ORFFEN YN IAWN.

DYNA NI. DYLAI HWNNA DDAL YN SOWND AM **GANRIFOEDD**.

WEL, FE FYDDWN NI'N SIŴR O DY GOLLI DI, YN GWEITHIO'N HWYR BOB NOS FEL HYN – CYN WAETHED Â DY DAD!

DIOLCH YN FAWR – OND COFIA, DYW BOD YN DDRWG DDIM YN UN O NODWEDDION FY NHAD O GWBL!

… SORI?

TYNNU DY GOES DI YDW I, DYNA I GYD!

WYT TI'N **SIŴR** NAD WYT TI AM DDOD GYDA MI?

NA. DYDW I'N DAL DDIM YN DEALL PAM WYT **TI** O BAWB EISIAU CAEL DY **FEDYDDIO**! RWYT TI'N GWYBOD SUT BOBL SY'N MYND ATO FE! – LLOFRUDDWYR, LLADRON, TWYLLWYR – RWYF WEDI DY NABOD DI TRWY GYDOL DY FYWYD AC … AC RWYT TI'N **WELL** PERSON NA NHW!

RWY'N MYND I WELD IOAN, AC YN **MYND** I GAEL FY MEDYDDIO. AC A DWEUD Y GWIR, YN DISGWYL 'MLAEN I'R PETH YN FAWR! HWYL FAWR!

ROEDD BEDYDD YN SYMBOL, YN ARWYDD ALLANOL BOD Y BOBL YN GOLCHI EU HEUOGRWYDD I GYD O FLAEN Y DUW PERFFAITH.

OND ROEDD IESU'N WAHANOL I'R LLUOEDD A DYRRAI AT IOAN I'W BEDYDDIO.

ROEDD IESU'N BERFFAITH. **DIM** EUOGRWYDD. **DIM** CYWILYDD. **DIM** PECHOD. CAFODD EI FEDYDDIO, OND NID OEDD ANGEN EI OLCHI O FLAEN DUW ...

AETH I LAWR I'R DŴR ER MWYN BOD OCHR YN OCHR Â'R GWAN A'R PECHADURUS – **DYNA** PAM YR AETH I'W FEDYDDIO.

AI **IESU** YW HWNNA? BETH MAE E'N WNEUD?

EFALLAI EI FOD WEDI DOD I HELPU IOAN.

BEDYDDIA FI, IOAN.

TI? OND I **BETH**? MAE PAWB YN GWYBOD NA WNEST TI DDIM DRWG I NEB ERIOED! **PECHADURIAID** SY'N DOD FAN HYN! OS RHYWBETH, **TI** DDYLAI FOD YN FY MEDYDDIO **I**!

CRED FI, IOAN. DYMA'R PETH IAWN I'W WNEUD.

BEDYDDIA FI.

AC FELLY CAFODD IESU EI FEDYDDIO GAN IOAN.

YN NES YMLAEN, FE SONIODD IOAN AM Y DIGWYDDIAD YN Y GEIRIAU HYN:

'GWELAIS Y NEF YN **AGOR**. A LLAIS YN GALW –'

TI YW FY MAB, YR ANWYLYD; RWY'N FODLON IAWN ARNAT TI!

'GWELAIS Y NEFOEDD YN CAEL EI RHWYGO'N AGORED, A'R YSBRYD GLÂN YN DISGYN FEL COLOMEN AR IESU.'

'DYMA OEN DUW, SY'N CYMRYD YMAITH BECHODAU'R **BYD**! HWN YN WIR YW **MAB Y DUW BYW**!'

WEDI IDDO GAEL EI FEDYDDIO, FE ARWEINIWYD IESU GAN YR YSBRYD I'R ANIALWCH UNIG.

ARHOSODD YNO AM DDEUGAIN NIWRNOD A DEUGAIN NOS, HEB FWYD O GWBL.

TRWY'R DYDD CRASBOETH ...

A'R NOSWEITHIAU RHEWLLYD.

AC YNA, PAN OEDD AR EI WANAF YN GORFFOROL AC EMOSIYNOL, DECHREUODD GAEL EI BROFI MEWN GWIRIONEDD.

YN UNIG, AC YMHELL ODDI WRTH BAWB, DAETH IESU WYNEB YN WYNEB Â'R **DIAFOL**.

DAETH Y DIAFOL I'W **DEMTIO** ...

BWYD! RWYF BRON Â LLWGU. ARGLWYDD DDUW, HELPA FI YN FY NEWYN. MAE'R BOEN YN ORMOD ...

TI? YN **NEWYNU**? OND, IESU, OS MAB DUW WYT TI, DWED WRTH Y CERRIG HYN AM DROI'N FARA.

MEDDYLIA AM Y PETH. DYCHMYGA FLAS Y BARA YN DY GEG.

GWNA FE. GWNA FE **NAWR**!

MAE'N YSGRIFENEDIG: 'NID AR FARA YN UNIG Y BYDD DYN FYW, OND AR Y GEIRIAU A DDAW O ENAU DUW.' FELLY NI WNAF DDEFNYDDIO GRYM DUW I FWYDO FY ANGEN FY HUN.

AC FELLY DECHREUODD IESU ADDYSGU. AC WRTH IDDO SIARAD FE DYRRODD Y BOBL YN EU **CANNOEDD** I WRANDO ARNO.

NI CHLYWSENT Y FATH EIRIAU ERIOED O'R BLAEN ...

GWYN EU BYD Y **TLODION**: Y NHW SYDD PIA TEYRNAS NEFOEDD. GWYN EU BYD Y **NEWYNOG**, OHERWYDD FE GÂNT HWY EU DIGONI! GWYN EU BYD Y RHAI PUR O GALON: CÂNT HWY WELD DUW!

GWYN EU BYD Y **TANGNEFEDDWYR**: Y NHW FYDD PLANT DUW EI HUN.

RWY'N DWEUD WRTHYCH, **CARWCH** EICH GELYNION. A GWEDDÏWCH DROS Y RHAI SY'N GAS WRTHYCH. GWNEWCH I ERAILL YR HYN YR HOFFECH IDDYNT EI WNEUD I CHI.

OS BYDD RHYWUN YN DY DARO AR DY FOCH DDE, DWED WRTHO 'HEI – BWRA'R LLALL HEFYD!'

AC OS BYDDI DI'N DAL RHYWUN YN DWYN DY GRYS, DWED WRTHO 'HEI – CYMER FY MANTELL I HEFYD!'

BETH YW'R PWYNT BOD YN GAREDIG DIM OND WRTH Y BOBL SY'N GAREDIG WRTHYT TI? MAE HYD YN OED LLOFRUDDION YN GAREDIG WRTH EU FFRINDIAU!

PEIDIWCH Â BARNU NEB, AC NI CHEWCH EICH BARNU. **MADDEUWCH** I BAWB, AC FE GEWCH FADDEUANT.

OS BYDDI'N GAREDIG WRTH ERAILL, GWNA HYNNY'N **DAWEL**. PAID Â CHYHOEDDI DY WEITHREDOEDD DA AG **UTGYRN** SWNLLYD FEL Y RHAGRITHWYR.

MAE DUW YN GWELD POPETH.

ROEDD DWY BRIF BLAID WLEIDYDDOL YN ISRAEL, Y **PHARISEAID** A'R **SADWCEAID**. A CHYNHYRFWYD Y DDWY GAN EIRIAU IESU...

PSST!... BETH WYT TI'N FEDDWL?

TYBED Â PHA **AWDURDOD** MAE'N DWEUD Y PETHAU HYN? PWY MAE'N EI GYNRYCHIOLI? Y **NI**? Y SADWCEAID? NEU HYD YN OED Y **RHUFEINIAID**?

PAM WYT TI'N EDRYCH AR Y BRYCHEUYN YN LLYGAD DY FRAWD, HEB SYLWI AR Y TRAWST YN DY LYGAD DY HUN? Y RHAGRITHIWR! TYN Y TRAWST ALLAN O DY LYGAD DY **HUN**, CYN MEIDDIO DWEUD WRTH DY FRAWD AM Y BRYCHEUYN YN EI LYGAD E!

AC **WRTH** WEDDÏO, PAID Â GWNEUD FEL Y RHAGRITHWYR SY'N FALCH O WEDDÏO AR GORNELI'R STRYDOEDD, I'R BYD I GYD GAEL EU GWELD.

OND DOS I MEWN I'TH YSTAFELL GAN GAU DY DDRWS, A GWEDDÏO FEL HYN:

EIN TAD YN Y NEFOEDD, SANCTEIDDIER DY ENW. DELED DY DEYRNAS; GWNELER DY EWYLLYS, AR Y DDAEAR FEL YN Y NEF.

DYRO I NI HEDDIW EIN BARA BEUNYDDIOL, A MADDAU I NI EIN TROSEDDAU, FEL Y MADDEUWN I'R RHAI SY'N TROSEDDU YN EIN HERBYN. A PHAID Â'N DWYN I BRAWF, OND GWARED NI RHAG Y DRWG.

RWY'N DWEUD Y GWIR WRTHYCH: PWY BYNNAG A WNAIFF UFUDDHAU I'M GEIRIAU, NI BYDD FARW BYTH.

NA! MAE WEDI MYND YN RHY BELL Y TRO HWN!

NI BYDD FARW?! MAE **PAWB** YN MARW!

BU **ABRAHAM** FARW! A **MOSES** HEFYD! YDY E'N EI YSTYRIED EI HUN YN FWY NAG ABRAHAM A MOSES?!

MAE GANDDO FEDDWL MAWR OHONO'I HUN – I FEIDDIO SIARAD FEL HYN!!

MYFI YW GOLEUNI'R BYD. NI FYDD NEB SY'N FY NILYN I BYTH YN CERDDED YN Y TYWYLLWCH.

O HYNNY YMLAEN, YSTYRID IESU'N ELYN GAN YR ARWEINWYR CREFYDDOL; A DECHREUASANT GYNLLWYNIO YN EI ERBYN . . .

AETH YR IESU O NASARETH I DREF CAPERNAUM, I BREGETHU YN Y SYNAGOG.

RHYFFEDDWYD POBL GAN YR HYN A DDYWEDAI.

GWYLIWCH RHAG Y FFUG ATHRAWON – SY'N YMDDANGOS FEL DEFAID O'CH BLAEN, OND MAE BLEIDDIAID Y TU MEWN IDDYNT YN BAROD I DDOD ALLAN!

HA! DWI'N DY NABOD DI!! DWI'N DY WELD DI! DY WELD DI! DY WELD DI!

DYNA FE. YDYCH CHI'N GWYBOD PWY YW HWN?! OES UN OHONOCH CHI FFYLIAID GWAN YN GWYBOD PWY SYDD YN EICH TŶ CHI?!

WYT TI WEDI DOD I'N DIFA NI, IESU O NASARETH?

O YDW, DWI'N GWYBOD DY ENW DI! YN GWYBOD DY ENW'N IAWN, YN GWYBOD DY NATUR DI'N IAWN HEFYD, O YDW!

TI YW'R UN SANCTAIDD ODDI WRTH DDUW!

BYDD DDISTAW!

YSBRYD AFLAN – TYRD ALLAN A GAD LONYDD I'R DYN TRUAN YMA.

NAAAAA! WNA I DDIM SYMUD I –

AARRGGG!!!

DIOLCH I DDUW. MAE FY MHEN YN GLIR! YN GLIR O'R DIWEDD!

O! –ALLA I DDIM CREDU'R PETH! FY LLAIS FY HUN! CLOD I DDUW!

PWY YW'R IESU YMA? MAE HYD YN OED YR YSBRYDION AFLAN YN GORFOD UFUDDHAU IDDO!

YN Y MODD YMA FE LEDODD Y SÔN AM IESU FEL TÂN GWYLLT TRWY'R WLAD I GYD.

DAETH MWY A MWY O BOBL I WYBOD AM EI ALLU I IACHÁU...

FEISTR! DIOLCH AM DDOD! MAM FY NGWRAIG SY'N WAEL. WN I DDIM BETH SY'N BOD ARNI HI.

YDY HI'N WAEL IAWN, PEDR?

YN MARW. MAE GWRES DIFRIFOL ARNI – TWYMYN. MAE'N SIŴR O FARW CYN Y BORE.

RWY'N GWELD.

CYFFYRDDODD YR IESU Â LLAW Y WRAIG, A THAWELODD Y DWYMYN.

DYNA NI. YDYCH CHI'N TEIMLO'N WELL?

YDW, YN ARDDERCHOG – RWY'N TEIMLO'N LLAWER GWELL!

BOBOL BACH! WELAIS I ERIOED GYMAINT O WESTEION YN FY NHŶ I!

PWY SYDD AM AROS I GAEL PRYD O FWYD? MAE PAWB AR FIN LLWGU, RWY'N SIŴR!

ARHOSODD IESU AR EI DRAED TRWY'R NOS, YN IACHÁU UNRHYW UN A DDEUAI ATO.

DAETH CLEIFION YR ARDAL GYFAN I'W IACHÁU GANDDO. FE'U GWELWYD YN TEITHIO MILLTIROEDD I GYRRAEDD Y TŶ.

BYDD EICH ŴYR YN IACH YN AWR, OND PEIDIWCH Â SÔN AM HYN WRTH NEB.

MAE'R HYN SY'N CAEL EI DDWEUD YN WIR, FELLY – MAB DUW WYT TI MEWN GWIRIONEDD!

OND COFIWCH, PEIDIWCH Â DWEUD WRTH NEB AM HYN!

ROEDD YR IDDEWON YN DISGWYL I'R MESEIA DDYMCHWEL YR YMERODRAETH RUFEINIG. OND GWYDDAI IESU FOD GAN DDUW GYNLLUNIAU GWAHANOL ...

WRTH YMYL GLANNAU'R LLYN DAETH SWYDDOG RHUFEINIG I'W GYFARFOD, WEDI EI DDANFON GAN GANWRIAD O'R GATRAWD LEOL.

ROEDD GWAS Y CANWRIAD YN WAEL IAWN, A GOFYNNWYD I IESU EI IACHÁU.

OND NID YW FY MEISTR AM I TI DEITHIO YR HOLL FFORDD I'W WELD.

OND PAM? YDY'R GWAS YN WELL YN BAROD?

NA SYR, MAE'N MARW. OND MAE FY MEISTR YN RHOI'R NEGES HON.

'Y CWBL SYDD ANGEN I TI EI WNEUD YW DWEUD Y GAIR, AC FE FYDD Y GWAS YN SIŴR O GAEL EI IACHÁU. MAE GEN I, FEL SWYDDOG, AWDURDOD I ORCHYMYN MILWYR. OS DYWEDAF "GWNA HYN", YNA FE GAIFF EI WNEUD! GWELAF FOD GENNYT TI AWDURDOD HEFYD – AWDURDOD O FATH ARALL.'

Y FATH FFYDD..!

NI WELAIS Y FATH FFYDD YN ISRAEL GYFAN; AC ETO, RHUFEINIWR YW HWN...!

DOS ADREF. FE GAIFF Y DYN EI IACHÁU FEL Y DYWEDAIST.

FEISTR, RWYF AM DY DDILYN DI, OND GAD I MI FFARWELIO Â'M TEULU'N GYNTAF.

NID YW'R SAWL SY'N RHOI EI LAW AR YR ARADR, AC SY'N EDRYCH YN ÔL, YN ADDAS I DEYRNAS DDUW.

NID OEDD IESU AM I'R IDDEWON WYBOD YN IAWN PWY YDOEDD NES I'R AMSER CYWIR GYRRAEDD. FEL ETIFEDD I DAFYDD, DISGWYLIAI LLAWER IDDO FOD YN DEBYG I'R BRENIN DAFYDD EI HUN – MILWR, YN ARWAIN BYDDIN FAWR.

ROEDD Y SELOTIAID, MILWYR DROS RYDDID, YN BAROD I GEISIO DISODLI'R RHUFEINIAID CYN HIR. Y NEWYDDION AM Y MESEIA OEDD YR UNION FFLAM FYDDAI EI HANGEN I DANIO EU GWRTHRYFEL.

WRTH IDDYNT ADAEL CAPERNAUM, AC YNTAU WEDI BLINO'N LÂN, SYRTHIODD IESU I DRYMGWSG . . .

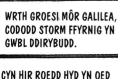

WRTH GROESI MÔR GALILEA, CODODD STORM FFYRNIG YN GWBL DDIRYBUDD.

CYN HIR ROEDD HYD YN OED Y PYSGOTWYR PROFIADOL YN OFNI'N FAWR AM EU BYWYDAU!

ANDREAS, MAE'R DŴR YN DAL I DDOD I MEWN! AC MAE'R MAST AR DORRI! DIHUNA EF – NAWR!

DIHUNA DI EF!

OS NA WNAWN NI RYWBETH, A HYNNY'N SYDYN, FE FYDD HI AR BEN ARNON NI! RHAID I RYWUN DDIHUNO'R MEISTR!!

SUT ALL E GYSGU TRWY HYN?!

IESU! ACHUB NI! MAE'R CWCH YN SUDDO!!

MM? CWCH? PA GWCH?

CHI O YCHYDIG FFYDD, DOES DIM EISIAU OFNI!

STORM! TAWELA!

HMMM. DYNA WELLIANT.

PA FATH O DDYN YW HWN . . ?

MAE HYD YN OED Y GWYNT A'R MÔR YN GWRANDO ARNO.

PRIN FOD IESU WEDI CAMU O'R CWCH AR Y LAN YR OCHR ARALL, PAN GLYWODD Y SŴN RHYFEDDAF...

PWY SY'N DOD?

BYDD DDISTAW!

Ymwelwyr i ni, ffrindiau.

YMWELWYR!? YMWELWYR!?

POBL AR Y TRAETH.

OES. DWI'N GWYBOD, DWI'N GWYBOD!

DEWCH I LOSGI EU CWCH!

IESU! FAb Y dUW GORuCHaF! BETH WYt TI EI EISIAU â NI?!

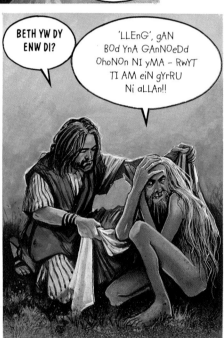

RHOLIODD IESU'R SGRÔL, A DECHREUODD ANNERCH Y BOBL.

HEDDIW, **GWIREDDWYD** Y BROFFWYDOLIAETH HON YN EICH PLITH, WRTH I MI EI DARLLEN.

BETH?

AMHOSIB!

YDY E'N **GALL**?!

UN FUNUD NAWR, IESU. WYT TI'N DWEUD MAI **TI** YW GWAS ARBENNIG DUW?

OND RYDYN NI'N DY NABOD DI ERS BLYNYDDOEDD – TI ADEILADODD FY NHŶ I! SUT FEDRI **DI** FOD YR UN A DDEWISWYD GAN DDUW?

NI CHAFODD YR UN PROFFWYD EI BARCHU YN EI DREF EI HUN.

ROEDD **NIFER** O WEDDWON YN ISRAEL YNG NGHYFNOD **ELIAS** – OND DEWISODD HELPU UN O **SIDON**.

ROEDD GWAHANGLWYFION **LAWER** YN ISRAEL YNG NGHYFNOD **ELISEUS** – OND DIM OND UN **SYRIAD** A IACHAWYD.

MAE'N DWEUD FOD DUW AM DDANFON Y MESEIA AT **ESTRONIAID** YN HYTRACH NAG IDDEWON!

CABLEDD!

LLADDWCH EF!

DALIWCH EF!

LLABYDDIWCH EF!

ER EI FOD YN FAB I **RYWUN**!

MAE'N **FFIAIDD**! MAE'N **AFLAN**!

OND WRTH I'R DYRFA GAU AM IESU GAN FWRIADU EI **LADD**, FE GERDDODD TRWY EU CANOL YN HOLLOL DDIANAF, AC AETH YMLAEN Â'I DAITH.

DAETH PHARISEAID, ATHRAWON Y GYFRAITH, A PHOBL GYFFREDIN O BOB RHAN O JWDEA I WRANDO ARNO'N SIARAD.

AC WRTH IDDO ADDYSGU FE IACHAODD BOBL O BOB MATH O AFIECHYDON.

GOBEITHIO Y **BYDD** E YMA Y TRO HWN!

NID FY MAI **I** YW'R FFAITH EIN BOD NI'N RHY HWYR BOB TRO. **TI** AWGRYMODD I NI FYND I'R BARICS RHUFEINIG!

O NA! MAE'R BOBL YMA'N DISGWYL ERS **ORIAU**. DOES DIM **GOBAITH** GYDA NI O'I WELD E NAWR!

O WEL, DYNA NI. FE WNAETHON NI'N GORAU.

NA! DDIM AR ÔL EI GARIO FE MOR BELL. ALLWN NI DDIM TROI'N ÔL YN AWR A NINNAU MOR **AGOS**!

ARHOSWCH FUNUD! MAE GEN I SYNIAD.

O NA, DDIM UN ARALL.

IAWN – DYMA NI AR Y TO – BETH **NESA**?

DYMA'R RHAN **ORAU**.

OS NA FEDRWN NI EI GAEL I MEWN DRWY'R **DRWS** BYDD YN RHAID EI OLLWNG I MEWN RHYW FFORDD ARALL.

OND IESU, ROEDD DISGYBLION IOAN YN YMPRYDIO, A'R PHARISEAID HEFYD, OND MAE DY RAI **DI**'N BWYTA AC YFED O HYD AC O HYD!

PA WESTAI SY'N CAEL EI ORFODI I YMPRYDIO MEWN GWLEDD BRIODAS?

OND DAW'R WLEDD I BEN CYN HIR; FE GAIFF Y PRIODFAB EI GYMRYD, AC **YNA** FE GÂNT YMPRYDIO!

TYRRODD MWY A MWY O BOBL AT IESU, GAN ERFYN ARNO I'W HIACHÁU.

FEISTR, MAE YNA DDYN O'R ENW JAIRUS — ARWEINYDD Y SYNAGOG LLEOL — YN GOFYN AMDANAT.

MAE FY MERCH FACH YN MARW! PLÎS, HI YW EIN HUNIG BLENTYN. OS GWNEI DI EI CHYFFWRDD, RWY'N GWYBOD Y CAIFF HI **FYW**!

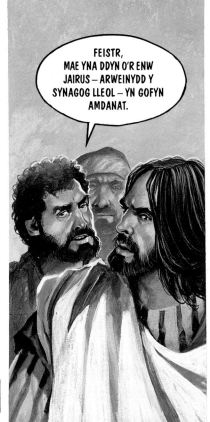

ROEDD Y DISGYBLION YN BRYSUR IAWN YN CEISIO CADW TREFN AR Y TYRFAOEDD DIAMYNEDD.

ROEDD GWRAIG YNG NGHANOL Y DYRFA, YN DIODDEF O WAEDLIF CYSON ERS BLYNYDDOEDD. METHODD POB DOCTOR EI GWELLA. GWELODD YR IESU O BELL. 'DIM OND CYFFWRDD EI WISG SYDD ANGEN I MI EI WNEUD I FOD YN IACH ETO,' MEDDAI WRTHI EI HUN.

AC WRTH IDDI GYFFWRDD AG OCHR EI WISG Â BLAENAU EI BYSEDD —

CYRHAEDDODD YR IESU O'R DIWEDD . . .

FE'I **HIACHAWYD**!

PWY **GYFFYRDDODD** Â MI?

FE GYFFYRDDODD RHYWUN YN FY NGWISG — FE DEIMLAIS I'R GRYM YN MYND TRWOF I.

CYFADDEFODD Y WRAIG, GAN DDWEUD Y CWBWL YN OFNUS.

FY MERCH, DY FFYDD A'TH IACHAODD.

CEI FYW MEWN HEDDWCH, HEB ORFOD DIODDEF RHAGOR.

RWY'N FWY GOBEITHIOL FYTH WRTH WELD HYN, IESU. OND MAE'N RHAID I NI FRYSIO, MAE FY MERCH YN GWAELU'N GYFLYM.

JAIRUS! MAE'N WIR DDRWG GEN I ORFOD DWEUD HYN, OND MAE DY FERCH WEDI MARW. MAE'N RHY HWYR I NEB HELPU NAWR.

JAIRUS, **GWRANDA** ARNA I! PAID AG OFNI, OND **CREDA!**

HEBLAW AM PEDR, IAGO AC IOAN, NI ADAWODD IESU I NEB EI DDILYN. OND EISOES ROEDD TYRFA O ALARWYR WRTH Y TŶ.

BETH YW'R HOLL DDAGRAU YMA? EWCH ODDI YMA! NID YW'R PLENTYN YN FARW, DIM OND CYSGU Y MAE HI.

IESU, MAE POBL YN **CHWERTHIN** AR DY BEN DI — YN GWAWDIO DY EIRIAU.

DEFFRA, MAE'N BRYD I TI GODI!

HMM?

FAINT O'R GLOCH YW HI?

SUT ALLA I FYTH DDIOLCH I TI, IESU?

RHOWCH FWYD IDDI HI — MAE'N RHAID EI BOD HI'N **LLWGU.** A PHEIDIWCH Â DWEUD WRTH NEB AM HYN.

DEUAI RHES AR ÔL RHES O BOBL AT IESU, YN CHWILIO AM IECHYD A CHYSUR. YMHLITH Y DYRFA, UN DIWRNOD, ROEDD DAU O DDILYNWYR IOAN FEDYDDIWR.

ATHRO, MAE DAU O DDISGYBLION IOAN AM DY WELD.

MAE GENNYM NEGES ODDI WRTH IOAN SY YN Y CARCHAR: 'AI TI YN WIR YW'R UN Y MAE DUW WEDI EI ADDO, NEU A OES UN ARALL I'W DDISGWYL?'

SONIWCH WRTH IOAN AM YR HYN A WELSOCH: 'Y DALL YN GWELD, Y CLOFF YN CERDDED, A'R GWAHANGLWYFUS YN IACH; Y BYDDAR YN CLYWED, A'R MEIRW'N FYW ETO, A'R TLODION YN CLYWED NEWYDDION DA'. BYDD IOAN YN DEALL YN IAWN.

A CHOFIWCH FI ATO . . .

AC WRTH I DDISGYBLION IOAN BARATOI I ADAEL, DECHREUODD IESU BREGETHU AMDANO WRTH Y DYRFA.

PAN AETHOCH CHI I'R NIALWCH I WRANDO AR AN, BETH OEDDECH CHI'N DISGWYL EI WELD?

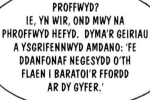

PROFFWYD? IE, YN WIR, OND MWY NA PHROFFWYD HEFYD. DYMA'R GEIRIAU A YSGRIFENNWYD AMDANO: 'FE DDANFONAF NEGESYDD O'TH FLAEN I BARATOI'R FFORDD AR DY GYFER.'

RWY'N DWEUD Y GWIR. IOAN YW'R MWYAF O'R PROFFWYDI I GYD. AC ETO, BYDD Y **LLEIAF** OHONOCH A WNAIFF GREDU FY NGEIRIAU YN FWY NA IOAN EI HUN!

ROEDD IOAN YN Y CARCHAR OHERWYDD IDDO GODI EI LAIS I GONDEMNIO'R BRENIN HEROD ANTIPAS, MAB Y BRENIN A LOFRUDDIODD FABANOD DINIWED BETHLEHEM.

FE GONDEMNIODD IOAN Y BRENIN YN GYHOEDDUS AM BRIODI HERODIAS, GWRAIG EI FRAWD, GAN BOD GWNEUD HYNNY'N GROES I GYFRAITH MOSES. CARCHARWYD IOAN Y DIWRNOD HWNNW.

TRA OEDD Y BRENIN YN PENDERFYNU BETH I'W WNEUD AG IOAN, CYNHALIODD BARTI I DDATHLU EI **BEN BLWYDD**.

SALOME, MERCH HERODIAS, OEDD PRIF ADLONIANT Y PARTI. FE DDAWNSIODD O FLAEN HEROD A'I WESTEION.

BETH BYNNAG A FYNNI, TI A'I CEI.

UNRHYW BETH?

ENWA EF!

O'R GORAU.

RHO BEN IOAN FEDYDDIWR I MI, WEDI EI DORRI, AR BLÂT ARIAN.

PLESIWYD HEROD GYMAINT GAN EI DAWNSIO NES IDDO WNEUD ADDEWID BYRBWYLL IDDI – HEB FEDDWL AM YR OBLYGIADAU . . .

ROEDD HEROD YN RHY FALCH I DYNNU'R CYNNIG YN ÔL O FLAEN EI WESTEION PWYSIG.

EWCH, FE GLYWSOCH CHI'R FERCH.

DIENYDDIWCH IOAN, A DEWCH Â'I BEN YMA AR BLÂT. RHOWCH WEDDILL EI GORFF I'W DDISGYBLION I'W GLADDU FEL Y MYNNONT.

A GWYDDAI MAI EI WRAIG OEDD WEDI PERSWADIO'R FERCH IFANC. ROEDD HERODIAS YN **CASÁU** IOAN Â CHAS PERFFAITH.

UN DIWRNOD, A'R IESU'N CERDDED GLANNAU GALILEA, AETH Y TYRFAOEDD MOR FAWR NES Y BU'N RHAID IDDO SEFYLL MEWN CWCH PYSGOTA I SIARAD Â'R BOBL.

GWRANDEWCH – PA FATH O BETH YW TEYRNAS DDUW?

AETH HEUWR ALLAN I HAU. AC WRTH IDDO AU'R HADAU, SYRTHIODD RHAI AR Y LLWYBR, A DAETH ADAR I'W BWYTA'N SYTH.

'SYRTHIODD ERAILL I GANOL DRAIN, A THYFODD Y DRAIN A'U TAGU CYN IDDYNT DDATBLYGU'N IAWN.

'GAIR DUW YW'R HAD. MAE RHAI POBL YN EI WRTHOD; MAE ERAILL YN EI DDERBYN YN SYTH OND NID YW'N GWREIDDIO O GWBL. MAE ERAILL YN CREDU YNDDO AM GYFNOD, CYN I BROBLEMAU'R BYD EU TAGU, A CHILIANT YN ÔL. OND MAE RHAI'N CREDU AC YN GADAEL I'R GAIR DYFU YN EU BYWYDAU.'

'SYRTHIODD HADAU ERAILL AR DIR CREIGIOG GAN DYFU'N GYFLYM YN Y PRIDD PRIN. OND PAN GODODD YR HAUL FE'U LLOSGWYD.

'OND SYRTHIODD HADAU ERAILL AR DIR FFRWYTHLON, GAN DYFU A CHYNYDDU. RHOESANT GNWD DA AM FLYNYDDOEDD LAWER.'

DYMA SUT BETH YW TEYRNAS NEFOEDD: ROEDD DYN YN CLODDIO MEWN CAE PAN DARODD AR RYWBETH CALED YN Y PRIDD . . .

'AC FE WERTHODD Y CWBWL O'I EIDDO ER MWYN PRYNU'R CAE. ROEDD Y DYN WRTH EI FODD OHERWYDD BYDDAI'R TRYSOR YN EIDDO IDDO.'

'DAETH O HYD I LESTR YN LLAWN O DDARNAU AUR A MODRWYAU GWERTHFAWR. PETAI'N PRYNU'R CAE EI HUN, GWYDDAI MAI Y FE FYDDAI PIA'R CWBWL.

YN HWYRACH, A'R IESU'N SWPERA YN NHŶ PHARISEAD, ADRODDODD DDAMEG ARALL WRTHYNT. 'MAE TEYRNAS NEFOEDD . . .

. . . FEL DYN A DREFNODD BARTI – GWLEDD FAWR I'W FFRINDIAU I GYD.

'OND ROEDDENT MOR HUNAN-FODLON AC ANNIOLCHGAR NES IDDYNT AROS GARTREF, GAN WNEUD ESGUSODION GWAG.

'FELLY DANFONODD Y DYN EI WAS I'R STRYDOEDD A'R CAEAU, I ALW'R DIGARTREF, Y GWAHANGLWYFUS A'R CLOFFION – A'U GWAHODD I GYD I'R WLEDD YN EI GARTREF.

'A DYWEDODD Y DYN: "NI CHAIFF YR UN O'R GWESTEION GWREIDDIOL BROFI, NA BLASU O'R WLEDD".'

WRTH I'R HANESION AM IESU LEDU TRWY'R WLAD, CAFODD EI WAHODD I GARTREFI ARWEINWYR CREFYDDOL. ROEDD PAWB AM EI GLYWED Â'U CLUSTIAU EU HUNAIN.

UN NOSON FE GLYWODD RHYW WRAIG FOD IESU'N SWPERA YN YR ARDAL, AC AETH I'R TŶ I'W WELD.

DISGWYLIODD WRTH Y DRWS AM ADEG ADDAS I FYND ATO. GWYDDAI FOD PAWB YNO'N EI HADNABOD FEL PUTAIN, A CHYMAINT OEDD EI CHYWILYDD FEL NA FEDRAI EDRYCH I LYGAID Y CRIST.

YN HYTRACH, PLYGODD I LAWR GAN GRIO, A GOLCHODD EI DRAED Â'I DAGRAU.

HEB DDWEUD GAIR, FE ARLLWYSODD BERSAWR DRUDFAWR DROS EI DRAED, A'U SYCHU Â'I GWALLT.

OND MAE'N RHAID EI FOD YN GWYBOD BETH YW HON, AC O BLE CAFODD HI'R ARIAN I DALU AM Y PERSAWR!

PETAI E'N BROFFWYD MEWN GWIRIONEDD FE FYDDAI'N GWYBOD YN IAWN SUT WRAIG YW HI – AC AM EI PHECHOD.

PE BAI DAU DDYN MEWN DYLED – UN MEWN DYLED FAWR, A SWM Y LLALL YN LLAI – A DYLED Y DDAU'N CAEL EI CHLIRIO, PA UN FYDDAI FWYAF DIOLCHGAR?

DANGOSODD Y WRAIG HON **WIR** GARIAD. NI WNAETHOCH CHI HYD YN OED ROI DŴR I MI OLCHI FY NHRAED. OND GWLYCHODD HI FY NHRAED Â'I DAGRAU, A'U SYCHU Â'I GWALLT.

MADDEUWYD EI PHECHODAU LAWER – GAN IDDI GARU YN FAWR. OND PRIN YW CARIAD YR UN SYDD HEB WYBOD MADDEUANT MAWR.

MADDEUWYD DY BECHODAU. DY FFYDD A'TH ACHUBODD. CEI FYND MEWN HEDDWCH.

YDW I'N CLYWED YN IAWN – DWEUD Y FATH BETH WRTHI **HI**?! PWY YW HWN I FADDAU PECHODAU NEB?

GADAWODD Y WRAIG GAN WYBOD FOD EI BYWYD WEDI EI NEWID AM BYTH.

CAFODD DYN O'R ENW NICODEMUS – PHARISEAD AC AELOD O GYNGOR YR IDDEWON – DDIGON O HYDER I FYND I WELD IESU EI HUN.

AETH AT YR IESU LIW NOS . . .

PAN OEDD PAWB YN CYSGU'N DRWM, HEB NEB O GWMPAS I'W WELD YN MYND.

> DYLYFU GÊN <
BRAIDD YN HWYR, ON'D YW HI?

MAE'N **RHAID** I NI SIARAD. RWY'N **GWYBOD** DY FOD WEDI DOD ATOM ODDI WRTH DDUW – SUT ARALL WYT TI'N GWNEUD YR HOLL WYRTHIAU HYN?

RWY'N DWEUD Y GWIR WRTHYT – NI ALL **UNRHYW UN** WELD TEYRNAS DDUW HEB GAEL EI ENI O'R NEWYDD.

'GENI' O'R NEWYDD? SUT GALLA I GAEL FY NGENI ETO? MAE'N AMHOSIB MYND YN ÔL I GROTH FY MAM!

OS NA CHEI DI DY ENI O DDŴR AC O'R YSBRYD NI ELLI FYND I MEWN I DEYRNAS DDUW. MAE CNAWD YN GENI CNAWD, OND YR YSBRYD SY'N RHOI GENEDIGAETH I'R YSBRYD.

MAE'N RHAID I FAB Y DYN GAEL EI DDYRCHAFU, ER MWYN I BOB UN SY'N CREDU YNDDO GAEL BYWYD TRAGWYDDOL.

DO, CARODD DUW Y BYD GYMAINT NES IDDO ROI EI UNIG **FAB**, ER MWYN I BOB UN SY'N CREDU YNDDO BEIDIO Â MARW, OND CAEL BYWYD TRAGWYDDOL.

DAETH GOLEUNI MAWR I'R BYD, OND MAE RHAI YN CARU'R TYWYLLWCH, GAN IDDO GUDDIO EU GWEITHREDOEDD DRWG.

OND OS BYDDI DI'N BYW YN Y **GWIRIONEDD**, CEI DDOD I'R GOLEUNI, FEL Y GWÊL PAWB YR HYN A WNAED GAN DDUW.

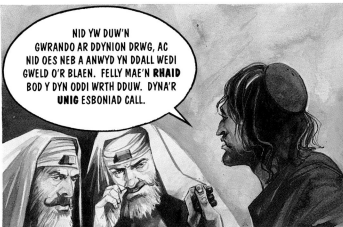

AETH IESU I SYCHAR, TREF YN SAMARIA YN AGOS I'R FAN LLE Y BU JOSEFF YN BYW GANRIFOEDD YNGHYNT. YN FLINEDIG AR ÔL EI DAITH, EISTEDDODD I LAWR WRTH FFYNNON I ORFFWYS.

DAETH GWRAIG O SAMARIA AT Y FFYNNON I DYNNU DŴR.

RWY'N SYCHEDIG. A FYDDET TI MOR GAREDIG Â RHOI DIOD I MI?

WYT TI'N SIARAD Â MI? MAE TRO CYNTAF I BOPETH! IDDEW YN SIARAD Â SAMARIAD. MAE HYNNY'N GROES I'CH CREFYDD!

PE BAIT YN GWYBOD BETH ALLAI DUW EI ROI I TI, FE OFYNNET AM DDŴR BYWIOL.

BYDD PAWB SY'N YFED O'R DŴR HWN YN SYCHEDU ETO, OND PWY BYNNAG SY'N YFED O'R DŴR A RODDAF I IDDO NI BYDD ARNO SYCHED BYTH.

RHO'R DŴR HWN I MI, RHAG I MI ORFOD DOD YN ÔL I DYNNU DŴR O HYD.

DOS ADREF, A GALW DY WR I DDOD YMA.

DOES GEN I DDIM GŴR.

BU GENNYT BUMP O WŶR, AC NID YW'R DYN SY'N CYD-FYW Â THI YN AWR YN ŴR I TI.

SUT GWYDDOST TI? WYT TI'N BROFFWYD? RWY'N GWYBOD FOD Y MESEIA AR Y FFORDD, A BYDD YN EGLURO'R CWBL I NI.

RHEDODD Y WRAIG YN ÔL I'R DREF I DDWEUD WRTH BAWB AM Y DYN A GYFARFU – DYN A WYDDAI BOPETH AMDANI.

Y FI, YR UN SY'N SIARAD Â TI, YW HWNNW.

DAETH NIFER O'R SAMARIAID I GREDU YN IESU AC I WYBOD MAI EF OEDD Y GWIR FESEIA, YR UN A ANFONWYD GAN DDUW.

TUA'R ADEG YMA, FE APWYNTIODD IESU SAITH-DEG-DAU O DDILYNWYR NEWYDD, GAN EU HANFON YN DDEUOEDD I'R TREFI YR OEDD YN BWRIADU YMWELD Â HWY.

PAN GYRHAEDDWCH RHYW DREF, A CHAEL **CROESO** YNO, ARHOSWCH YNO. IACHEWCH Y CLEIFION, A DYWEDWCH FOD TEYRNAS DDUW YN AGOS.

MAE'R CYNHAEAF YN FAWR OND Y GWEITHWYR MOR BRIN. EWCH! FE'CH DANFONAF ALLAN FEL ŴYN NEWYDD EU GENI I GANOL BYD O FLEIDDIAID.

MAE'R RHAI FYDD YN GWRANDO ARNOCH YN GWRANDO ARNAF I. A'R RHAI WNAIFF EICH GWRTHOD YN GWRTHOD YR UN A'CH DANFONODD.

'OS OES ANGEN HELP — GOFYNNWCH!'

'DYCHMYGWCH FOD GENNYCH FFRIND SY'N CYSGU, A CHITHAU'N EI DDEFRO GANOL NOS. "MAE FFRINDIAU WEDI GALW'N DDIRYBUDD," DYWEDWCH WRTHO. "GA I FENTHYG TAIR TORTH O FARA?" '

MAE'R FFRIND YN ATEB: 'DOS O 'MA! MAE PAWB YN EU GWELYAU, A'R PLANT YN CYSGU!' AC ETO, OS GOFYNNWCH DRO AR ÔL TRO, **EFALLAI** Y GWNAIFF GODI A RHOI'R BARA I CHI —

NID AM EI FOD YN FFRIND I CHI, OND AM I CHI **BLEDIO'N** DDIDDIWEDD, AC ERFYN YN EOFN A THAER.

FELLY, DYWEDAF WRTHYCH, **GOFYNNWCH**, AC FE RODDIR I CHI. **CHWILIWCH** AC FE GEWCH. **CURWCH**, AC FE AGORIR I CHI.

ROEDD IESU A'I DDISGYBLION WEDI LLWYR YMLÂDD WRTH DDELIO Â'R TYRFAOEDD DDYDD A NOS. AWGRYMODD IESU Y BYDDAI'N DDA IDDYNT GILIO MEWN CWCH I DDARN TAWEL O'R LLYN I GAEL LLONYDD.

OND WRTH EU GWELD YN PASIO HEIBIO, FE DDILYNODD Y BOBL Y CWCH I BOBMAN. NID OEDD UNMAN I FFOI.

ER EI FLINDER, FE LANWYD CALON YR IESU GAN DRUGAREDD, A GOFYNNODD I'R LLONGWYR LANIO'R CWCH FEL BOD MODD IDDO IACHÁU'R CLEIFION.

IESU!

FY MABI BACH I! HELP!

PLÎS, ARGLWYDD! HELPA NI!

IESU! MAE NHAD YN MARW!

FY NGWRAIG!

FYDDET TI BYTH YN EIN GADAEL!

WEDI IDDO ORFFEN IACHÁU'R CLEIFION, FE'I HADDYSGODD YN HWYR I'R PNAWN AM DEYRNAS DDUW.

ROEDD MWY NA 5,000 O BOBL YN BRESENNOL.

FEISTR, MAE'N MYND YN HWYR. RYDYM YMHELL O BOBMAN A BYDD Y DYRFA ANGEN **BWYD** CYN HIR. BETH AM DDWEUD WRTHYNT AM FYND I CHWILIO AM RYWBETH I'W FWYTA?

MAE GEN I SYNIAD GWELL. PAM NA WNEI **DI** EU BWYDO?

AINT O FWYD DD GANDDON NI?

PUM TORTH, A DAU BYSGODYN.

WEL, BYDD YN RHAID I HYNNY WNEUD Y TRO.

GWEDDÏODD IESU GAN DDIOLCH AM Y BWYD, CYN GOFYN I'R DISGYBLION EI RANNU I'R BOBL.

HEB OS NAC ONI BAI — HWN **YW**'R UN! Y **MESEIA**! PWY ARALL ALLAI WNEUD HYN?

FE DDYLEM EI GORONI'N FRENIN, AC ANFON Y **RHUFEINIAID** O'N GWLAD AM BYTH!

ER MAWR RYFEDDOD ROEDD DIGON O FWYD. WEDI I BAWB FWYTA — A CHAEL **MWY NA DIGON** — FE GASGLODD Y DISGYBLION Y BWYD A OEDD YN WEDDILL GAN LENWI BASGED YR UN.

WEDI IDDO ADAEL Y TYRFAOEDD, CAFODD IESU GYFLE I FOD AR EI BEN EI HUN O'R DIWEDD.

GAN DDANFON EI DDISGYBLION YMLAEN I DREF BETHSAIDA, AETH I'R MYNYDDOEDD I WEDDÏO.

ROEDD HI'N NOSI PAN AETH I LAWR AT Y LLYN ETO, GAN WELD Y DISGYBLION YN AGOSÁU ATO MEWN CWCH.

GWELODD EU BOD YN EI CHAEL HI'N ANODD I HWYLIO.

MAE'R GWYNT YN EIN **HERBYN** NI! WNAWN NI FYTH GYRRAEDD!

GAD DY GWYNO, TOMOS. A **RHWYFA**'N GYNT!

PEIDIWCH Â DADLAU, YN ENW POPETH! MWY O YMDRECH SYDD EISIAU!

EDRYCHWCH! Y MEISTR! AC MAE'N —

MAE'N CERDDED AR Y LLYN!

NID IESU SYDD YNA! YSBRYD YW E!

DDUW, HELPA NI! MAE AR BEN ARNON NI! FE FYDDWN I GYD YN CAEL EIN **BODDI**!

PAID AG OFNI, PEDR. FI, **IESU**, SYDD YMA.

OS FELLY, RWY'N MYND I'W GYFARFOD! DAL FY NGHLOGYN, JWDAS.

WYT TI'N **GALL**, DWED?

DYDW I DDIM YN RHY SIŴR, OND —

HELP! HELP! FEDRA I DDIM NOFIO!

RWYT TI'N SAFF NAWR, PEDR.

CILIODD Y GWYNT. LLONYDDODD Y LLYN. WRTH I'R CWCH LITHRO TRWY'R DŴR FE ADDOLODD Y DISGYBLION EU HARGLWYDD, YN GWYBOD YN IAWN MAI EF OEDD MAB DUW.

WEDI CYRRAEDD Y TIR, DAETH TYRFA I'W CYFARFOD, YN EIDDGAR I WELD RHAGOR O WYRTHIAU.

MAEN NHW'N **DAL** YMA!

ATHRO, SUT Y GALLWN NI WNEUD EWYLLYS DUW?

Y CWBL MAE DUW YN OFYN YW I CHI GREDU YN Y DYN A **DDANFONODD** ATOCH.

DAETHOCH YN ÔL HEDDIW I CHWILIO AM RAGOR O FARA. MAE BARA A PHYSGOD DDOE WEDI EU BWYTA, OND RYDYCH YN EIDDGAR I WELD **GWYRTH** ARALL.

Y FI YW BARA'R BYWYD. NI BYDD EISIAU BWYD BYTH AR Y SAWL SY'N DOD ATAF FI. BWYTEWCH FY MARA I, AC NI WNEWCH FARW – CEWCH ATGYFODI'N FYW AR Y DYDD OLAF UN.

DERE YMLAEN, UN GWYRTH FACH ARALL! GWNA'R TRIC GYDA'R BARA YNA ETO!

CAFODD EICH CYNDEIDIAU FARA – **MANNA** R NEFOEDD – WRTH DDIANC O'R AIFFT. OND MARW OEDD EU HANES FEL PAWB ARALL.

OND BARA **BYWIOL** WYF FI. FY **NGHNAWD** I FY HUN YW'R BARA. PWY BYNNAG A WNAIFF FWYTA O'M CNAWD AC YFED O'M GWAED NI BYDD FARW, OND BYDD YN FYW AM BYTH.

MAE HYNNY'N ORMOD I OFYN, GORMOD O LAWER!

GWYRTHIAU NEU BEIDIO, WELWCH CHI FYTH MOHONO I'N GWNEUD RHYW BETHAU FELNA!

ALLA I MO'I DDILYN GAM YMHELLACH – ER EI FOD YN LLAWN GWYRTHIAU GWYCH.

A BETH AMDANOCH CHI'R **DEUDDEG**? YDYCH CHI AM FY NGADAEL HEFYD?

ARGLWYDD, DOES **NEB** ARALL I NI. RYDYM YN CREDU AC YN GWYBOD MAI TI YW YR UN SANCTAIDD ODDI WRTH DDUW.

AC ETO, MAE UN OHONOCH YN **DDIAFOL** – YN BAROD I'M BRADYCHU CYN HIR.

ROEDD DYN A CHANDDO DDAU FAB. DYWEDODD YR IEUENGAF OHONYNT, 'NHAD, FEDRA I DDIM DISGWYL I TI FARW. RHO'R GYFRAN O'TH EIDDO SYDD I DDOD I MI YN **AWR**!'

'AC FELLY, WRTH I'R MAB HYNAF WEITHIO'N GALED FEL Y GWNAETH ERIOED, FE WERTHODD Y MAB IEUENGAF Y TIR A ETIFEDDODD.

'DIM OND YR ARIAN OEDD YN BWYSIG IDDO, AC WEDI EI GAEL GADAWODD AM Y DDINAS FAWR, HEB GOLLI DEIGRYN DROS YR HYN A ADAWAI AR EI ÔL . . .

'YNO, FE WARIODD Y **CWBL** AR DDIOD, PARTÏON A PHUTEINIAID. ROEDD YN BYW I'R FUNUD, A FFRINDIAU'N TYRRU O'I GWMPAS.

'OND BYR OEDD EI BLESER. DAETH YR ARIAN I BEN, A GADAWODD EI "FFRINDIAU" DROS NOS, I CHWILIO AM HWYL RYWLE ARALL.

'HEB FFRINDIAU, HEB ARIAN, HEB FYWYD.

'YN EI DRALLOD AETH I CHWILIO AM WAITH YN GOFALU AM FOCH, A BU'N BWYTA EU SBARION HWY MEWN YMDRECH I FYW.

PEIDIWCH AG EDRYCH ARNA I FEL'NA!

'CYN HIR, DAETH AT EI GOED, A DYCHWELODD ADRE'N ÔL.

'GWELODD EI DAD EF YN DOD O BELL. TOSTURIODD WRTHO A RHEDODD I'W GYFARFOD.

NHAD, MADDAU I MI. DYDW I DDIM YN HAEDDU CAEL FY NGALW'N FAB I TI! DERBYN FI'N ÔL, PLÎS, FEL UN O'TH WEISION CYFLOG.

PAID Â SIARAD MOR FFÔL! MAE'N BRYD I NI DDATHLU A GWLEDDA'N LLAWEN! RHAID I BAWB GLYWED Y NEWYDDION DA.

OND SUT **FEDRECH** CHI, NHAD? MAE FY MRAWD WEDI'N TRIN NI FEL **FFYLIAID**! A CHEFAIS I 'RUN PARTI **ERIOED**, ER I MI WEITHIO'N GYSON I CHI!

OND DYWEDODD Y TAD, 'FY MAB, YR WYT TI GYDA MI **BOB AMSER**, AC MAE FY EIDDO I GYD YN EIDDO I **TI**. OND MAE'N RHAID LLAWENHAU; ROEDD DY FRAWD YN FARW, A DAETH YN ÔL YN FYW. ROEDD AR GOLL, A CHAFWYD HYD IDDO.'

RWYT TI'N **SIŴR IAWN** O DY FFEITHIAU, IESU. BETH FELLY SY'N RHAID I **MI** EI WNEUD I ETIFEDDU TEYRNAS NEFOEDD?

RWYT TI, FEL FI, WEDI DARLLEN YR YSGRYTHURAU. BETH WYT **TI'N** FEDDWL YW EU NEGES?

'CÂR YR ARGLWYDD DY DDUW Â'TH HOLL GALON, ENAID A MEDDWL, A CHÂR DY GYMYDOG FEL TI DY HUN.'

WNA HYNNY, A BYDDI BYW.

OND PWY **YW** FY NGHYMYDOG?

DYMA DDAMEG I EGLURO.

ROEDD YNA IDDEW'N TEITHIO AR HYD FFORDD SERTH A PHERYGLUS O JERWSALEM I JERICHO.

'YN SYDYN, YMOSODWYD ARNO GAN LADRON.

'WEDI IDDYNT EI GURO, A DWYN Y CWBL ODDI ARNO, DIHANGODD Y LLADRON A'I ADAEL YN HANNER MARW.

'ROEDD **OFFEIRIAD** YN DIGWYDD MYND I LAWR Y FFORDD HONNO, OND AETH HEIBIO AR YR OCHR ARALL, RHAG OFN BAEDDU EI DDWYLO . . .

'YNA DAETH **LEFIAD** HEIBIO, OND CROESODD HWNNW I'R OCHR ARALL, YN RHY BRYSUR I BOENI AMDANO . . .

'OND YNA DAETH **SAMARIAD** HEIBIO, GAN AROS I'W HELPU — YN GROES I BOB TRADDODIAD A DISGWYLIAD . . .

'AC ACHUBODD FYWYD Y DYN.

'RHWYMODD EI GLWYFAU A'I GARIO I'R DREF AGOSAF, CYN TALU POBL YNO I OFALU AMDANO.'

FELLY, PA UN O'R TRI OEDD GWIR GYMYDOG Y DYN ANFFODUS?

YR UN A GYMERODD DRUGAREDD ARNO.

DOS, A GWNA DITHAU YR UN MODD.

RHO **ARWYDD** I NI, IESU. RHO ARWYDD I NI O'R **NEFOEDD**. DANGOS DY RYM I NI.

ARWYDD?

FE WYDDOCH FOD AWYR GOCH Y NOS YN ARWYDD O DYWYDD DA, AC AWYR GOCH Y BORE'N ARWYDD O STORM.

FE WYDDOCH YN DDA SUT I DDEHONGLI ARWYDDION YR **AWYR**, OND MAE DEHONGLI ARWYDDION YR AMSERAU Y TU HWNT I CHI.

MAE POBL EIN CYFNOD NI'N DDRWG AC ANNUWIOL. RYDYCH AM WELD **GWYRTH**? YR UNIG WYRTH A GEWCH YW'R UN A RODDWYD I **JONA**. FE'I CARCHARWYD MEWN MORFIL AM DRIDIAU, OND CODODD ETO'N FYW.

GWYLIA RHAG Y PHARISEAID A'R SADWCEAID, PEDR.

PAID Â LLYNCU EU DYSGEIDIAETH I GYD.

MAE RHAI'N DWEUD IOAN FEDYDDIWR, WEDI DIANC RHAG HEROD.

AC **ELIAS**, NEU UN O'R **PROFFWYDI** ERAILL, WEDI DOD YN ÔL ATOM.

MAE ERAILL YN DWEUD **JEREMEIA**.

DYWEDWCH WRTHA I, PWY MAE POBL YN EI DDWEUD YW MAB Y DYN?

OND PWY A DDYWEDWCH **CHI** YDW I?

TI YW'R **MESEIA**, MAB Y DUW BYW.

YMHEN RHAI DYDDIAU FE ARWEINIWYD PEDR, IAGO AC IOAN GAN IESU I BEN MYNYDD CYFAGOS.

CYRHAEDDWYD Y COPA, A DECHREUODD IESU WEDDÏO.

YN FLINEDIG AR ÔL Y DAITH, SYRTHIODD Y TRI ARALL I GYSGU.

OND WRTH I IESU WEDDÏO, DAETH RHYW **NEWID** RHYFEDD DROSTO... SYLWODD UN O'R DISGYBLION GAN DDEFFRO'N SYTH.

...FEISTR?

SAFAI IESU O'U BLAENAU A'I WYNEB YN DISGLEIRIO FEL YR **HAUL**, A'I DDILLAD YN LLACHAR FEL GOLAU DYDD! LLOSGWYD EU LLYGAID WRTH IDDYNT **EDRYCH** ARNO.

AR UN OCHR I IESU SAFAI MOSES, A'R PROFFWYD ELIAS AR YR OCHR ARALL.

ROEDD Y TRI WRTHI'N TRAFOD CYFLAWNIAD CYNLLUN DUW, TRWY FARWOLAETH IESU AR Y GROES.

FEISTR! GAD I MI HELPU! BETH AM I MI GODI CYSGOD I CHI, UN I BOB UN OHONOCH?

NID OEDD PEDR YN SIARAD LLAWER O SYNNWYR, CYMAINT OEDD EI SYNDOD A'I FRAW.

GORCHUDDIWYD Y MYNYDD GAN GWMWL, A DAETH LLAIS OHONO I DDWEUD:

HWN YW FY **MAB**, YR HWN RWY'N EI GARU. **GWRANDEWCH** ARNO!

DILYNODD Y DISGYBLION IESU YN ÔL I LAWR Y MYNYDD, HEB DDWEUD GAIR.

ROEDDYNT WEDI BOD YN DYST I RYWBETH MOR **RHYFEDDOL**, FEL NA FYDDENT YN MEDRU SÔN AMDANO AM AMSER HIR.

CHWIORYDD OEDD **MAIR** A **MARTHA**, YN BYW YN NHREF BETHANIA.

ROEDD EU BRAWD, LASARUS — FFRIND AGOS I IESU — YN DDIFRIFOL WAEL.

DANFONWYD GAIR AT **IESU**. OND NI CHAFWYD ATEB, A BU LASARUS FARW.

PEDR, DWED WRTH Y LLEILL EIN BOD AM FYND I **FETHANIA**.

BETHANIA? OND BU BRON I NI GAEL EIN LADD Â CHERRIG YNO Y TRO DIWETHAF. WYT TI'N **SIŴR**?

MAE'N CYFAILL LASARUS WEDI SYRTHIO I GYSGU, OND RWY'N MYND I'W DDEFFRO ER MWYN I BAWB WELD GRYM Y GWIR DDUW.

OND FEISTR, OS YW E'N WAEL FE FYDD ANGEN **GORFFWYS** ARNO. MAE'N WELL GADAEL IDDO GYSGU, MAE'N SIŴR.

DOEDDWN I DDIM YN SÔN YN **LLYTHRENNOL**, PEDR.

MAE E WEDI **MARW**.

ARTHA —

O, F'ARGLWYDD, MAE'N RHY HWYR, YN **RHY HWYR**! RWY'N GWYBOD DY FOD YN DDYN PRYSUR, OND FE **ALLET** TI —

MARTHA —

FE FRWYDRODD TAN Y DIWEDD, YN Y GOBAITH Y BYDDET TI'N CYRRAEDD, OND ERBYN HYN MAE'N RHY . . .

MARTHA!

RWY'N **GWYBOD** HYNNY, SIŴR. BYDD Y MEIRW I **GYD** YN ATGYFODI AR Y DYDD OLAF.

MAE DY FRAWD YN MYND I ATGYFODI.

Y FI YW'R ATGYFODIAD A'R BYWYD. PWY BYNNAG SY'N CREDU YNOF FI, **ER** IDDO FARW, FE FYDD BYW.

WYT TI'N CREDU HYN, MARTHA?

YDW, F'ARGLWYDD — TI YW Y CRIST, MAB Y DUW BYW.

MAIR! MAE'R ATHRO YMA, AC YN HOLI AMDANAT.

AC YN ARAF . . .

O DYWYLLWCH DREWLLYD Y BEDD . . .

DAETH Y CORFF MARW ALLAN.

FY MRAWD, ROEDDET TI'N **FARW.**

BETH IGWYDDODD?

MARW? OND RWY'N FYW!

PA FATH O DWYLL YW HYN?

OND FE WELAIS Y CYFAN! ROEDD Y DYN YN FARW AC WEDI'I GLADDU!

TYNNWCH EI RWYMAU A GADEWCH IDDO FYND YN RHYDD!

MAE'N RHAID RHOI STOP AR HYN. BYDD Y GENEDL GYFAN YN EI DDILYN CYN HIR, GAN ANGHOFIO'N LLWYR AMDANON **NI.** RHAID I NI DDAL EIN GAFAEL YN YR YCHYDIG RYM A ADAWODD Y RHUFEINIAID I NI.

RHAID RHWYSTRO'R IESU YMA, AR **FRYS.**

ROEDD ATGYFODIAD LASARUS WEDI ARWAIN LLAWER O'R IDDEWON I ROI EU FFYDD YN YR IESU. O'R EILIAD HONNO, GWNAETH Y PRIF OFFEIRIAID YN JERWSALEM GYNLLUNIAU I LADD YR IESU.

ER BOD IESU YN GWYBOD HYN, ARWEINIODD EI DDISGYBLION I DDINAS **JERWSALEM**.

ADEG Y PASG OEDD HI.

AC NID IESU'N UNIG, OND LASARUS HEFYD – RHAG IDDO ATGOFFA POBL O RYM YR IESU.

EWCH CHI EICH DAU I'R PENTREF NESAF. FE GEWCH HYD I ASYN YNO, NAD OES NEB WEDI EI FARCHOGAETH. DEWCH AG EF YMA I MI.

FE WNAETH Y DISGYBLION YN ÔL EI DDYMUNIAD, A DWEUD WRTH Y PERCHENNOG, 'MAE AR Y MEISTR EI ANGEN', YN UNION FEL Y DYWEDODD IESU.

GANRIFOEDD YNGHYNT, ROEDD Y PROFFWYD SECHAREIA WEDI RHAG-WELD Y DIGWYDDIADAU HYN:

'LLAWENHEWCH, DRIGOLION JERWSALEM.

'EDRYCHWCH, MAE EICH BRENIN WEDI DOD ATOCH! MAE'N DOD YN FUDDUGOLIAETHUS, AC ETO YN OSTYNGEDIG, YN MARCHOGAETH EBOL ASYN.

'FE FYDD YN DWYN **HEDDWCH** I GENHEDLOEDD, GAN LYWODRAETHU O FÔR I FÔR, HYD EITHAFOEDD Y DDAEAR.'

CLYWODD Y DYRFA FAWR OEDD WEDI DOD I JERWSALEM I DDATHLU'R PASG FOD IESU AR EI FFORDD. WRTH IDDO DDOD I MEWN I'R DDINAS, LLANWODD EU BLOEDDIO A'U LLAWENYDD YR HOLL LE: '**HOSANNA, MAE'R BRENIN GAFODD EI ADDO WEDI DOD!** BENDIGEDIG YW YR UN SYDD YN DOD YN ENW'R ARGLWYDD.'

TYNNAI POBL EU MENTYLL A'U RHOI I ORWEDD AR LWYBR YR IESU. ROEDD RHAI ERAILL YN GOSOD CANGHENNAU COED PALMWYDD AR Y LLAWR O'I FLAEN.

ROEDD YN EDRYCH FEL PETAI'R BRENIN DAFYDD EI HUN WEDI DOD YN ÔL I ADFER ISRAEL I'W HEN OGONIANT.

HEN BETH DIGON TENAU YW HWN. FE DALAF DDEG AMDANO.

DEG? Y FATH **SEN!** PYMTHEG, NEU DIM O GWBL!

PYMTHEG? WYT TI'N **GALL**, DWED? FE DALAF UN AR DDEG, AC MAE HYNNY'N GYNNIG HAEL.

RHAID IMI GAEL BENTHYG RHAGOR O ARIAN.

WYT TI'N DEALL Y BYDD Y LLOG YN CODI?

GYDA BRON PAWB YN JERWSALEM YN CRAFFU I WELD BETH FYDDAI'N EI WNEUD NESAF, AETH IESU AR EI UNION I GWRT ALLANOL Y DEML.

FE DDYLAI FY NHŶ I FOD YN DŶ GWEDDI I'R HOLL GENHEDLOEDD . . .

OND RYDYCH CHI WEDI EI WNEUD YN OGOF LLADRON!

TAFLODD IESU YR HOLL GYFNEWIDWYR ARIAN A PHERCHENOGION STONDINAU ALLAN – GAN ARSWYDO'R OFFEIRIAID, OEDD YN ELWA AR Y FARCHNAD.

YDYCH CHI'N **CLYWED** Y SWN Y TU ALLAN? MAE YNA **BLANT** YN GWEIDDI 'HOSANNA I **FAB DAFYDD**'.

O ENAU PLANT BYCHAIN Y MAE DUW YN DERBYN MAWL.

DYNA HI, MAE E WEDI MYND YN RHY BELL Y TRO HWN!

PWY YN Y BYD MAE E'N MEDDWL YW E? DIGON YW DIGON!

DAETH YR AWR I OGONEDDU MAB Y DYN.

OS NAD YW'R DYWYSEN WENITH YN SYRTHIO I'R DDAEAR AC YN MARW, MAE'N AROS YN UN HEDYN. OND OS Y BYDD FARW, MAE'N CYNHYRCHU LLAWER O HADAU.

PEIDIWCH Â CHYNHYRFU. RWYF YN MYND O'CH BLAEN I BARATOI LLE I CHI. YN NHŶ FY NHAD MAE LLAWER O YSTAFELLOEDD.

MYFI YW Y FFORDD, Y GWIRIONEDD A'R BYWYD. NID OES NEB YN DOD AT Y TAD OND TRWOF FI. OS YDYCH CH'N FY NGHARU, FE WNEWCH YR HYN A OFYNNAF, AC FE FYDDAF YN GOFYN I'R TAD ANFON ARWEINYDD ATOCH A FYDD GYDA CHI **AM BYTH** – SEF YSBRYD Y GWIRIONEDD.

FE FYDDAF YN EICH GADAEL YN FUAN. RHAID I'R BYD WELD FY MOD YN CARU'R TAD, AC AM WNEUD YN ÔL EI DDYMUNIAD.

TRA OEDD IESU'N SIARAD, FE AETH UN O'I DDISGYBLION O'R YSTAFELL YN LLECHWRAIDD . . .

RHEDODD JIWDAS ISCARIOT NERTH EI DRAED AT Y PRIF OFFEIRIAD.

FELLY, RWYT TI WEDI **CALLIO**. WYT TI AM DDWEUD WRTHYM BLE Y CAWN **HYD** IDDO?

YDW. OND MAE PRIS AR WYBODAETH FEL HON.

WRTH GWRS.

MAE DEG DARN AR HUGAIN O ARIAN YN DDIGON, DYBIWN I – **MWYNHA** – RWYT WEDI EI **HAEDDU**.

OND NI CHÂI JIWDAS UNRHYW BLESER O'R ARIAN. DIM PLESER O GWBL.

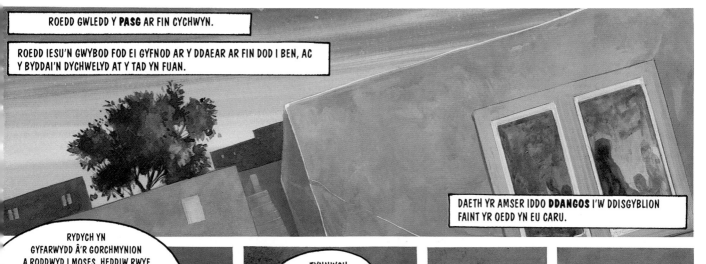

ROEDD GWLEDD Y **PASG** AR FIN CYCHWYN.

ROEDD IESU'N GWYBOD FOD EI GYFNOD AR Y DDAEAR AR FIN DOD I BEN, AC Y BYDDAI'N DYCHWELYD AT Y TAD YN FUAN.

DAETH YR AMSER IDDO **DDANGOS** I'W DDISGYBLION FAINT YR OEDD YN EU CARU.

RYDYCH YN GYFARWYDD Â'R GORCHMYNION A RODDWYD I MOSES. HEDDIW RWYF AM ROI GORCHYMYN **NEWYDD** I CHI. CARWCH EICH GILYDD FEL YR WYF FI WEDI **EICH** CARU. OS CERWCH EICH GILYDD, FE FYDD PAWB YN GWYBOD EICH BOD YN DDISGYBLION I MI.

TYNNWCH EICH SANDALAU A **GWYLIWCH.**

ARGLWYDD, PLÎS, **PAID** Â GWNEUD HYN! DOES DIM **ANGEN!**

PEDR, ER NAD WYT YN DEALL YN AWR, FE FYDDI'N DEALL YN Y DYFODOL.

OS NA FYDDI'N CANIATÁU IMI OLCHI DY DRAED, NI ELLI FOD YN DDISGYBL I MI.

OS FELLY, ARGLWYDD, GOLCHA FY NWYLO A'M PEN HEFYD!

RWYT TI'N **LÂN** YN BAROD.

RYDYCH YN FY NGALW'N 'ATHRO' AC 'ARGLWYDD', OND RWYF WEDI GOLCHI EICH TRAED. DYLECH CHITHAU OLCHI TRAED **EICH GILYDD**. RWYF WEDI GOSOD ESIAMPL I CHI. MAE'N UN Y DYLECH EI DILYN.

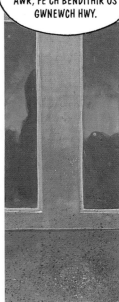

A CHAN EICH BOD YN GWYBOD Y PETHAU HYN YN AWR, FE'CH BENDITHIR OS GWNEWCH HWY.

Y BARA HWN – CYMERWCH A BWYTEWCH; HWN YW FY NGHORFF A RODDIR DROSOCH. GWNEWCH HYN ER COF AMDANAF.

CYMERWCH Y CWPAN – YFWCH OHONO, POB UN OHONOCH. HWN YW FY NGWAED A DYWELLTIR DROS LAWER ER MADDEUANT PECHODAU.

'RWY'N DWEUD Y GWIR WRTHYCH – NI FYDDAF YN YFED O FFRWYTH Y WINWYDDEN ETO, HYD NES Y DAW TEYRNAS DDUW.'

WEDI IDDYNT ORFFEN Y PRYD BWYD, AETH IESU A'I DDISGYBLION Y TU ALLAN I FURIAU'R DDINAS – I FYNYDD YR OLEWYDD – I WEDDÏO.

YN FUAN IAWN, FE FYDDWCH I GYD YN DIANC A'M GADAEL.

FE BROFFWYDWYD FEL HYN, 'FE FYDD DUW YN LLADD Y BUGAIL, AC FE FYDD Y DEFAID YN GWASGARU.'

NA, ARGLWYDD! NI FYDDAF I BYTH YN DY ADAEL.

PEDR, CYN I'R CEILIOG GANU BORE FORY, FE FYDDI WI FY NGWADU **DAIR** GWAITH.

NA FYDDAF BYTH!

WEDI IDDO DDWEUD WRTH EI DDISGYBLION AM AROS YN EFFRO A GWYLIO, SYMUDODD IESU YMAITH I FOD AR EI BEN EI HUN. TEIMLAI'N DRIST IAWN.

FY NHAD, RWY'N GWYBOD FOD **POPETH** YN BOSIBL I TI.

CYMER Y CWPAN DIODDEFAINT HWN ODDI ARNAF.

ETO, NID YR HYN RWYF **FI** EI EISIAU SY'N BWYSIG, OND DY EWYLLYS **DI**.

CYSGU OEDDECH CHI? A OEDD YN ORMOD GOFYN I CHI WYLIO AM AWR?

O! ROEDDEM YN . . . YY. . . DIM OND . . .

MAE'N RHY HWYR BELLACH. DAETH YR AWR.

EDRYCHWCH. MAE MAB Y DYN YN CAEL EI FRADYCHU I DDWYLO PECHADURIAID. A DYMA FY MRADYCHWR YN DOD.

ARWEINIWYD IESU YMAITH I DREULIO GWEDDILL Y NOS YN NWYLO GWARCHODLU'R DEML.

CABLWR!

PROFFWYDA **NAWR**, 'FESEIA'!

OS WYT TI'N **BROFFWYD**, DYWED WRTHYM PWY SYDD NEWYDD DY **DARO**!

AR DORIAD Y WAWR, AED Â IESU AT ORSEDD Y **GWIR** AWDURDOD YN ISRAEL. . .

PALAS Y LLYWODRAETHWR RHUFEINIG, PONTIUS PEILAT.

MAE'R DYN HWN YN EUOG O DANSEILIO EIN HOLL **GENEDL**. MAE'N HONNI EI FOD YN FRENIN YR IDDEWON.

RWY'N GWELD. **WYT** TI? AI TI **YW** BRENIN YR IDDEWON?

RWYT TI'N DWEUD FY MOD YN FRENIN. OND NID YW FY NHEYRNAS I O'R BYD HWN.

EDRYCHWCH, PEILAT, ONI BAI FOD HWN YN DROSEDDWR, NI FUASEM YN GWASTRAFFU EICH AMSER.

OND NI ALLAI PEILAT WELD DIM O'I LE ARNO.

FELLY PENDERFYNODD PEILAT ADAEL I'R BOBL BENDERFYNU TYNGED IESU. ROEDD YN ARFERIAD ADEG Y PASG I RYDDHAU CARCHAROR OEDD WEDI CAEL EI GONDEMNIO I FARWOLAETH.

ROEDD Y DYRFA I DDEWIS RHWNG IESU A **BARABBAS** – DYN OEDD WEDI EI GYHUDDO O LOFRUDDIAETH OHERWYDD EI RAN YN Y GWRTHRYFEL YN ERBYN Y RHUFEINIAID.

PWY HOFFECH CHI I MI EI RYDDHAU? **BARABBAS**? NEU'R GŴR YMA, SY'N HONNI EI FOD YN **FRENIN** ARNOCH?

BARABBAS!

NI FU JIWDAS FYW I FWYNHAU EI ARIAN. WEDI IDDO DAFLU'R DEG DARN AR HUGAIN O ARIAN I MEWN I'R DEML, GADAWODD Y DDINAS A'I GROGI EI HUN.

WEDI'I FFLANGELLU A'I DARO, YN GWAEDU AC WEDI'I ORCHUDDIO Â PHOER, O'R DIWEDD, CORONWYD YR UN OEDD YN ETIFEDD I ORSEDD DAFYDD YN **FRENIN**. WEDI HYNNY, FE ARWEINIWYD EF I'W GROESHOELIO.

CROESHOELIWCH EF!
CROESHOELIWCH EF!

CROESHOELIWCH EF!
CROESHOELIWCH EF!

CROESHOELIWCH EF!
CROESHOELIWCH EF!

ROEDD Y RHAI A GONDEMNIWYD I'W CROESHOELIO YN CAEL EU GORFODI I GARIO EU CROES EU HUNAIN I FAN Y CROESHOELIAD.

AC YNTAU EISOES YN WAN AR ÔL Y FFLANGELLU, Y GURFA A'R ARTAITH, PRIN Y GALLAI IESU **GERDDED**, HEB SÔN AM GARIO'I GROES.

EDRYCHWCH
RNO. MAE'N MYND
I'W **GOLLWNG**!

TYRD,
**COD HI I
FYNY**!

RHY **DRWM**, EICH
MAWRHYDI? HA! AM
ŴR BRENHINOL!

ROEDD DYN O'R ENW SIMON, O GYRENE YNG NGOGLEDD AFFRIG, YN Y DYRFA. GAN FOD IESU'N RHY WAN I GARIO'R GROES, GORFODWYD SIMON I'W CHARIO YN EI LE.

AC FELLY, GYDA SIMON YN CARIO'R GROES, A'R IESU'N LLUSGO EI HUN WRTH EI YMYL, AETHANT AR HYD Y STRYDOEDD AC I FYNY'R BRYN A ELWID **GOLGOTHA** – LLE'R BENGLOG.

IAWN, AROS YN LLONYDD.

POPETH YN IAWN AR F'OCHR I. NAWR 'TE . . .

PAID Â SYMUD.

GOSODODD Y MILWYR ARWYDD UWCH EI BEN. YNA CODWYD Y GROES I FYNY.

IESU - BRENIN YR IDDEWON

WRTH I OLEUNI'R BYD GAEL EI DDIFFODD, DAETH TYWYLLWCH MAWR DROS Y TIR, TYWYLLWCH NA WELWYD EI DEBYG ERS DYDD Y CREU.

RHODDODD JOSEFF O ARIMATHEA, AELOD O'R CYNGOR, AC UN OEDD WEDI SIARAD O BLAID YR IESU, EI FEDD EI HUN IDDO, GAN ARBED IESU RHAG GORWEDD YN Y BEDD CYFFREDIN OEDD YN CAEL EI GADW AR GYFER TROSEDDWYR.

AR DORIAD GWAWR Y **TRYDYDD** DYDD, AETH MAIR MAGDALEN A MAIR MAM IAGO AT Y BEDD LLE GOSODWYD YR IESU.

Y **GARREG** – MAE HI WEDI CAEL EI **SYMUD!**

YDYN NHW'N EI GASÁU GYMAINT FEL EU BOD HYD YN OED YN BAROD I HALOGI EI **FEDD?**

AROS! MAE UN OHONYN NHW YMA O HYD!

BYDD YN OFALUS!

PEIDIWCH AG OFNI.

RYDYCH YN CHWILIO AM **IESU**, YR UN A GROESHOELIWYD. NID YW EF YMA, OND **CYFODODD**, FEL Y DYWEDODD.

EWCH, A DYWEDWCH WRTH EI DDISGYBLION EI FOD YN **FYW** AC Y BYDD YN CYFARFOD Â HWY YNG NGALILEA.

BETH SYDD WEDI DIGWYDD?

MAEN NHW'N IAWN. MAE EI GORFF WEDI MYND!

BETH YW YSTYR HYN?

O, IESU, BETH **WNAETHON** NHW I TI?

. . . MAIR?

MAIR, PAM WYT TI'N CHWILIO AM Y **BYW** YMHLITH Y **MEIRW?**

ATHRO!!

ROEDD IESU WEDI BOD YN **FARW**, ROEDD HYNNY'N DDIGWESTIWN. ROEDD **YNO** PAN FU FARW, AC ETO ROEDD YMA YN AWR – YN FYW! YN **FYW**!

PAID Â GAFAEL YNOF, OHERWYDD NID WYF ETO WEDI DYCHWELYD AT FY NHAD.

DOS I DDWEUD WRTH Y LLEILL: 'RWYF YN DYCHWELYD AT FY NHAD I A'CH TAD **CHI**; AT FY NUW I A'CH DUW **CHI**.'

RHEDODD MAIR NERTH EI THRAED I DDWEUD Y NEWYDDION **RHYFEDDOL** WRTH Y LLEILL. **ROEDD IESU'N FYW**!!

 OND PAN GLYWODD Y DISGYBLION HI'N DWEUD FOD IESU'N FYW, A'I BOD WEDI EI WELD, NID OEDDENT YN EI CHREDU.

A DYMA PRYD Y DAETH **IESU** EI **HUN** ATYNT:

BYDDED HEDDWCH I CHI. PAM RYDYCH CHI MOR OFNUS? **DYWEDAIS** WRTHYCH BETH FYDDAI'N DIGWYDD – FE FYDDAI'R MESEIA YN CAEL EI **LADD**, AC AR Y TRYDYDD DYDD BYDDAI'N CYFODI **ETO**.

PEIDIWCH Â SEFYLL YN SYN. HOFFWN GAEL RHYWBETH I'W **FWYTA**!

ROEDD GWEDDILL Y DISGYBLION YNO, A **GWELSANT** EF Y DIWRNOD HWNNW.

CYFARCHION.

AAAAA!!! **YSBRYD**!!!!

PAWB, HYNNY YW, AR WAHÂN I **TOMOS** . . .

WEL, DYDW I DDIM YN CREDU HYN.

MAE E WEDI **MARW**. RYDYM I GYD WEDI EI **WELD** YN MARW, AC OS NA WELAF FI Y TYLLAU YN EI DDWYLO **DROSOF FY HUN**, NI FYDDAF YN CREDU **GAIR** O HYN!

TOMOS . . !

DYMA TI, TEIMLA FY NWYLO, TEIMLA'R **TYLLAU**, TEIMLA GRAITH Y WAYWFFON YN FY OCHR.

FY **ARGLWYDD**! FY ARGLWYDD A'M **DUW**!

RWYT TI'N CREDU OHERWYDD ITI FY **NGWELD**. GYMAINT MWY GWYNFYDEDIG YW Y RHAI FYDD YN CREDU HEB **ERIOED** FY NGWELD!

YMDDANGOSODD IESU I'W DDISGYBLION DROEON YN YSTOD Y DYDDIAU A'R WYTHNOSAU DILYNOL.

OND DAETH CYFNOD I BEN, AC NID OEDD NEB YN SIŴR BETH FYDDAI'N DIGWYDD NESAF. GYDA HYN MEWN GOLWG, ROEDD PEDR YN TEIMLO EI BOD YN BRYD IDDO AILAFAEL YN EI HEN FYWYD UNWAITH ETO.

FELLY, UN NOSWAITH, AETH PEDR A'R DISGYBLION ALLAN I BYSGOTA — OND, AR DORIAD Y WAWR, ROEDD EU RHWYDAU'N DAL YN WAG . . . GALWODD RHYWUN ARNYNT O'R LAN.

FFRINDIAU, YDYCH CHI WEDI DAL LLAWER O BYSGOD?

DIM UN! MAE'N EDRYCH FEL PETAI'R MÔR YN WAG!

WEL, BETH AM I CHI FWRW EICH RHWYDAU DROS OCHR **DDE** Y CWCH? CEWCH HYD I RAI YNO!

GAN EU BOD YN RHY FLINEDIG I DDADLAU, FE WNAETH Y DISGYBLION YR HYN A ORCHMYNNWYD IDDYNT. GYDA HYN, FE LANWYD EU RHWYDAU Â CHYMAINT O BYSGOD FEL NA ALLENT EU TYNNU I MEWN.

PWY YW'R DYN YNA?!

YR **ARGLWYDD** YW E! EDRYCH! YR **ARGLWYDD**!

ARGLWYDD!

PEDR, DOS YN ÔL I DDAL RHAI O'R PYSGOD. RWYF AM BARATOI **BRECWAST** I CHI.

MAE POPETH A DDYWEDODD Y PROFFWYDI YN **WIR**: 'FE FYDD Y MESEIA YN **MARW**, AC AR Y TRYDYDD DYDD FE FYDD YN ATGYFODI.

'YN EI ENW **EF**, FE GYHOEDDIR MADDEUANT PECHODAU I **BOB** CENEDL AR Y DDAEAR, GAN DDECHRAU YN JERWSALEM.'

PEDR, WYT TI'N FY NGHARU?

ARGLWYDD, RWYT TI'N **GWYBOD** FY MOD I. RWYT TI'N GWYBOD POPETH.

FELLY, GOFALA AM FY NEFAID DROSOF.

GOFYNNODD IESU Y CWESTIWN HWN I PEDR DAIR GWAITH. DYMA SUT Y DANGOSODD IESU EI FOD YN MADDAU IDDO AM EI WADU DEIRGWAITH.

DYNA DDIWEDD AR YRFA PEDR FEL PYSGOTWR. ROEDD GANDDO SWYDD NEWYDD YN AWR . . .

RHODDWYD I **MI** BOB AWDURDOD YN Y NEFOEDD A'R DDAEAR.

EWCH I'R HOLL FYD, GAN WNEUD DISGYBLION O'R HOLL GENHEDLOEDD, GAN EU BEDYDDIO YN ENW'R TAD, A'R MAB, A'R YSBRYD GLÂN.

RWYF AM ANFON YR UN Y MAE'R **TAD** WEDI EI ADDO – **YR YSBRYD GLÂN**. PEIDIWCH Â MYND O JERWSALEM, OND **ARHOSWCH** YNO AMDANO.

FE FYDDWCH YN DERBYN **NERTH** PAN DDAW YR YSBRYD GLÂN, AC FE FYDDWCH YN DYSTION I MI YN JERWSALEM A JIWDEA, AC I EITHAFOEDD Y BYD! YN AWR Y MAE EICH GWAITH YN **DECHRAU**!

WRTH IDDO SEFYLL YNO YN EU BENDITHIO, FE'I **CODWYD** O FLAEN EU LLYGAID . . .

I FYNY I'R **NEFOEDD**.

GYDA HYN, YMDDANGOSODD DAU ANGEL, GAN DDWEUD, 'FECHGYN GALILEA, PAM RYDYCH CHI'N EDRYCH I FYNY I'R AWYR? MAE IESU WEDI EI GYMRYD ODDI ARNOCH I'R **NEFOEDD**, AC YN YR UN MODD FE DDAW YN **ÔL** ATOCH.'

FELLY FE DDYCHWELODD Y DISGYBLION I **JERWSALEM**.

A BUONT YN AROS YNO . . .

ROEDD Y DISGYBLION YN DAL I DDOD AT EI GILYDD A RHANNU PRYDAU BWYD, FEL YR OEDDENT YN EI WNEUD PAN OEDD YR IESU GYDA HWY.

YN SYDYN, UN DIWRNOD, CLYWYD SŴN **GWYNT** NERTHOL. GWELODD Y DISGYBLION RYWBETH TEBYG I DAFODAU O **DÂN** YN YMESTYN ATYNT AC YN EU CYFFWRDD.

AR UNWAITH, LLANWYD HWY Â'R **YSBRYD GLÂN**.

YNA, DECHREUODD POB UN OHONYNT FOLIANNU DUW GAN DDEFNYDDIO **IEITHOEDD** ERAILL.

YN FUAN, DECHREUODD TYRFA O IDDEWON OEDD AR YMWELIAD Â JERWSALEM GASGLU YNGHYD, WEDI RHYFEDDU EU BOD YN CLYWED EU HIEITHOEDD YN CAEL EU SIARAD MOR BELL O GARTREF.

WYDDWN I DDIM DY FOD YN DEALL LLADIN.

POBL **LEOL** YW'R RHAIN. BLE DYSGON NHW EIN HIAITH **NI**, TYBED?

MAE'N RHAID FOD Y **GWIN** LLEOL YN DDA. MAE'R CRIW YMA WEDI CAEL DWSIN O BOTELI YR UN, MAE'N AMLWG! **EDRYCHA** ARNYN NHW!

NID WEDI **MEDDWI** Y MAEN NHW! DIM OND NAW O'R GLOCH Y BORE YW HI! MAE HYN YN DIGWYDD YN UNION FEL Y **DYWEDODD** Y PROFFWYDI.

ROEDD IESU O NASARETH YN DDYN A DDEFNYDDIWYD GAN DDUW I WNEUD **GWYRTHIAU** YN EIN MYSG! RHODDWYD EF I **FARWOLAETH** AR GROESBREN, OND ATGYFODODD! NI ALLAI ANGAU EI **DDAL**!

FI OEDD YN UN A WAEDDODD AM FARWOLAETH IESU. AC ETO RWY'N **GWYBOD** FOD Y DYN HWN YN DWEUD Y GWIR.

OND SUT Y MEDRWN WNEUD IAWN AM HYN?

EDIFARHEWCH. YMDDIHEURWCH I DDUW, A CHYMERWCH EICH **BEDYDDIO** YN ENW IESU GRIST FEL ARWYDD O FADDEUANT DUW.

AC FELLY Y CYCHWYNNODD PETHAU . . .

BEDYDDIWYD TUA 3,000 O BOBL Y DIWRNOD HWNNW. AETHANT I YMUNO Â'R APOSTOLION MEWN BYWYD O WEDDI, GAN DORRI BARA GYDA'I GILYDD, AC AGOR DRYSAU EU CARTREFI Y NAILL I'R LLALL.

FE WERTHODD POBL GYFFREDIN, POBL OEDD GYNT YN DDIEITHRIAID, EU HOLL EIDDO I HELPU'R RHAI OEDD MEWN ANGEN. BOB DYDD, BYDDAI DUW YN YCHWANEGU AT EU NIFER.

UN DIWRNOD, AETH PEDR A IOAN, YN ÔL EU HARFER, I'R DEML I WEDDÏO.

OES GENNYCH CHI UNRHYW NEWID MÂN? RWY'N GLOFF ERS FY NGENI. UNRHYW NEWID MÂN?

NID OES GENNYF ARIAN **NAC** AUR. OND YR HYN **SYDD** GENNYF FE RODDAF ITI YN LLAWEN – A DYMA SYDD GENNYF:

YN ENW IESU GRIST O NASARETH, CYFODA A **CHERDDA.**

RWY'N MEDRU **CERDDED!** RWY'N MEDRU CERDDED! AM Y TRO CYNTAF YN FY **MYWYD!** EDRYCHWCH, RWY'N **CERDDED!**

PAM RYDYCH CHI'N SYLLU ARNOM FEL PETAEN **NI** WEDI RHOI'R GALLU IDDO GERDDED? DUW **ABRAHAM, ISAAC** A **JACOB,** DUW EIN **TADAU** WNAETH Y WYRTH YMA, NID **NI!**

DYWEDODD **MOSES** Y BYDDAI DUW YN ANFON UN O BLITH EIN POBL, AC FE WNAETH HYNNY – **IESU.** BU FARW, OND MAE'N AWR YN FYW, AC MAE ANGEN I CHI **WRANDO** ARNO. TRWYDDO EF, BYDD **HOLL** BOBL Y BYD YN CAEL EU BENDITHIO GAN DDUW!

WARCHODWYR – TAFLWCH Y CABLWYR HYN I'R CARCHAR.

GAN CHWILIO O DŶ I DŶ YN JERWSALEM, MYNNODD SAUL LUSGO'R CREDINWYR AR HYD Y STRYDOEDD I'R CARCHARDAI. HYD YN OED PAN OEDD Y RHEINY'N LLAWN, NID OEDD SAUL YN FODLON.

GYDA CHANIATÂD Y CYNGOR RHEOLI, AETH I DDINAS GYFAGOS **DAMASCUS** I ARESTIO'R RHAI OEDD YN DILYN IESU YNO.

Y DAITH HON FYDDAI'R UN BWYSICAF YN EI FYWYD.

BRYSIWCH. OS OEDWN NI BYDD YNA FWY O GYFLE I'R CABLU HYN DDIGWYDD. YN **GYFLYMACH**!

SAUL!

SAUL, PAM WYT TI'N FY ERLID?

PWY **WYT** TI, ARGLWYDD?

MYFI YW **IESU**! RWYT TI'N FY ERLID **I**, SAUL, TRWY YMOSOD AR FY NILYNWYR!

COD AR DY DRAED, A DOS I'R DDINAS. FE **DDYWEDAF** WRTHYT **YNO** BETH SYDD RAID ITI EI WNEUD!

O BLE DAETH Y LLAIS YNA?

FEDRA I DDIM . . . BETH . . . RWY'N . . . GAFAELWCH YN FY LLAW. RWY'N DDALL!

EISTEDDODD SAUL AR EI BEN EI HUN AM DRIDIAU, GAN WRTHOD BWYTA NAC YFED.

ROEDD POPETH A DYBIAI OEDD YN WIR, DRWY EI FYWYD, WEDI EI CHWALU. ROEDD IESU'N **FYW**, AC YN SIARAD GYDA LLAIS **DUW**.

WRTH YMOSOD AR Y DISGYBLION, ROEDD SAUL WEDI YMOSOD AR . . . DDUW?

ROEDD GŴR O'R ENW **ANANEIAS** YN BYW YN NAMASCUS, A DYWEDODD DUW WRTHO AM DDOD O HYD I SAUL, A'I IACHÁU.

NID OEDD ANANEIAS YN **FFŴL**. ROEDD YN GWYBOD AM YR ENW OEDD I SAUL, A PHAM YR OEDD AR EI FFORDD I DDAMASCUS YN Y LLE CYNTAF. OND FE AETH BETH BYNNAG.

ROEDD DUW WEDI DEWIS SAUL, O BAWB, I FYND Â NEGES IESU I'R BYD MAWR, A CHYFRIFOLDEB ANANEIAS OEDD DWEUD HYNNY WRTHO.

Y BRAWD SAUL. MAE'R ARGLWYDD **IESU**, YR UN YR WYT NEWYDD GYFARFOD AG EF, WEDI FY ANFON FEL Y CEI DY **OLWG** YN ÔL, AC Y CEI DY LENWI Â'R YSBRYD GLÂN.

RWY'N **GOBEITHIO** NAD TRAP YW HYN!

FY **LLYGAID**. RWY'N MEDRU **DY WELD**. DIOLCH ITI, FY . . . FFRIND.

O'R DYDD HWNNW FE DDAETH SAUL YN DDILYNWR PYBYR I'R IESU. AETH AR EI UNION I'R SYNAGOG LLEOL . . .

FRODYR O IDDEWON, **GWRANDEWCH** ARNAF! FEL Y GWYDDOCH, MAE'N SIŴR, DEUTHUM YMA I ARESTIO'R RHAI HYNNY SY'N DWEUD FOD IESU YN **DDUW**.

ER Y BYDDWCH YN SYNNU WRTH GLYWED HYN, RHAID I MI DDWEUD EU BOD YN TYSTIO I'R HYN SY'N **WIR**! MAE POPETH Y MAENT YN EI DDWEUD AMDANO YN WIR! MAE'R MESEIA WEDI DOD A CHYFODI O'R BEDD!

YDY'R STRAEN WEDI'I WNEUD YN **WALLGOF**?! DAETH YMA I ARESTIO'R BOBL HYN, NID **YMUNO** Â NHW!

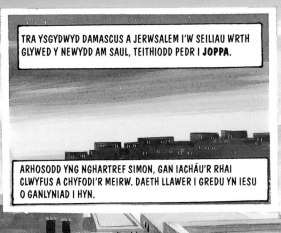

TRA YSGYDWYD DAMASCUS A JERWSALEM I'W SEILIAU WRTH GLYWED Y NEWYDD AM SAUL, TEITHIODD PEDR I **JOPPA**.

ARHOSODD YNG NGHARTREF SIMON, GAN IACHÁU'R RHAI CLWYFUS A CHYFODI'R MEIRW. DAETH LLAWER I GREDU YN IESU O GANLYNIAD I HYN.

TUA CHANOL DYDD UN DIWRNOD, AETH PEDR I BEN Y TO I WEDDÏO. WRTH IDDO SEFYLL YNO, DAETH DARLUN I'W FEDDWL.

GWELODD POB MATH O FWYDYDD Y GWAHARDDWYD YR IDDEWON RHAG EU BWYTA, AC FE GLYWODD LAIS YN DWEUD WRTHO AM EU BWYTA, GAN DDWEUD, 'NID OES DIM Y MAE DUW WEDI EI WNEUD YN LÂN, YN AFLAN.'

ROEDD PEDR YN POENI AM Y WELEDIGAETH. A OEDD DUW YN DWEUD WRTHO FOD RHEOLAU'R IDDEWON YNGLŶN Â BWYD YN ANGHYWIR? NEU A OEDD YNA YSTYR **DDYFNACH**?

TRA OEDD YN MEDDWL DROS HYN, DAETH YMWELYDD ATO . . .

SIMON PEDR? ANFONWYD NI GAN **CORNELIWS**, CANWRIAD YNG NGHESAREA. DDOE, YMDDANGOSODD **ANGEL** IDDO, GAN DDWEUD WRTHO AM ANFON AMDANAT.

MAE YNA LAWER O BOBL YN **AWYDDUS** I GLYWED BETH SYDD GENNYT I'W DDWEUD.

RWY'N GWELD. O'R GORAU, RUFEINIWR, DANGOS Y FFORDD I MI.

SAF AR DY DRAED. DIM OND **DYN** WYF FI. DOES DIM ANGEN **PENLINIO**! NAWR, PAM WYT TI WEDI GOFYN AM FY NGWELD?

SYR, DIOLCH I TI AM DDOD, RWY'N –

WYT TI'N **SYLWEDDOLI** EI BOD YN GROES I GYFRAITH IDDEWIG IMI GYD-GYSYLLTU Â'R CENEDL-DDYNION, NA HYD YN OED **YMWELD** Â HWY?

... NAWR RWY'N GWELD BETH YW YSTYR Y WELEDIGAETH. NID OES **DIM** MAE DUW YN EI WNEUD YN LÂN, YN AFLAN. NID OES FFEFRYNNAU GAN DDUW, OND MAE'N BAROD I DDERBYN **UNRHYW UN** SY'N CREDU YNDDO.

RWY'N GWYBOD EICH BOD WEDI CLYWED AM YR HYN SYDD WEDI DIGWYDD YN JIWDEA, AC AM IESU O NASARETH. MAE **PAWB** SY'N CREDU YNDDO YN DERBYN MADDEUANT O BECHOD – AC MAE HYN YN EICH CYNNWYS CHI. RHAID I CHITHAU GAEL EICH BEDYDDIO!

RWY'N GWYBOD. OND ROEDDWN YN GWEDDÏO PAN DDAETH **ANGEL** ATAF A DWEUD WRTHYF AM ANFON AMDANAT. MAE'R BOBL HYN YN AWYDDUS I WYBOD BETH SYDD GENNYT I'W DDWEUD SYDD MOR BWYSIG.

DIGWYDDODD YN UNION FEL O'R BLAEN: ANFONODD DUW EI YSBRYD GLÂN, A DECHREUODD Y BOBL SIARAD MEWN IEITHOEDD DIEITHR, OND Y TRO **HWN** NID YR **IDDEWON** A DDERBYNIODD RODD ARBENNIG DUW, OND Y CENEDL-DDYNION!

PENDERFYNODD PEDR FYND YN ÔL I JERWSALEM I RANNU EI NEWYDDION RHYFEDDOL Â GWEDDILL Y DISGYBLION.

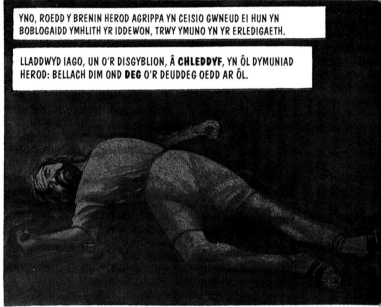

YNO, ROEDD Y BRENIN HEROD AGRIPPA YN CEISIO GWNEUD EI HUN YN BOBLOGAIDD YMHLITH YR IDDEWON, TRWY YMUNO YN YR ERLEDIGAETH.

LLADDWYD IAGO, UN O'R DISGYBLION, Â **CHLEDDYF**, YN ÔL DYMUNIAD HEROD: BELLACH DIM OND **DEG** O'R DEUDDEG OEDD AR ÔL.

TAFLWYD PEDR I GARCHAR, I AROS AM YR ADEG Y BYDDAI'N SEFYLL EI BRAWF AC, YN SICR, EI FARWOLAETH.

ARGLWYDD DDUW, MAE CYMAINT O WAITH AR ÔL I'W WNEUD. ACHUB FI RHAG HYN, FEL Y MEDRAF DYSTIO I ENW **IESU** DRWY'R BYD.

RWY'N GWYBOD NAD OES **DIM** YN AMHOSIBL GENNYT TI.

YY! BETH YW'R SŴN YNA? MAE'N SWNIO FEL . . .

ROEDD GAN YR EGLWYS YN **ANTIOCHIA** NIFER FAWR O ATHRAWON A PHROFFWYDI.

RHYW DDIWRNOD, WRTH I'R GYMUNED WEDDÏO, SIARADODD YR YSBRYD GLÂN GAN DDWEUD, 'GOSODWCH **SAUL** A **BARNABAS** AR WAHÂN I WNEUD Y GWAITH RWYF WEDI EI OSOD AR EU CYFER.'

OHERWYDD HYN, CYCHWYNNODD SAUL A BARNABAS AR EU TAITH, I GARIO'R NEWYDDION AM IESU I'R CENEDL-DDYNION. Y LLE CYNTAF IDDYNT AROS YNDDO OEDD YNYS CYPRUS.

WRTH IDDYNT DEITHIO AR DRAWS YR YNYS, DAETHANT I DDINAS PAFFOS, AC I LYS Y RHAGLAW RHUFEINIG, SERGIUS PAULUS.

ROEDD GAN Y RHAGLAW UN YN GWEINI ARNO – **BAR-IESU** – DEWIN A GAU BROFFWYD. ROEDD GAN SERGIUS FEDDWL MINIOG A CHWILFRYDIG, AC YR OEDD YN DYMUNO CLYWED BETH OEDD GAN Y TEITHWYR HYN I'W DDWEUD.

CYFARCHION, YN ENW EIN HARGLWYDD ATGYFODEDIG, IESU GRIST.

*RAGLAW, PAID Â GWRANDO AR Y **CELWYDDAU** HYN! NID YN UNIG MAE'R RHAIN YN **HERETICIAID**, OND MAENT HEFYD YN **DWYLLWYR**! DANGOS IMI UN DARN O DYSTIOLAETH SYDD YN PROFI FOD IESU WEDI ATGYFODI!*

*RWYT **TI** EISIAU PRAWF? CONSURIAETH, A DIM MWY, YW DY RYM DI. NID OES GENNYT UNRHYW WIR RYM NA GWIR AWDURDOD.*

*RWYT TI'N BLENTYN I'R **DIAFOL**! RWYT YN HALOGI POPETH SY'N WIR AC YN DDA.*

*MAE DUW YN DY **WRTHWYNEBU**! BYDD AMSER MAITH YN MYND HEIBIO CYN Y GWELI DI'R HAUL ETO!*

RWY'N DDALL! HELPWCH FI!

MAE'N DDRWG GEN I AM HYN, RAGLAW. NAWR, FEL ROEDDWN I'N DWEUD . . .

CREDODD SERGIUS O'R EILIAD HONNO.

GAN ADAEL SERGIUS, TEITHIODD Y DDAU O AMGYLCH Y DINASOEDD OEDD AR OCHR DDWYREINIOL Y MÔR CANOLDIR.

YN YSTOD Y CYFNOD HWN Y CYMERODD SAUL YR ENW **PAUL**, SEF FFURF Y CENEDL-DDYNION AR EI ENW.

RYDYCH WEDI TREULIO'CH BYWYDAU'N ADDOLI **PETHAU** GWAG A DI-WERTH. OND RYDYN NI'N DOD Â NEWYDDION AM Y DUW **BYW** A WNAETH Y NEFOEDD A'R DDAEAR.

WAETH I TI HEB, PAUL, MAE'N AMHOSIB NEWID EU SYNIADAU.

YN FUAN, FE LWYDDODD EU GELYNION I GREU TRAFFERTH IDDYNT YN LYSTRA. LLUSGWYD PAUL ALLAN O'R DDINAS, A LLABYDDIWYD EF, GAN EI ADAEL YN HANNER MARW.

OND ROEDD DUW GYDA PAUL. Y DIWRNOD CANLYNOL, LLWYDDODD PAUL A BARNABAS I ADAEL LYSTRA. ROEDD EU HANGEN YN JERWSALEM.

ROEDD Y CREDINWYR YN TRAFOD PETHAU A FYDDAI'N DYLANWADU AR DEITHIAU PAUL. SONIODD PAUL AM YR EGLWYSI NIFERUS OEDD YN TYFU O FEWN YR YMERODRAETH RUFEINIG.

OS YW'R CENEDL-DDYNION I YMUNO Â NI, YR IDDEWON, YNA MAE CYFRAITH MOSES YN DWEUD FOD YN **RHAID ENWAEDU** ARNYNT!

PEDR, FEDRI DI **DDIM** GWADU HYN!

MAE DUW WEDI DERBYN Y BOBL HYN OHERWYDD EU **FFYDD**. PAM FOD YN RHAID I NI EU RHWYMO Â DEFOD, A DUW EISOES WEDI EU GWNEUD YN **RHYDD**?

TRWY EIN HARGLWYDD **IESU GRIST** RYDYM I GAEL EIN HACHUB. BETH WYT TI'N EI DDWEUD, **IAGO**?

GWELODD Y PROFFWYDI Y DIWRNOD HWN YN DOD. ROEDDENT YN GWYBOD Y BYDDAI DUW'N DEFNYDDIO'R CENEDL-DDYNION I FYND Â'I ENW I'R BYD.

OS YW DUW WEDI TREFNU FFORDD IDDYNT DDOD ATO, NID EIN LLE **NI** YW EI GWNEUD YN ANODDACH IDDYN NHW!

TEITHIODD PAUL O AMGYLCH Y MÔR CANOLDIR DROEON.

AR EI AIL DAITH YMUNODD SILAS AG EF I'W HELPU, AC WRTH I PAUL SIARAD, **CREDODD** Y BOBL, A THYFODD CYMUNEDAU BYCHAIN O GREDINWYR YN **EGLWYSI.**

UN O'R LLEFYDD HYN OEDD **PHILIPI,** YNG NGOGLEDD GWLAD GROEG.

FE GYFARFYDDODD PAUL Â **LYDIA,** UN OEDD YN GWERTHU DEFNYDD YNO, AC WRTH IDDO SIARAD, AGORWYD CALON LYDIA I BETHAU DUW. FE DDAETH HI, A PHAWB OEDD YN EI THŶ, I GAEL EU BEDYDDIO FEL ARWYDD EU BOD YN DDILYNWYR CRIST.

OND NID OEDD POB TRÖEDIGAETH MOR SYML . . .

DACW'R GAETHFERCH YNA ETO. MAE WEDI EI MEDDIANNU GAN YSBRYD SY'N RHAG-WELD Y DYFODOL.

MAENT YN DWEUD WRTH Y BOBL HYN SUT Y MAE'N BOSIBL

YSBRYD! YN ENW IESU GRIST, RWY'N **GORCHYMYN** ITI ADAEL Y WRAIG HON **AR UNWAITH!**

. . . ?

DYNA WELLIANT. GALLWN GLYWED EIN HUNAIN YN **MEDDWL** NAWR.

EDRYCH! RWY'N —

...FARCHION. RWY'N —

IE. RWY'N DOD I —

RWY'N DWEUD WRTHYCH EU BOD YN WASANAETHWYR Y DUW MAWR

WRTHYCH EU BOD YN WASANAETHWYR Y DUW MAWR

MAE EI MEDDWL YN EIDDO IDDI HI EI HUN ETO. MAE HI'N **RHYDD** YN AWR.

O'R **YSBRYD,** EFALLAI, OND WN I DDIM BETH FYDD EI **PHERCHENNOG** YN EI DDWEUD. ROEDD E'N GWNEUD ARIAN MAWR O'I GALLU I RAG-WELD Y DYFODOL.

MAE'R IDDEWON HYN YN CREU **ANHREFN** BLE BYNNAG MAEN NHW'N MYND! MAEN NHW'N TROSEDDU YN ERBYN CYFRAITH RHUFAIN!

RYDYCH CHI'N FLIN OHERWYDD EICH BOD WEDI COLLI FFORDD O WNEUD ARIAN!

MAEN NHW WEDI **DWYN** FY MYWOLIAETH! GALWCH AM Y GWARCHODLU! RYDYN NI'N **DDINASYDDION RHUFEINIG!** MAE ANGEN EIN GWARCHOD RHAG Y RHAIN!

CARCHAR ETO! BETH NAWR?

FE DDYLEN NI **GANU,** SILAS. CANU I'N DUW, A GWEDDÏO. BYDD YN HELP I WNEUD I'R NOS HIR FYND HEIBIO.

BRON YN HANNER NOS, AC MAEN NHW'N DAL I GANU – NAWR MAEN NHW'N **HYMIAN**! DYDYN NHW DDIM YN GALL!

ARHOSWCH FUNUD. . . HYMIAN??? NID Y CARCHARORION SY'N GWNEUD Y **SŴN** YNA – SŴN . . .

CUDDIWCH! DAEARGRYN!!

SYR! BETH ALLA I EI **DDWEUD**? MAE EICH DUW WEDI EICH RHYDDHAU. SUT Y MEDRAF I GAEL Y FATH DDUW O'M **PLAID**?

Y CARCHARORION! OS NAD YDYN NHW WEDI MARW, FE FYDDAN NHW WEDI DIANC. . .

MITHRAS FAWR, CYMER FY ENAID. RHAID I MI FARW AM SIOMI CESAR, F'YMERAWDWR A'M DUW.

DOES DIM **GALW** AM HYN. RYDYN NI'N DAL YMA!

CRED YN YR ARGLWYDD, IESU GRIST.

Y BORE HWNNW, FE FEDYDDIWYD CEIDWAD Y CARCHAR, YNGHYD Â'I HOLL DEULU, GAN DDOD YN DDILYNWYR I'R IESU. ARHOSODD PAUL A SILAS YNO, GAN FWYTA WRTH EI FWRDD, NES DAETH YR YNADON.

MAE POB CYHUDDIAD YN EICH ERBYN WEDI EI OLLWNG. RYDYCH CHI'N RHYDD I FYND . . . YN DAWEL.

BETH? WEDI I CHI'N CURO'N GYHOEDDUS – HEB **ACHOS** – A NINNAU'N DDINASYDDION RHUFEINIG? NA. RYDYN NI'N MYNNU CAEL YMDDIHEURIAD **CYHOEDDUS**.

FE YMDDIHEURODD Y SWYDDOGION RHUFEINIG, OHERWYDD ROEDDEN NHW'N OFNI'R CANLYNIADAU, A GOLLYNGWYD Y DDAU YN RHYDD. GOFYNNWYD IDDYNT ADAEL Y DDINAS. GADAWODD PAUL A SILAS **EGLWYS** FECHAN AR EU HOLAU YN PHILIPI.

MASNACHWRAIG, A CHEIDWAD CARCHAR – YNGHYD Â'U TEULUOEDD – HWY OEDD Y SYLFAEN I EGLWYS OEDD I DYFU A THYFU YN Y DREF.

TEITHIODD PAUL DRWY WLAD GROEG, GAN WNEUD PEBYLL I'W GYNNAL EI HUN. PREGETHODD A DYSGODD O DREF I DREF, GAN SEFYDLU EGLWYSI BYCHAIN BLE BYNNAG YR ÂI.

O'R DIWEDD, CYRHAEDDODD GANOLFAN DYSG Y BYD GROEGAIDD – **ATHEN** EI HUN.

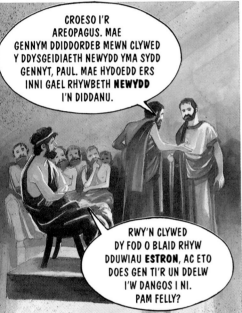

CROESO I'R AREOPAGUS. MAE GENNYM DDIDDORDEB MEWN CLYWED Y DDYSGEIDIAETH NEWYDD YMA SYDD GENNYT, PAUL. MAE HYDOEDD ERS INNI GAEL RHYWBETH **NEWYDD** I'N DIDDANU.

RWY'N CLYWED DY FOD O BLAID RHYW DDUWIAU **ESTRON**, AC ETO DOES GEN TI'R UN DDELW I'W DANGOS I NI. PAM FELLY?

RWY'N CREDU MAI ATHEN YW'R DDINAS FWYAF **CREFYDDOL** AR Y DDAEAR. RWY'N GWELD DELWAU **YM MHOBMAN**. DUWIAU I HYN, DUWIAU I ARALL. RWYF HYD YN OED WEDI GWELD DELW 'I'R **DUW NAD YDYM YN EI ADNABOD'**.

FE DDANGOSAF I CHI YN AWR YR HYN RYDYCH CHI'N EI ADDOLI, OND **HEB** EI ADNABOD.

Y DUW A WNAETH Y GREADIGAETH GYFAN SYDD WEDI GOSOD DIWRNOD PRYD Y BYDD YN BARNU'R BYD I GYD DRWY YR UN DYN A DDEWISWYD GANDDO – IESU GRIST. AC MAE WEDI RHOI **PRAWF** O HYN DRWY EI ATGYFODI O FARW'N FYW.

BU LLAWER O DRAFOD AR EIRIAU PAUL WRTH I'R GYNULLEIDFA ADAEL YR AREOPAGUS.

GWAWDIODD NIFER O'R ATHRONWYR EF, OND NID PAWB.

CREDODD **RHAI** EI EIRIAU, GAN DDOD YN DDILYNWYR O'R FOMENT HONNO.

GADAWODD PAUL ATHEN, GAN WYBOD FOD YNA EGLWYS ARALL WEDI DECHRAU TYFU.

 OND ROEDD GANDDO FFORDD BELL I'W THEITHIO ETO. AETH EI WAITH AG EF DRWY GORINTH, AC I DDINAS EFFESUS.

DYSGODD YNO AM FISOEDD LAWER, GAN ADEILADU FFYDD Y CRISTNOGION NEWYDD.

DERBYNIODD POBL Y FFYDD NEWYDD. TROESANT O ADDOLI DELWAU, GAN DDINISTRIO EU CERFLUNIAU O ARIAN AC AUR. ROEDD PAUL YN PREGETHU'N AGORED YN ERBYN YR EILUN-ADDOLIAD A WELAI YM MHOBMAN.

SYLWODD **DEMETRIUS**, GŴR BUSNES CYFOETHOG, AR HYN.

GOF ARIAN OEDD E, YN ELWA'N HELAETH O WNEUD DELWAU, AC ROEDD Y CRISTNOGION YN PERYGLU EI **FYWOLIAETH**.

O FEWN YCHYDIG WYTHNOSAU, ROEDD EFFESUS WEDI EI MEDDIANNU GAN **ANHREFN**.

DEFNYDDIODD DEMETRIUS EI DDYLANWAD SYLWEDDOL I ANNOG Y BOBL I WRTHWYNEBU'R HYN A WELAI FEL SECT IDDEWIG NEWYDD – CWLT A FYDDAI'N PERYGLU EU CREFYDD, EU DUWIAU, A HYD YN OED EU **DIWYLLIANT**.

OND, UWCHLAW POPETH, ROEDD YN GWNEUD DRWG I'W **FUSNES**.

GADEWCH IMI FYND I **SIARAD** Â NHW! EFALLAI Y MEDRAF —

— A CHAEL DY **LABYDDIO**, PAUL? NA, FE ARHOSWN O'R NEILLTU NES Y BYDD HYN WEDI MYND HEIBIO!

MAE'N BRYD I NI SYMUD. FE FYDD PETHAU'N TAWELU AR ÔL I MI ADAEL.

TEITHIODD PAUL DRWY FACEDONIA A GROEG, OND EI NOD OEDD CYRRAEDD JERWSALEM.

ROEDD WEDI DERBYN GAIR O **BROFFWYDOLIAETH**, Y BYDDAI'N CAEL EI GIPIO GAN YR IDDEWON YNO A'I ROI YN LLAW Y CENEDL-DDYNION.

ER EI FOD YN **BAROD** I WYNEBU MARWOLAETH DROS EI FFYDD, OS BYDDAI ANGEN, HWYLIODD GYDA CHALON DROM AM JERWSALEM.

CROESAWYD PAUL Â BREICHIAU AGORED GAN YR EGLWYS YN JERWSALEM, AC YN FUAN IAWN ROEDD YN YMUNO Â HWY MEWN GWEDDI A DYSGEIDIAETH. OND ROEDD CARFANAU ERAILL YN Y DEML NAD OEDD MOR FALCH O'I WELD.

DACW FE! GWELAIS EF YN **ASIA** YN LLEDAENU CABLEDD, AC **EDRYCHWCH**, MAE WEDI DOD Â **GROEGIAID** I MEWN GYDAG E!

Y TU ALLAN! **NAWR**, Y CABLWR!

ARHOSWCH! WNEWCH CHI **WRANDO** ARNA I?! NID GROEGIAID YW'R RHAIN, OND **IDDEWON!**

SUT Y **MEIDDI** DI!? SUT Y MEDRI **FEIDDIO** DANGOS DY **WYNEB** YMA?!

GWRANDEWCH, WNEWCH CHI? DOES DIM **ANGEN** HYN!

DYNA DDIGON! BETH SY'N DIGWYDD FAN HYN?

MAE'R DYN YMA WEDI HALOGI'R DEML, WEDI TORRI'R **GYFRAITH** FWYAF LLYM!

YNA GADEWCH I **NI** DDELIO AG E.

COD AR DY **DRAED**, IDDEW.

ARHOSWCH! GADEWCH I MI SIARAD Â NHW.

FY NGHYD-IDDEWON, **GWRANDEWCH** ARNAF! FY ENW YW PAUL, O DARSUS. FE'M HYFFORDDWYD GAN YR ATHRO GAMALIEL, I FOD Â CHYMAINT O SÊL AG **UNRHYW UN** OHONOCH!

ER MWYN **AMDDIFFYN** EIN FFYDD FEL IDDEWON, FE **ARESTIAIS** Y CRISTNOGION, GAN DREFNU U **LLADD**, GWŶR A GWRAGEDD! SEFAIS YN **LLAWEN** YMA YN JERWSALEM GAN WYLIO **STEFFAN** YN MARW O FLAEN FY LLYGAID.

EUTHUM MOR BELL Â GOFYN AM GANIATÂD YR **ARCHOFFEIRIAD** I DEITHIO I **DDAMASCUS** I ERLID Y CRISTNOGION OEDD YN BYW YNO.

OND, AR Y DAITH, **SIARADODD** YR ARGLWYDD IESU Â MI, GAN DDWEUD FOD DUW EIN TADAU WEDI FY NEWIS I FOD YN **DYST** I'R HYN Y MAE'N EI WNEUD YN Y DYDDIAU HYN.

AC FELLY, FE ANFONODD FI I ADDYSGU'R **CENEDL-DDYNION . . .**

YDYCH CHI'N EI **GLYWED**?! MAE'N **CYFADDEF!!**

RWYT YN MYND I **FARW**, PAUL! WYT TI'N FY NGHLYWED I?! RWYT TI AM **FARW!**

DYNA DDIGON. DYDW I DDIM AM WELD **REIAT** YN Y LLE YMA.

CHWIPIWCH EF, AC YNA'I HOLI.

WYT TI'N SIŴR EI BOD YN **GYFREITHLON** I CHWIPIO DINESYDD RHUFEINIG, HEB DDOD AG ACHOS LLYS YN GYNTAF?

NI DDYWEDODD NEB WRTHYF DY FOD YN **DDINESYDD**.

SUT LLWYDDAIST TI I DDOD YN DDINESYDD? BU RAID IMI DALU'N **DDRUD** AM F'UN I.

CEFAIS FY **NGENI**'N DDINESYDD. AC RWY'N DEALL Y GYFRAITH YN DDIGON DA I WYBOD NA ELLI DI CHWIPIO DINESYDD HEB ACHOS LLYS.

ER MWYN EI ARBED RHAG CAEL EI RWYGO GAN Y DYRFA, FE RODDODD CAPTEN Y GARSIWN EF DAN WARCHODAETH. OND ROEDD DUW WEDI LLEFARU WRTH PAUL, GAN DDWEUD, 'YN UNION FEL Y BUOST YN DYST IMI YN JERWSALEM, FELLY Y BYDDI YN **RHUFAIN**'.

ROEDD YN YMDDANGOS FEL PETAI PAUL AM DREULIO GWEDDILL EI FYWYD FEL **CARCHAROR**.

OND FE DYNGODD TYRFA FACH O IDDEWON LW NA FYDDENT YN BWYTA NAC YN YFED HYD NES Y BYDDAI PAUL FARW.

FE OFYNNWYD I'R CYNGOR IDDEWIG ANFON AM PAUL.

CYN GYNTED AG Y BYDD WEDI GADAEL Y PALAS, FE FYDDWN YN EI LADD.

FE GLYWODD NAI PAUL Y CYNLLWYN. PAN GLYWODD Y CAPTEN RHUFEINIG AM Y CYNLLWYN, PENDERFYNODD FYND Â PAUL ALLAN O'R DDINAS AR UNWAITH.

GALWYD AR PAUL I'W AMDDIFFYN EI HUN GERBRON Y LLYWODRAETHWR RHUFEINIG, OND NI DDAETH EI ACHOS I BEN. ROEDD PAUL YN DECHRAU COLLI AMYNEDD.

YM MHERFEDDION Y NOS, AED Â PAUL ALLAN O'R GAER, ER MWYN TEITHIO I BENCADLYS Y RHUFEINIAID YNG NGHESAREA.

YSGRIFENNA'R NEGES HON.

RWY'N APELIO I GESAR. RWY'N DDINESYDD RHUFEINIG AC YN MYNNU FY HAWL I GAEL CLYWED FY ACHOS YN RHUFAIN GAN YR YMERAWDWR EI HUN.

FELLY, YN UNION FEL Y PROFFWYDWYD, HWYLIODD PAUL I GALON Y BYD, A'R YMERODRAETH FWYAF A WELWYD ERIOED.

RHUFAIN.

NID OEDD Y DAITH YN RHWYDD.

FE'U DALIWYD GAN STORM ENBYD YN Y MÔR CANOLDIR. AM DDYDDIAU LAWER, HYRDDIWYD Y CWCH YN WYLLT YN Y TONNAU. YN EI ANOBAITH, RHEDODD Y CAPTEN Y CWCH AR Y CREIGIAU.

DAN Y FATH AMGYLCHIADAU, ROEDD YN ARFEROL I LADD UNRHYW GARCHARORION, OND ROEDD Y CAPTEN YN WR TRUGAROG.

FEDRA I DDIM NOFIO! FE FYDDWN NI'N **BODDI**!

NA! YMDDANGOSODD **DUW** I MI NEITHIWR. DYWEDODD WRTHYF Y BYDDAI **PAWB** YN BYW! **FELLY CAU DY GEG A CHICIA DY GOESAU!**

FE **DDYWEDAIS** I FOD GAN DDUW GYNLLUNIAU ERAILL.

DOES GEN I DDIM SYNIAD **SUT**, OND MAE PAWB YN SAFF. 276 OHONON NI!

FE LANIODD Y TEITHWYR AR YNYS **MELITA**.

WEDI I'R STORM DAWELU, DAETH POBL YR YNYS I HELPU'R RHAI OEDD WEDI EU HACHUB O'R STORM, GAN DDOD Â BWYD A DILLAD SYCH.

AETH TRI MIS HEIBIO CYN IDDYNT ADAEL MELITA, WRTH AROS AM LONG I GARIO PAUL AR GAM OLAF EI DAITH I RUFAIN.

YN FUAN IAWN, FE GYRHAEDDODD Y LLONG O ALECSANDRIA BORTHLADD RHUFAIN.

ROEDD Y CRISTNOGION YN RHUFAIN WEDI CLYWED AM DAITH PAUL, A THEITHIODD NIFER I'W GYFARFOD.

PAUL, MAE'N DDA CAEL DY GYFARFOD O'R DIWEDD. MAE AR YR EGLWYS YMA GYMAINT O DDYLED I TI.

FFRINDIAU, YR WYF WEDI POENI AMDANOCH MOR HIR. **ER** FY MOD YN GARCHAROR, NI ALLAF FYNEGI FY LLAWENYDD O GAEL BOD YMA GYDA CHI.

RWY'N GARCHAROR YMA HEDDIW OHERWYDD **GOBAITH** ISRAEL. MAE IACHAWDWRIAETH DUW **WEDI** EI ANFON AT Y CENEDL-DDYNION, A CHREDWCH FI, FE **FYDDAN** NHW'N GWRANDO.

ROEDD PAUL YN ŴR DYSGEDIG, YN OGYSTAL Â BOD YN BREGETHWR. YN YSTOD EI DEITHIAU, YSGRIFENNODD LYTHYRAU HIR I'R EGLWYSI DRWY'R YMERODRAETH. GAN EI FOD BELLACH YN GARCHAROR MEWN TŶ YN RHUFAIN, ROEDD GANDDO FWY O AMSER I YSGRIFENNU.

ADDYSGWYD PAUL YN NYSGEIDIAETH Y GROEGIAID, GANWYD EF YN IDDEW, AC YR OEDD YN DDINESYDD RHUFEINIG. NID OEDD GAN NEB WELL CYMWYSTERAU NAG EF I FYND Â NEGES DUW I'R BYD RHUFEINIG.

AC FELLY, O ENAU I ENAU, O GALON I GALON, LLEDAENODD ENW IESU AR HYD FFYRDD UNIONSYTH YR YMERODRAETH.

OND OS OEDD Y RHUFEINIAID YN DDIWYLLIEDIG, ROEDDENT HEFYD YN GREULON, A'U MEDDYLIAU CREADIGOL YR UN MOR BAROD I DROI AT ARTAITH AG AT ATHRONIAETH NEU BEIRIANNEG.

WRTH CHWILIO AM RYWUN I'W FEIO AM Y TÂN MAWR YN RHUFAIN, TAFLODD YR YMERAWDWR **NERO** Y BAI AR Y CRISTNOGION.

YN WIR, BU'R YMERODRAETH, A'I GWEAD TYN, YN GYMORTH I LEDAENIAD YR EFENGYL.

LLADDWYD LLAWER OHONYNT YN YR ARENA; RHAI'N CAEL EU BWYTA'N FYW GAN ANIFEILIAID GWYLLT, ERAILL YN CAEL EU DARNIO GAN GLEDDYFWYR.

ROEDD Y RHUFEINIAID WRTH EU BODD YN GWYLIO MARWOLAETH ARTEITHIOL, AC ROEDD GANDDYNT DDULLIAU **GWAETH** O LADD NA THAFLU POBL AT Y LLEWOD, HYD YN OED!

DOES YR UN COFNOD **SWYDDOGOL** YN GOROESI AM DDIWEDD Y DISGYBLION YN Y DYDDIAU TYWYLL HYN. MAE RHAI CHWEDLAU'N SÔN FOD TOMOS WEDI TEITHIO MOR BELL Â'R **INDIA**, A PAUL WEDI MYND I **SBAEN**, LLE CAFODD EI LADD GAN Y RHUFEINIAID DRWY DORRI EI BEN I FFWRDD.

DALIWYD PEDR HEFYD, A BU EF FARW AR GROES RUFEINIG. EI DDYMUNIAD OLAF OEDD CAEL EI GROESHOELIO A'I BEN I WAERED, GAN EI YSTYRIED EI HUN YN **ANNHEILWNG** O'R UN **FARWOLAETH** Â'I IESU ANNWYL.

YN Y FLWYDDYN 70 O.C., A HWYTHAU HEB GREDU FOD Y MESEIA WEDI DOD AC WEDI MYND, FE FLINODD RHAI O'R IDDEWON AR AROS, GAN DDECHRAU BRWYDRO YN ERBYN Y RHUFEINIAID.

OND DOEDD GAN Y SELOTIAID HYN DDIM GOBAITH YN ERBYN Y MILWYR MWYAF DISGYBLEDIG A WELODD Y BYD ERIOED. BUAN IAWN Y TRODD Y FRWYDR YN **LLADDFA**.

YN YR ANHREFN A DDILYNODD HYN, FE CHWALWYD Y DEML YN JERWSALEM, FEL Y PROFFWYDWYD. MAE'N DAL I FOD YN FURDDUN HYD HEDDIW.

O'R HOLL RAI OEDD YN ADNABOD IESU TRA OEDD AR Y DDAEAR, ROEDD **UN** DAL YN FYW – YN **GARCHAROR** MEWN GWERSYLL GWAITH AR YNYS **PATMOS**.

EI ENW EF OEDD **IOAN**, A CHANDDO EF Y CAWN Y STORI OLAF. OHERWYDD FEL AG Y GWELODD ADDA Y BYD PAN OEDD YN NEWYDD, FE GANIATAODD DUW I IOAN EI WELD AR EI **DDIWEDD**.

YN GYNNAR UN BORE, ROEDDWN I, IOAN, YR OLAF O'R DISGYBLION A WELODD DUW YN CERDDED AR Y DDAEAR, YN SEFYLL AR LAN Y MÔR, AC YN TEIMLO'N LLAWN ANOBAITH.

YNO, AR PATMOS, RHWNG Y DDAEAR A'R AWYR, SEFAIS GAN WYLO, HEB WYBOD PAM NAD OEDD EIN DUW WEDI DOD YN ÔL ATOM.

NAWR OEDD YR AMSER IDDO DDOD YN ÔL, YN SICR. AC ETO, ROEDDWN I'N DAL I AROS.

PA MOR HIR Y BYDDAI'N RHAID INNI AROS? MISOEDD? BLYNYDDOEDD? CANRIFOEDD? MILENIWM?

OND, YN SYDYN, CLYWAIS EF... LLAIS.

LLAIS Y TU ÔL IMI, MOR UCHEL Â SAIN UTGORN! MOR SWNLLYD Â THARANAU!

A DYWEDODD Y LLAIS:

'YSGRIFENNA'R CYFAN A WELI, A'I ANFON AT YR EGLWYSI. PAID Â BOD YN OFNUS! MYFI YW Y CYNTAF A'R OLAF. ROEDDWN YN FARW, OND YN AWR RWYF YN FYW AM BYTH!'

GWELAIS SGRÔL ENFAWR, WEDI EI RHWYMO A SAITH SÊL, OND NID OEDD NEB YN DEILWNG I'W HAGOR, AR WAHÂN I UN.

GWELAIS YR UN OEDD WEDI ENNILL YR HAWL — MAB DAFYDD. YMDDANGOSAI I MI MOR RYMUS Â LLEW UN EILIAD, AC ETO Y FOMENT NESAF ROEDD MOR ADDFWYN AG OEN.

TORRODD Y PEDAIR SÊL GYNTAF, UN AR ÔL Y LLALL, AC AR HYN DYMA BEDWAR MARCHOG ARSWYDUS YN DOD ALLAN. NI FYDDAI NEB AR WYNEB Y DDAEAR YN MEDRU EU HATAL...

ROEDD Y CYNTAF YN MARCHOGAETH CEFFYL OEDD MOR WYN Â CHLEFYD, MOR OER AG ANOBAITH. AETH ALLAN I GONCRO'R BYD YN ENW GELYNION DUW.

ROEDD YR AIL MOR GOCH Â THYWALLTIAD GWAED, MOR GOCH Â DICTER. DALIAI GLEDDYF ERCHYLL, GAN DDOD Â RHYFEL A THRAIS I'R HOLL FYD.

ROEDD Y TRYDYDD CEFFYL MOR DDU Â LLOFRUDDIAETH, MOR DYWYLL Â NEWYN. DALIAI'R MARCHOG GLORIAN YN UCHEL, GAN LEDAENU NEWYN BLE BYNNAG YR OEDD YN MYND.

AM Y PEDWERYDD MARCHOG... MARWOLAETH OEDD Y PEDWERYDD, AC YR OEDD YN DILYN Y LLEILL I BOBMAN ROEDDYNT YN MYND.

AC YNA, FE DORRODD Y BUMED SÊL, AC FE GLYWAIS LEISIAU POB UN OEDD WEDI EU LLOFRUDDIO OHERWYDD EU BOD YN LLEFARU'R GWIRIONEDD AM DDUW.

ROEDDENT YN LLEFAIN AG UN LLAIS AT DDUW: 'PA BRYD Y TELIR Y PWYTH YN ÔL AM EIN MARWOLAETH?'

WRTH I'R CHWECHED SÊL GAEL EI THORRI, TRODD YR HAUL YN DDU.

TRODD Y LLEUAD YN GOCH FEL GWAED, AC FE SYRTHIODD Y SÊR O'R AWYR.

YSGYDWYD POB MYNYDD AC YNYS O'U LLE GAN DDAEARGRYNFEYDD.

RHEDODD PAWB, O'R UCHAF HYD Y GWAELAF, I GUDDIO RHAG DICTER OFNADWY DUW.

GWELAIS BEDWAR ANGEL YN SEFYLL AR BEDWAR CORNEL Y BYD, GAN DDAL Y PEDWAR GWYNT YN ÔL.

ROEDD YNO DYRFA ANFERTH O BOBL, CYNIFER OHONYNT FEL NA ALLWN EU CYFRIF.

O BOB GWLAD, TALAITH, DINAS, LLWYTH A CHENEDL, SAFENT O FLAEN OEN DUW, GAN WEIDDI 'MAE IACHAWDWRIAETH YN PERTHYN I'N DUW! MAE'N DOD ODDI WRTH OEN DUW!'

AC YNA, FE AGORWYD Y SEITHFED SÊL.

O'M BLAEN SAFAI GWRAIG OEDD MEWN POENAU ESGOR, OHERWYDD ROEDD HI AR FIN RHOI GENEDIGAETH.

AC YNA FE'I GWELAIS:

Y DDRAIG, Y SARFF GORNIOG Â SAITH PEN, SATAN YN EI FFURF NATURIOL. CEISIODD FWYTA'R PLENTYN WRTH IDDO GAEL EI ENI, OND FE ACHUBWYD Y PLENTYN, AC FE'I CYMERWYD AT DDUW.

AC ROEDD YNA RYFEL YN Y NEFOEDD.

YMOSODODD YR ARCHANGEL MICHAEL A'I ANGYLION AR Y SARFF, A BRWYDRODD YNTAU'N ÔL GYDA'I ANGYLION EF.

A GWELAIS **BABILON**, A'I GWYLIO'N LLOSGI. AC YNA DEALLAIS PAM FOD GAN Y DDRAIG SAITH PEN – ROEDD Y DDINAS A WELWN YN LLOSGI, CALON **YMERODRAETH** DRYGIONI, YN SEFYLL AR SAITH **BRYN**.

AC YNA . . . O! AGORWYD Y **NEFOEDD**, A **GWELAIS** EF!! GWELAIS EF ETO Â'M **LLYGAID** FY HUN!

YR **ARGLWYDD** OEDD YNO; AC FE DDAETH GAN FARCHOGAETH MARCH GWYN, GYDA HOLL LUOEDD Y NEFOEDD YN EI GANLYN, YN DOD Â **CHYFIAWNDER** I BAWB.

YNA GWELAIS MICHAEL YR ARCHANGEL YN DOD I LAWR O'R NEFOEDD GAN GARIO YN EI LAW ALLWEDD UFFERN YNGHYD Â CHADWYN ANFERTH.

RHWYMWYD Y DIAFOL, AC FE'I TAFLWYD I BWLL DIWAELOD. SELIWYD Y PWLL DAN GLO, FEL NA ALLAI DWYLLO BYTH MWY.

YNA EDRYCHAIS ETO A GWELD PAWB OEDD WEDI BYW ERIOED YN SEFYLL O FLAEN YR ARGLWYDD. DARLLENWYD HANES EU BYWYDAU, AC FE'U BARNWYD YN ÔL Y MODD YR OEDDENT WEDI BYW: DINISTRIWYD Y DRWG, AC ACHUBWYD Y DA.

AC WEDI IDDYNT GAEL EU BARNU, DINISTRIWYD **MARWOLAETH EI HUN**.

AC WRTH I MI SEFYLL YNO, MEWN LLE NAD OEDD YN ADNABOD MARWOLAETH, EDRYCHAIS I **FYNY** . . .

EDRYCHAIS, A GWELAIS NEFOEDD NEWYDD A DAEAR NEWYDD, OHERWYDD YR OEDD YR HEN NEFOEDD A'R HEN DDAEAR WEDI EU DINISTRIO. A GWELAIS Y DDINAS SANCTAIDD, **JERWSALEM**, YN DISGYN O'R NEFOEDD FEL PRIODASFERCH WEDI EI GWISGO AR GYFER DYDD EI PHRIODAS!

YN AWR, FE FYDD CARTREF DUW GYDA'I BOBL **AM BYTH!** EI BOBL EF FYDDANT! FE FYDD YN DDUW IDDYNT, AC FE FYDD YN SYCHU POB DEIGRYN O'U LLYGAID.

DIM MARWOLAETH RHAGOR. DIM MWY O BOEN. DIM DRYGIONI. MAE **HEN** BETHAU'R BYD WEDI MYND AM BYTH.

IOAN WYF I, YR UNIG UN SYDD AR ÔL O'R DISGYBLION A WELODD YR ARGLWYDD YN CERDDED Y DDAEAR. A GWELAIS HYN OLL Â'M LLYGAID FY HUN . . .

IOAN.

MAE YNA FWY ETO I'W WELD. TYRD GYDA MI.

EDRYCH ETO. GWÊL Y DRYSAU I'R DDINAS, Y RHAI NAD YDYNT BYTH YN CAEL EU CAU. DOES DIM ANGEN, OHERWYDD MAE'R NOS WEDI MYND AM BYTH. NI FYDD ARNYNT ANGEN YR HAUL I WELD YN Y DYDD NA LAMPAU YN Y NOS, OHERWYDD FE FYDD DUW YN BYW GYDA HWY, AC EF FYDD EU GOLEUNI.

EDRYCH. MAE AFON **BYWYD** YN LLIFO ALLAN O'R DDINAS, AC AR Y LAN MAE PREN Y BYWYD — MAE'R FFRWYTH A GYMERWYD ODDI AR DDYNOLIAETH YN EDEN YN AWR YN CAEL EI ROI'N ÔL I CHI.

IOAN! MAE'R RHAI HYNNY SY'N FY NGHEFNOGI YN MYND I ETIFEDDU'R CYFAN A WÊL. FE FYDDAF YN DDUW IDDYNT, A HWYTHAU'N BLANT I MI.

ROEDDWN WEDI FY RHYFEDDU GYMAINT GAN HYN, FEL Y SYRTHIAIS AR FY NGLINIAU WRTH DRAED YR ANGEL I'W ADDOLI, OND FE WAEDDODD —

NA! PAID AG ADDOLI NEB OND **DUW!**